HEYNE BÜCHER

Fantasy

Herausgegeben von Wolfgang Jeschke

Von Tanith Lee erschienen in der Reihe
HEYNE SCIENCE FICTION & FANTASY:

Im Herzen des Vulkans (06/3616)
Vazkor (06/3638)
Die weiße Hexe (06/3687)

Weggefährten in:
Heyne SF-Jahresband 1980 (06/3729)

Herr der Stürme (06/3759)
Herr der Nacht (06/3802)
Herr des Todes (06/4012)
Das Winterspiel (06/4094)
Östlich von Mitternacht (06/4119)
Der Besessene (06/4173)
Herr der Illusionen (06/4210)
Anackire (06/4295)

Tanith Lee

Anackire

Fantasy Roman

Deutsche Erstveröffentlichung

WILHELM HEYNE VERLAG
MÜNCHEN

HEYNE SCIENCE FICTION & FANTASY
Band 06/4295

Titel der englischen Originalausgabe
ANACKIRE
Deutsche Übersetzung von Malte Heim
Das Umschlagbild schuf Boris Vallejo

Redaktion: E. Senftbauer

Printed in Germany 1986
Umschlaggestaltung: Atelier Ingrid Schütz, München
Satz: Schaber, Wels
Druck und Bindung: Elsnerdruck, Berlin

ISBN 3-453-31331-3

Sylvana n'était pas heureuse. Et pourtant! N'avait-elle pas la chance de posséder ce don qu'envient la plupart des femmes : la séduction ? Sans être particulièrement jolie, elle plaisait beaucoup. Et elle le savait ! Sa séduction était un moyen de conquête et de défense. L'unique arme qui ait été mise à sa disposition aussi bien par la nature que par ceux qui s'étaient chargés de son éducation.

Pas très grande mais sachant se tenir droite pour ne pas perdre un centimètre de sa taille, des yeux d'un vert profond qui tranchait d'étrange façon avec le flot noir de ses cheveux, une poitrine presque insolente, des mains gracieuses et fines, un regard fier porté sur le monde, Sylvana avait ce qu'on appelle du « chien ».

Était-elle intelligente ? Ou simplement rusée, entêtée et sûre de ce qu'elle voulait ? La vie ne lui ayant guère accordé de facilités, elle n'hésitait pas à foncer dès que l'occasion de plaire se présentait. Son terrain de chasse se limitait exclusivement à l'homme. Les femmes ne l'intéressaient que si elles pouvaient lui tenir lieu d'intermédiaires ou d'appâts pour faire de nouvelles conquêtes.

L'étrange éducation à laquelle elle avait été soumise jusqu'à sa majorité lui avait appris à classer les hommes en deux catégories distinctes : ceux qui avaient de l'argent et ceux qui n'en avaient pas. Seule la première catégorie l'intéressait. Et encore faisait-elle la différence entre les radins et les généreux, les beaux et les moins beaux. Tous les autres, c'est-à-dire les braves types, les grincheux, les gentils garçons, les méchants, les culottés, les timides, les vantards ou les rêveurs, venaient très loin derrière dans ce subtil étalonnage.

Et les romantiques ? Ils amusaient parfois Sylvana qui ne croyait guère aux sentiments mais ils ne la fascinaient pas. Elle les tolérait pourtant de temps à autre : il était si fatigant de jouer perpétuellement les aguicheuses ! Ne fallait-il pas ménager quelques entractes dans une vie galamment organisée si l'on ne voulait pas que celle-ci finît par devenir monotone ? Au fond, la charmante brune ne savait pas encore très bien, malgré ses trente-deux années révolues, si elle serait capable un jour de tomber réellement amoureuse. Ce n'était pas tant sa faute que celle d'une existence qui l'avait entraînée, au moment où elle avait tout à apprendre, dans un engrenage aussi diabolique qu'incertain. C'est peut-être aussi parce qu'elle n'avait jamais connu le vrai bonheur, qu'elle en était presque arrivée à se demander si celui-ci ne se limitait pas pour une femme à plaire aux hommes.

Si elle ignorait l'amour, il existait en revanche beaucoup de choses qu'elle savait détester, et, en tout premier lieu, son nom de famille : Evron. Elle trouvait que c'était là un nom ne convenant ni à son physique ni à ses aspirations. Peut-être est-ce parce qu'il venait d'un père haï, coupable de l'avoir abandonnée toute petite ? Mais elle affectionnait son prénom, choisi par sa mère, Virna, qui était d'origine italienne. Elle estimait même que c'était là le plus bel héritage légué par cette maman trop tôt disparue.

Parmi les autres choses que Sylvana détestait, il y avait toutes ces activités qu'exercent – soit par goût, soit par nécessité – d'innombrables femmes : les travaux dits « domestiques », le travail de bureau, le fonctionnariat et en général toutes les occupations considérées comme étant le juste lot de la femme depuis que les hommes ont vainement essayé de la placer sous leur tutelle.

Cela ne voulait pas dire que Sylvana fût une oisive-née. Loin de là ! Si elle l'avait souhaité, elle aurait très bien pu briguer un emploi autre que celui d'hétaïre, mais l'avait-elle jamais désiré ?

Par exemple elle ne détestait pas la musique, que ce fût pour écouter des disques ou pour en faire un peu elle-même, sans être cependant une virtuose, sur un piano que ses doigts agiles savaient faire vibrer agréablement. Elle aimait dessiner et peindre des petites toiles charmantes représentant des paysages. Mais, dans la pratique de ces arts d'agrément où elle ne se révélait pas maladroite, elle n'apportait ni la passion ni la fougue nécessaires pour s'y adonner complètement. À une époque elle avait décidé de faire du théâtre ou de devenir une vedette de l'écran mais très vite elle y avait renoncé, estimant que les cours d'art dramatique étaient trop astreignants. Et cependant ! Comédienne, elle l'était devenue par la force des choses pour exercer sa profession de séductrice. Même du temps de son mariage, qui avait duré trois ans, il lui avait fallu jouer la comédie de l'amour alors qu'elle n'avait d'yeux que pour la fortune de son époux.

Au moins ce riche mariage, organisé dans d'étranges conditions, lui avait-il facilité l'assouvissement de ses deux seules passions de jeune fille moderne : piloter des bolides dans les rallyes et devenir championne de surf. Depuis, les années avaient passé et Sylvana possédait maintenant, l'attendant sagement dans un box du garage de l'immeuble cossu où elle résidait, un splendide cabriolet Ferrari rouge. Cette voiture était tout ce qu'elle avait réussi à sauver, avec ses manteaux de fourrure et quelques bijoux, du naufrage de son mariage. Quant au surf, à défaut d'avoir été une championne, elle en avait gardé un appréciable assortiment de maillots de bain, tous plus suggestifs les uns que les autres, au moyen desquels elle mettait en valeur, aussi bien sur les plages à la mode qu'au bord des piscines les mieux fréquentées, une confortable anatomie qui se jouait des années.

L'existence qu'elle menait, faite d'aventures très courtes comme de liaisons prolongées et plus ou moins bien orchestrées, pouvait donner à penser qu'elle était une femme satisfaite de son sort. Ses besoins matériels immédiats n'étaient-ils pas comblés grâce au commerce de ses charmes ? Et n'avait-elle pas un grand choix pour assouvir ses appétits sexuels qui étaient, elle le reconnaissait elle-même, peu communs ?

Voilà à peu près l'impression qu'aurait laissée Sylvana à quelqu'un peu soucieux de déceler l'authenticité du personnage. Mais, avec un peu plus d'attention, on finissait par découvrir que Sylvana se sentait seule, très seule, même presque abandonnée malgré le demi-luxe apparent de son existence. Tout cela parce qu'elle ne possédait pas de vrais amis et, ce qui était plus grave, pas la moindre famille. C'est ce dernier manque dont elle souffrait le plus et qui, à la longue, devenait pour elle une peine cachée ne parvenant pas à se cicatriser.

Son appartement parisien, qui donnait sur un square ensoleillé, offrait beaucoup d'agréments. Ni trop grand ni trop exigu, décoré avec goût par quelques meubles de qualité, il dégageait une sereine atmosphère d'opulence. Les placards du dressing-room regorgeaient de chapeaux, de robes et d'alignements de chaussures sans lesquels une femme se voulant élégante craindrait de ne pouvoir vivre décemment. La salle de bains, spacieuse, était dotée des tout derniers perfectionnements de l'hydrothérapie. Le boudoir attenant possédait la plus attrayante des tables à maquillage où voisinaient les flacons artistiquement ciselés des plus grands parfumeurs avec des produits de beauté haut de gamme. La cuisine, installée de l'autre côté du vestibule d'entrée, était si bien agencée que l'on éprouvait une envie irraisonnée d'y déguster quelques petits plats amoureusement mitonnés. En somme, on trouvait au domicile de Sylvana tout ce qu'il fallait pour profiter d'une certaine joie de vivre à condition de faire un trait sur la chaleur humaine et la générosité qui, elles, brillaient par leur absence.

Le compte en banque enfin était honorable mais sans plus. Il restait stable parce que sa propriétaire le gardait en réserve pour le cas où, les admirateurs épisodiques devenant plus rares, des jours difficiles viendraient à se présenter. N'oubliant jamais le sage précepte inculqué par ses éducateurs et selon lequel « toute fortune qui n'augmente pas diminue », Sylvana avait confié au directeur de la banque où elle avait déposé les économies sauvées du riche mariage le soin de les faire fructifier. L'argent, judicieusement placé, s'accumulait peu à peu... Pour continuer à assurer sa subsistance quotidienne, la jeune divorcée avait décidé une fois pour toutes d'exercer, sans intermédiaire, le plus vieux métier du monde. Certains jours, les clients se faisaient désirer mais l'essentiel n'était-il pas, comme dans tous les commerces, qu'il y eût une honnête moyenne ? Malgré les temps difficiles, celle réalisée par Sylvana n'était pas négligeable. C'est pourquoi elle s'en contentait et attendait...

Qu'attendait-elle au juste ? Un nouveau mariage riche et libre de toute entrave pour compenser l'échec relatif du premier ? Ce n'était pas certain. Ayant eu le loisir de mesurer les effets parfois désastreux d'une union trop habilement organisée, elle recherchait plutôt l'une de ces liaisons « en pointillé » qui permettent de conserver une liberté relative tout en assurant ses arrières. Dans cette optique, le partenaire idéal se devait d'être marié à une femme totalement dépourvue de charme : l'une de ces maîtresses de maison très convenables mais assez quelconques que l'on rencontre partout. Naturellement il fallait aussi que le mari fût riche et que la fortune vînt de son côté, pour qu'il ait la possibilité de prodiguer des largesses sans que l'épouse puisse trop se mêler de ses affaires de cœur. C'était là le nouveau rêve de la Sylvana de trente-deux ans, celui qui avait définitivement balayé les chimères de jeunesse se limitant aux courses automobiles et aux prouesses nautiques.

Mais cet amant idéal appartenait vraisemblablement à l'espèce des oiseaux rares car Sylvana, en dépit de toutes les ressources de sa féminité, ne l'avait pas encore rencontré. Qu'avait-elle donc fait au Ciel pour mériter une si grande solitude ?

Elle en était là de ses réflexions amères, ce jeudi

soir de novembre où l'avenir lui paraissait aussi gris que le temps, dehors, était maussade : il n'y avait pas le moindre rendez-vous prévu sur le petit carnet rose de ses exploits. Et cette pause forcée menaçait de se prolonger jusqu'au lundi d'après. Ce jour-là, suivant un protocole rigoureusement établi depuis plus de dix mois, Sylvana se rendrait à seize heures précises chez un client peu généreux mais très régulier qui la recevrait dans une garçonnière du XVIIe arrondissement suintant la tristesse des rez-de-chaussée « avec fenêtre sur cour ». Elle y resterait une heure trente, pas une minute de plus, et, sitôt la corvée terminée, reviendrait chez elle avec l'espoir que quelques appels se seraient inscrits entre-temps sur son répondeur. Cet appareil était devenu pour elle et pour ses consœurs le plus précieux des outils de travail. N'offrait-il pas au client en quête d'une compagne occasionnelle la possibilité d'entendre la voix chaudement accueillante de sa correspondante susurrer sur un fond musical : *« Vous êtes bien chez Sylvana. Mais, étant momentanément absente, je vous demande d'avoir l'extrême gentillesse d'attendre le top sonore avant de m'indiquer votre prénom, la raison de votre appel ainsi que le numéro et l'heure auxquels je pourrai vous rappeler dès mon retour. À bientôt, j'espère… »* Dans ce message feutré, tout était dit avec un minimum de mots. Combien de nouveaux admirateurs cet instrument magique avait-il permis à sa charmante propriétaire de fidéliser !

Lorsqu'elle se trouvait chez elle – à moins qu'elle ne fût en compagnie d'un de ses clients privilégiés qu'elle consentait à recevoir à domicile –, Sylvana débranchait le répondeur et prenait directement les appels. Malheureusement, ce jeudi-là était une sombre journée. Après de longues heures d'attente, elle n'avait pas reçu une seule communication ! Cela était d'autant plus étrange que le jeudi était généralement un bon jour. Le lendemain la clientèle se préparerait à partir en week-end. Le samedi ils seraient tous dans leurs résidences secondaires, et le dimanche ceux qui n'auraient pas bougé de chez eux ne penseraient qu'à s'y calfeutrer. Sylvana serait-elle condamnée à patienter jusqu'au lundi seize heures, jusqu'à son rendez-vous hebdomadaire dans la sinistre garçonnière du XVIIe arrondissement ?

Mais que pouvait-il donc se passer ? Ce silence du téléphone avait quelque chose d'inquiétant... Il ne fallait pas qu'il se prolonge ! Peut-être Sylvana pourrait-elle appeler l'un de ses habitués ? Mais lequel ? Et où cela ? Chez lui ou à son bureau ? Chez lui elle risquerait de tomber sur une épouse acariâtre... Au bureau, elle devrait affronter le barrage des secrétaires ! Tant pis ! Tout valait mieux que cet isolement insupportable ! En examinant d'un peu plus près le petit carnet rose, on devait sûrement y trouver un client tout disposé à venir passer un bon moment parce qu'il s'ennuyait lui aussi... Michel ? Jacques ? Raymond ? Pourquoi pas Raymond ? Il y avait déjà un certain temps que Sylvana ne lui avait pas accordé ses faveurs... Il était gentil, Raymond, assez bien de sa personne et surtout très généreux ! Elle savait déjà le chiffre qu'elle pourrait lui demander pour les quelques instants de bonheur qu'elle était prête à lui concéder.

Au moment même où elle allait décrocher le récepteur, la sonnerie du téléphone retentit. Enfin ! Qui que ce fût au bout du fil, il tombait à pic ! Ce quelqu'un avait rompu le silence oppressant du petit appartement.

– Allô ?

Une voix d'homme, chaleureuse et débordante de soleil, demanda :

– Je souis bien chez Sylvana Evron ?

Interloquée de s'entendre appeler par le nom de famille détesté qu'elle ne révélait jamais à personne, elle répondit après un court moment d'hésitation :

– Oui, vous êtes chez Sylvana...

– C'est Sylvana elle-même ?

– De la part de qui ?

– Vittorio !... Ton cousin d'Italie... Tu ne te souviens pas de moi ? Je t'ai connue quand tu n'étais encore qu'une bambina... Mignonne ! Très mignonne ! Tu ressemblais à ta chère mamma mais, comme je ne t'ai pas revue depuis, tu as dû beaucoup changer ! Tu avais trois ans à l'époque...

– J'en ai trente-deux, maintenant...

– Mamma mia ! Comme tu dois être belle ! Chaque fois que je te voyais, je te faisais faire du cheval sur mes genoux et tu criais « Hue ! Hue ! » pendant que je te racontais de belles histoires... ça, tu ne peux pas l'avoir oublié !

– Je... je ne sais plus.

– Mais enfin ! Ta mère Virna était ma cousine... Mon unique cousine et j'étais son seul cousin ! Pauvre Virna ! Je l'aimais bien et j'ai eu beaucoup de chagrin quand j'ai appris sa mort. Tu étais encore toute petite, peut-être sept ou huit ans ?

– Sept ans. Mon père nous avait déjà abandonnées.

– Ton père ? Je ne l'ai pas connu personnellement. Il était français, n'est-ce pas ?

– Oui.

– Je crois me rappeler qu'il s'appelait Robert Evron ?

– Un nom horrible. Je le déteste tellement que je voudrais l'oublier pour toujours !

– Mais j'espère que tu aimes ton prénom ?

– Oui ! Il est si joli !

– Il t'allait déjà à ravir quand tu étais petite... Sais-tu que c'est moi qui l'ai trouvé ?

– Vous ? Et pourquoi avoir choisi Sylvana ?

– Je ne sais pas... Je trouvais que ça convenait à tes yeux qui étaient de la couleur des forêts au printemps. Ils le sont toujours ?

– Oui.

– Bravo !

– Et vous, cousin, quel âge avez-vous ?

– Je suis vieux : je pourrais facilement être ton père... Tu devineras mon âge dès que nous nous reverrons... Peut-être alors me reconnaîtras-tu ?

– Je voudrais bien... Mais je ne me souviens même pas que ma mère m'ait parlé de vous.

– Ce n'est pas possible ! Virna m'aimait trop pour m'avoir oublié. Même après son mariage... Et ton père, tu te souviens de lui ?

– Je me rappelle surtout sa méchanceté avec maman.

– Et moi qui croyais que Virna avait été choyée !

– Elle a beaucoup souffert à cause de lui.

– Qui te l'a dit ?

– Les personnes qui m'ont élevée quand je me suis retrouvée orpheline.

– Qu'est-il devenu ?

– Je ne sais pas et je m'en moque.

– Pauvre Sylvana ! Tu n'as pas dû être très heureuse.

– Pas très...

– Comment vis-tu ?

– Je me débrouille...

– En faisant quoi ?

– Des traductions...

C'était là un mensonge qu'elle avait souvent fait aux clients trop curieux mais, comme elle parlait couramment l'anglais et l'espagnol, cela pouvait paraître plausible. Et si l'indiscret poussait ses investigations au point de lui demander, comme venait de le faire le cousin Vittorio : « Quel genre de traductions ? » elle répondait :

– Tous les genres, pour diverses maisons d'édition.

– En italien ?

– Non, je me limite à l'anglais et à l'espagnol.

– Virna ne t'a donc pas appris ta langue maternelle ?

– Elle n'en a pas eu le temps avant de mourir.

– Qué dommage ! C'est une langue d'amour que toutes les mammas italiennes devraient léguer à leurs filles pour qu'elles soient plus tard de grandes amoureuses... Es-tu au moins amoureuse, Sylvana ?

– Je ne sais pas.

– Comment ? Tu ne sais pas, à ton âge ? Ma, c'est très grave, ça ! Si tu ignores l'amour, la trentaine passée, tu ne le connaîtras jamais !

– J'espère toujours...

– Tu espères ! Que tu n'aies pas été pressée de te marier, ça se comprend, avec l'exemple de tes parents, mais il n'y a pas que le mariage dans la vie...

– Je suis au courant, vous savez...

– Puisque je suis l'unique cousin du côté de ta mère, mon devoir est d'arranger cela... Et crois-moi, quand Vittorio se mêle de quelque chose, ça marche ! Ma nous bavardons et nous sommes à peine plus avancés que tout à l'heure. Tant que nous ne nous serons pas rencontrés, ce ne seront pas de vraies retrouvailles.

– Comment avez-vous trouvé mon numéro de téléphone ?

– C'est oune mystère que je t'expliquerai quand nous nous verrons... j'ai même ton adresse.

– Et la vôtre ? Vous êtes à Paris ?

– Pas encore, mais je m'en rapproche... J'y serai dans la soirée pour t'inviter à dîner. Pour l'instant je suis sur la route et je t'appelle d'oune station-service.

– Mais d'où venez-vous ?

– D'où veux-tu que j'arrive, sinon d'Italie ? Tu dînes avec moi, c'est promis ? Je ne serai pas là avant vingt et une heures. Je suis sûr que tu dois adorer les bonnes choses, comme ta maman... Ce qu'elle pouvait être gourmande ! Et tu dois connaître les bons restaurants de ta capitale... Moi, il y a si longtemps que je ne suis pas venu à Paris que j'ai oublié leurs noms. C'est à toi de nous en choisir un, ma surtout pas de restaurant italien ! Je veux de la cuisine française ! Il faut que je raccroche et que je quitte la cabine : il y a un monsieur qui attend dehors et qui me fait les gros yeux... Je t'embrasse, bambina. Ciao !

Après un déclic le récepteur redevint muet et le silence insupportable envahit à nouveau l'appartement. La bouffée de joie qui avait partout irradié pendant les quelques minutes de cette communication imprévue se dissipa. La voix chaude et ensoleillée n'était plus là pour apporter la fantaisie dans ce lieu où la moindre rencontre procédait d'un calcul.

Mais qui était ce Vittorio qui prétendait être le cousin de Virna ? Un farceur, un imposteur ou un authentique cousin ? Sylvana avait beau chercher dans ses souvenirs d'enfance : jamais sa maman ne lui avait parlé de ce parent italien ni prononcé son prénom. Et ceux qui l'avaient élevée ensuite ne lui avaient pas non plus dit un mot de son existence. C'est pourquoi cet appel téléphonique, qui ne ressemblait à aucun de ceux auxquels la jeune femme s'était habituée ces dernières années, était des plus étranges.

Et pourtant, sans trop savoir pourquoi, Sylvana désirait ardemment faire la connaissance de cet homme dont la voix chantante semblait prouver son origine transalpine. De quelle partie de l'Italie ? Du Nord ou du Sud ? Peu importait après tout. L'essentiel pour Sylvana était qu'il lui apportât une chaleureuse présence. Comment était-il ? Grand, moyen, plutôt petit comme bon nombre de ses compatriotes ? Brun ou blond ? L'imagination de Sylvana penchait pour le brun, les blonds étant peu répandus dans la péninsule, à l'exception des Vénitiens. À moins qu'en raison de son âge il ne fût grisonnant ? Ce serait magnifique ! Les Italiens aux tempes argentées et à la peau mate sont tellement plus séduisants… Sylvana avait déjà la conviction qu'elle allait se trouver en présence d'une réincarnation de Vittorio de Sica. Surtout, c'était la première fois depuis des années qu'elle pensait d'abord au physique d'un homme avant son compte en banque ! Cet état d'esprit provenait peut-être de ce que son intuition la portait à croire qu'il s'agissait vraiment d'un parent ? Le premier qui se révélait à elle après tant d'années de silence familial ? Son père vivait sans doute encore, en France ou ailleurs, mais comme il l'avait abandonnée avec sa mère, il ne comptait plus dans son cœur. Pour toute attache familiale il ne restait à Sylvana que ce portrait de Virna qu'elle avait accroché successivement dans sa chambre de fillette, dans sa chambre de jeune fille, dans sa chambre de femme mariée à Bruxelles et, depuis son divorce, dans celle presque trop accueillante de cet appartement où les amants intermittents se relayaient. Il n'y en avait pas un qui n'ait demandé après avoir contemplé l'Italienne :

– Quelle est cette beauté ?

– Ma mère, répondait Sylvana avec une fierté mêlée d'orgueil.

– On a déjà dû te dire que tu lui ressembles étrangement ?

– Maman était bien plus belle que moi ! Si tu l'avais connue, tu en serais tombé aussitôt amoureux ! Hélas, elle est morte trop jeune.

– Une maladie ?

– Non. Elle s'est suicidée.

– Ah ? Comment s'appelait-elle ?

– Virna.

– Un joli nom mais un peu dur. Je préfère Sylvana.

– Je suis heureuse de constater qu'il y a au moins quelque chose qui te plaît en moi !

– Mais tout me plaît en toi, chérie !

– Disons pour le moment...

– Et moi ?

– Toi ? Mais tu sais bien que tu me plairas tant que j'y trouverai mon compte !

– Pourquoi ce cynisme ?

– C'est une façon comme une autre de tromper ma solitude.

Mais en cette fin d'après-midi, après avoir entendu la voix de Vittorio, Sylvana se sentait un peu moins seule... Cela pouvait paraître absurde puisqu'elle n'avait pas encore rencontré ce mystérieux cousin :

il devait posséder un fluide magique qui s'était transmis le long de la ligne téléphonique. Bientôt il serait là, devant elle, en chair et en os ! Pourvu que ce ne fût pas une déception !

Comment devait-elle se vêtir pour l'accueillir ? Pouvait-elle choisir l'un de ces déshabillés au décolleté avantageux qui garnissaient ses placards ? Ce serait la pire des erreurs ! Ce procédé était bon pour la clientèle mais à déconseiller en présence d'un parent ! Elle savait que, même s'il se révélait follement attirant, Vittorio ne pourrait jamais devenir son amant. Il resterait toujours celui dont elle parlerait avec sérénité à ses soupirants : « Mon cousin pense que… Il faudra que je demande l'avis de mon cousin… » Dans son esprit, le « beau » Vittorio incarnait déjà à lui seul toute la solidité de la *sagrada familia* italienne. Ce cousin miraculeux qui venait de surgir sur sa route serait dorénavant le repère intangible de son existence tourmentée d'aventurière. Il convenait donc de l'accueillir dans une tenue sobre.

Pourquoi ne mettrait-elle pas tout simplement une blouse et un pantalon ? Les pantalons avaient le mérite d'allonger sa silhouette. Mais n'avait-elle pas expliqué au téléphone que ses revenus provenaient de traductions ? Dans ce cas, un tailleur classique ferait davantage « intellectuelle ». Et, pour ajouter une note supplémentaire de sérieux, elle cacherait ses beaux yeux verts derrière ces grosses lunettes dont les verres teintés voilaient son visage d'une impression de mystère. C'était là un artifice qu'elle réservait d'ordinaire à ses nouvelles conquêtes. Passé le choc de la rencontre, elle se débarrassait de cet accessoire de charme dans un geste désinvolte pour permettre à la fascination de son regard d'ensorceler le client !

Elle ne savait pas encore combien de temps elle conserverait les lunettes en présence du cousin. Elle devait lui paraître sage et rangée pour qu'il ne puisse pas se douter de sa véritable profession. Si par malheur il découvrait le pot aux roses, sa susceptibilité latine le pousserait peut-être à réagir violemment ? À peine ressoudé, le frêle cordon familial serait à nouveau coupé et, qui sait ? pour toujours. Sylvana se retrouverait comme auparavant désespérément seule. Cela, elle ne le voulait à aucun prix.

Sylvana devait donc faire également attention à son maquillage : éviter le tape-à-l'œil de la séduction et choisir des nuances pastel, propres à inspirer la tendresse. Quant à la Ferrari, mieux valait la laisser au garage. Elle risquait de se révéler trop voyante pour une traductrice occupée par ses manuscrits. Au fait ! N'était-ce pas une bonne idée de ressortir la machine à écrire offerte par un ami journaliste en remerciement de quelque privauté ? Elle ne s'en était jamais servie mais il n'y avait pas besoin d'avoir lu le mode d'emploi pour la mettre en évidence sur le petit secrétaire du living-room. Ce serait « l'instrument de travail » que Vittorio remarquerait tout de suite.

Alors qu'elle en était toujours à peaufiner les détails de cette première rencontre, la sonnerie du téléphone retentit une nouvelle fois. C'était un client régulier, guère plus généreux que les autres mais très correct :

– Ah ! toi, au moins, tu es là ! s'exclama-t-il. Tu es la quatrième à laquelle je téléphone... Ou ces dames sont branchées sur répondeur, c'est-à-dire absentes, ou elles sont « occupées », ce qui revient au même pour moi ! Serais-tu disponible dans une heure ?

– Non.

– Comment, non ?

– Figure-toi que j'ai décidé de consacrer ce we end à ma famille.

– Ta... famille ? Tu en as donc une ?

– Comme tout le monde ! Pourquoi n'en aurais-je pas ?

– Depuis le temps que nous nous connaissons, tu ne m'en as jamais parlé.

– T'ai-je posé des questions sur la tienne ? Nous sommes quittes.

– Alors je te rappelle quand ?

– Je ne sais pas. Bye !

Et Sylvana raccrocha en éprouvant une intense satisfaction. Pour la première fois de sa vie, l'idée de retrouver un membre de sa famille supplantait chez elle l'appât du gain.

Un quart d'heure plus tard, le timbre du téléphone résonna de nouveau. C'était un autre « fidèle » qui, sans même s'inquiéter de l'emploi du temps de sa correspondante, lui fixait rendez-vous chez lui pour dix-neuf heures. Il reçut à son tour un refus poli.

– Pas possible ? ironisa-t-il. Aurais-tu fait fortune ?

– Non. Simplement je dîne avec mon cousin.

– Ton cousin ? Tu te f... de moi ?

– Oui, mon cousin !

– Où l'as-tu déniché, celui-là ?

– En Italie !

Et elle raccrocha aussi sec !

Comme si les habitués s'étaient donné le mot, les appels ensuite se bousculèrent. C'était à croire qu'ils s'étaient ligués pour empêcher Sylvana de faire la connaissance de son cousin ! Pourquoi n'avaient-ils pas téléphoné plus tôt dans la journée ?

Elle aurait eu largement le temps de donner satisfaction à quelques-uns pendant ce mortel après-midi qu'elle venait de passer.

Elle aurait bien volontiers décroché le récepteur pour avoir la paix ! Seulement elle craignait que Vittorio n'eût un contretemps et ne la rappelât pour modifier l'heure de son arrivée. Une panne de voiture est toujours possible. C'est pourquoi il fallait que le téléphone restât à l'entière disposition de la famille qui allait enfin se reconstituer...

Dans l'esprit de Sylvana, le cousin qu'elle se préparait à accueillir prenait de plus en plus la figure d'un envoyé du Ciel... Un ange gardien, voilà à quoi ressemblerait Vittorio ! Un protecteur qui saurait se pencher avec une tendresse infinie sur sa solitude. Cette perspective ramenait Sylvana à ses problèmes de toilette. Quand on a la chance de recevoir la visite d'un ange, il faut se montrer à la hauteur et surtout ne pas tenter de le séduire, comme un vulgaire client, par des artifices de maquillage. Elle devait réserver à son cousin le visage de la « vraie » Sylvana.

La difficulté est de savoir être naturelle quand on a été entraînée, depuis sa jeunesse, à ne vivre que pour et par le mensonge. La pureté dont on s'est éloignée pendant tant d'années ne revient pas instantanément parce que l'on a brusquement besoin d'elle. En se regardant dans le miroir de sa salle de bains, Sylvana prit conscience qu'il n'était pas facile de se composer un visage d'innocence sur commande ! Et puis tant pis ! Elle essaierait quand même de jouer le jeu. Ça prendrait ou ça ne prendrait pas...

À vingt heures, sagement assise dans l'un des fauteuils du living-room, vêtue le plus sobrement possible, à peine maquillée, le regard dissimulé derrière les lunettes, ressemblant tout à fait à une petite-bourgeoise attendant le retour de son mari, Sylvana n'avait plus qu'à patienter. Il restait encore une bonne heure avant l'instant des retrouvailles. Heureusement les appels des quémandeurs de caresses s'étaient calmés. Ces messieurs devaient s'apprêter à dîner après avoir fini par organiser agréablement leur soirée.

Sylvana mit à profit cette heure de répit pour décider des réponses qu'elle donnerait au cousin s'il lui posait quelques questions délicates. Ne l'ayant pas revue depuis tant d'années, il ne pouvait évidemment pas se douter de sa véritable profession, ni même de tout ce qu'elle avait vécu depuis la mort de Virna.

Fut-ce poussée par le besoin impérieux de trier dans sa mémoire les souvenirs les moins reluisants, qu'il faudrait cacher absolument à Vittorio ? Sylvana, toujours blottie dans son fauteuil et regardant sans le voir le décor qu'elle connaissait par cœur, commença de revivre son passé.

Les images d'abord se bousculèrent, confuses et superposées, avant de devenir de plus en plus précises. Le visage rayonnant de sa mère, que Sylvana trouvait si beau, se détachait en toile de fond. Il ressemblait exactement au portrait accroché dans la chambre de la jeune femme. Elle savait peu de chose sur ce tableau : il avait été peint, alors qu'elle-même avait à peine six ans, par un jeune artiste grec du nom de Trivos; il aurait été, paraît-il, l'un des amants de Virna...

Dans l'esprit de sa fille, Virna avait eu mille fois raison – affligée comme elle l'était d'un mari odieux – d'avoir cherché à se consoler ailleurs... Mais

Sylvana était trop petite à l'époque pour s'en être rendu compte. C'est sa mère adoptive qui lui avait tout révélé et ses paroles résonnaient encore, bien des années après, dans la tête de la jeune femme :

– Te rends-tu compte, ma petite Sylvana, que la profession de ton père n'était pas reluisante ? Commissaire de police ! Et il l'exerçait avec un peu trop de zèle à mon goût !

– Vous l'avez connu ?

– Le moins possible ! Il empêchait ta maman de me voir. Paraît-il que j'étais une mauvaise fréquentation pour elle... Moi, sa plus grande amie ! Il avait l'esprit obtus de ces gens qui ressassent des lieux communs sur l'ordre et la loi comme si c'étaient des vérités d'Évangile ! Toute personne qui n'approuvait pas ses opinions devenait automatiquement son ennemie. Ce fut mon cas ! Il ne pouvait pas me supporter mais je le lui rendais bien ! J'ai été très inquiète pour ta mère pendant tout le temps où je l'ai vue entre les mains d'une brute pareille ! Tu ne mesureras jamais assez le service qu'il vous a rendu à toutes les deux le jour où il a demandé le divorce sous prétexte que Virna avait une conduite scandaleuse !

– Il l'a gagné, ce divorce ?

– Hélas, oui ! Ce qui lui a évité de verser une pension à ta mère : une honte ! Mais comment voudrais-tu qu'un juge donne tort à un commissaire de police lorsque celui-ci divorce ! Quel bon débarras quand même pour Virna le jour où il l'a laissée tomber ! La seule chose qui comptait alors pour elle était de te garder. Elle savait que ton père te détestait parce qu'il aurait préféré avoir un fils. Elle, par contre, t'a toujours adorée.

– Et vous n'avez plus eu de nouvelles de mon père ?

– Aucune. Et ta mère non plus. Tout ce qu'on a réussi à savoir, c'est qu'il avait demandé à être muté en Guadeloupe aussitôt le divorce prononcé. C'est loin, la Guadeloupe... Aussi, quand Virna est morte, je n'ai même pas jugé nécessaire de faire effectuer des recherches par les services de police pour l'en informer. Qu'est-ce que cela aurait changé ?

– Peut-être pour moi ?

– Pour toi ? S'il t'avait récupérée, il t'aurait forcée à entrer dans la police ! Tu t'y vois en uniforme ? Allons donc ! Estime-toi heureuse qu'il n'ait rien su. D'ailleurs, s'il avait voulu te revoir, ça ne lui aurait pas été difficile, vu ses fonctions. Crois-moi : tu n'as rien à regretter. Il n'en valait pas la peine.

– Pourquoi alors maman l'a-t-elle épousé ?

– Va savoir pour quelle raison les gens ont la bêtise de se marier ! Il faut croire qu'en dépit de tout ce qui s'est passé entre eux par la suite tes parents avaient quand même connu le coup de foudre le jour où ils se sont rencontrés. L'amour est une telle loterie... Note bien que lorsque ta mère m'a présenté ton père en me disant qu'il était dans la police et qu'elle allait l'épouser, j'ai été stupéfaite ! Pour moi ce mariage ne pouvait pas durer. Cela n'a pas empêché que tu sois un enfant de l'amour... Il n'y a qu'à te regarder pour s'en convaincre : tu es si jolie...

– Et maman ? Parlez-moi d'elle...

– Que veux-tu que je te dise sur Virna ? Physiquement elle était comme sur ce portrait que je t'ai conservé et dont tu ne devras jamais te séparer. Tu y découvres toute sa vivacité d'esprit. Ses yeux étaient peut-être moins fascinants que les tiens parce qu'ils étaient noirs au lieu d'être verts, mais ils reflétaient quand même tout le soleil de l'Italie.

– C'est parce que mon père nous a abandonnées qu'elle s'est suicidée ?

– Certainement pas ! Pour elle le départ de ton père a plutôt été une délivrance... Non, une femme ayant sa sensibilité ne pouvait se tuer que pour un vrai chagrin d'amour.

– Lequel ?

– Malgré la profonde amitié qui nous liait, elle ne m'a jamais fait de confidences à ce sujet. Bien sûr elle avait des aventures, qui n'en a pas ? Mais de là à ce que l'une d'elles l'ait conduite au désespoir, il y a un monde ! L'idée de suicide ne cadrait pas du tout avec sa mentalité. Comme beaucoup de filles de son pays, Virna était foncièrement croyante et surtout très gaie. La gaieté ça ne voisine pas avec la mort.

La femme qui avait répondu à toutes ces questions, posées par Sylvana quand celle-ci n'était encore qu'une jeune fille, s'appelait Cécile Bernard. Depuis la tragique disparition de Virna, elle avait joué le rôle délicat de mère adoptive. En effet, c'était à elle que, avant de s'endormir pour toujours au moyen de barbituriques, Virna avait adressé quelques lignes fébrilement écrites où elle la suppliait de s'occuper de son enfant, alors âgée de sept ans.

Cécile Bernard s'était plus ou moins bien acquittée de cette tâche délicate. N'ayant jamais eu d'enfant elle-même, elle ignorait beaucoup de choses relatives à leur éducation. Par exemple, que les conseils, même les plus judicieux, ne remplacent jamais la tendresse... Ou que le spectacle dissolu de son existence n'était pas le meilleur moyen de fortifier l'âme de la jeune fille dont elle avait la charge.

Sur le plan de la morale, Cécile Bernard avait en effet des vues très personnelles. Ayant compris assez tôt que son physique lui interdisait de compter sur sa propre séduction, elle s'était lancée dans l'éducation d'oiselles prometteuses avec l'intention très claire de monnayer leurs charmes auprès de messieurs esseulés mais bien nantis. Ce fut ainsi que Sylvana, confiée par sa mère désespérée à cette éducatrice d'un genre spécial, devint aussi l'une de ses élèves. Mais parce que « Madame Bernard » avait conservé une réelle affection pour son amie disparue, Sylvana connut un sort particulier.

Mme Bernard dut d'abord tenir compte du fait que sa protégée était tombée sous sa coupe à un âge beaucoup plus tendre que ses autres élèves. Celles-ci en général ne se présentaient pas devant elle avant d'avoir atteint leur dix-huitième année.

– Avec des filles qui n'ont pas encore leur majorité légale, avait coutume de dire la pourvoyeuse, on ne peut pas travailler correctement : les risques sont trop grands !

C'est pourquoi Sylvana avait d'abord, comme toutes les jeunes filles de son âge, fréquenté la communale avant de partir dans un cours privé où, selon Mme Bernard, la fille de Virna côtoierait des petites camarades de « meilleure condition sociale ». Sans être exceptionnelles, ces études avaient été honorables.

– Le plus important aujourd'hui pour une jeune fille, avait encore déclaré Mme Bernard, c'est d'apprendre des langues étrangères. Ce sont surtout les étrangers qui ont de l'argent.

À dix-sept ans, Sylvana parlait couramment l'anglais et assez bien l'espagnol.

– Pourquoi ne pas lui avoir conseillé d'apprendre l'italien ? avait suggéré le vicomte Adhémar de Gignac, gentilhomme de bonne souche et confident privilégié de Cécile…

Cet homme qui se croyait « du monde » avait toujours appelé l'éducatrice par son prénom plutôt que par ce « Madame Bernard » qui, selon lui, faisait tenancière de maison close tout en la vieillissant inutilement.

– La langue de sa mère ? avait répondu Cécile. Pour quoi faire ? Virna ne parlait jamais italien avec sa fille ni avec personne, comme si elle avait détesté tout ce qui lui rappelait ses origines. De toute façon ça s'apprend tout seul, l'italien ! Il suffit d'aller se baigner à Capri, de faire l'amour à Venise ou de partir en pèlerinage à Rome ! Et puis, je ne souhaite pas que cette petite fréquente les Italiens. Ce sont des hommes dangereux pour les femmes.

– Dangereux ?

– Ils leur plaisent et surtout trop vite ! Si Virna vivait encore je suis sûre qu'elle n'aimerait pas voir sa fille acoquinée avec l'un de ses compatriotes.

Le vicomte n'avait pas insisté, se contentant de hocher la tête, ce qui chez lui marquait la désapprobation.

À dix-sept ans, Sylvana était une créature peu farouche, ne demandant qu'à devenir une femme désirable si tel devait être son destin. Mme Bernard, ayant flairé ces dispositions naturelles, n'avait pas hésité à tout mettre en œuvre pour favoriser leur épanouissement. Il faut reconnaître qu'elle avait acquis une grande pratique dans ce domaine, ayant déjà lancé avec succès beaucoup d'autres élèves. Mais, estimant que Sylvana était un cas exceptionnel, elle lui avait réservé un traitement de faveur.

En fait, celui-ci avait commencé immédiatement après la mort de Virna avec qui la fillette habitait un petit logement au pied de la butte Montmartre. Mme Bernard l'avait fait déménager pour l'installer chez elle, dans son domicile beaucoup plus vaste de la place du Général-Catroux. L'immeuble étant cossu et de bonne apparence bourgeoise, il était difficile d'imaginer que l'appartement du troisième étage abritait en réalité un « bureau de placement » pour jeunes filles charmantes.

Dès l'instant de son arrivée dans ce nouveau foyer, Sylvana apprit qu'elle devrait désormais appeler sa protectrice « Ma tante ». Les « Madame Bernard » étaient réservés aux clients ou aux autres filles avec lesquels la maquerelle cultivait une certaine « distance ».

Car il ne se passait jamais rien qui pût offenser la morale ou la dignité chez Mme Bernard. C'eût été beaucoup trop dangereux ! Elle se bornait à « faire les présentations » moyennant une commission raisonnable. Le « reste » se passait obligatoirement ailleurs.

Sylvana fut toujours tenue à l'écart de cet étrange ballet. Aux yeux de sa protectrice, elle était une sorte de starlette qu'il fallait cacher jusqu'au jour où la grande occasion de la marier magnifiquement surviendrait. C'est dire si l'éducation de la jeune fille manqua de gaieté et d'agrément !

À dix-sept ans, Sylvana avait encore beaucoup à apprendre, aussi bien sur le plan charnel que sur celui des bonnes manières qui font tellement défaut de nos jours aux jeunes personnes en quête d'époux. Mme Bernard se chargea d'affranchir l'innocente créature sur les réalités de la chair, mais elle laissa à son « confident » – disons plutôt son complice –

le soin de lui apprendre les règles essentielles de la bonne conduite en société.

Le vieil aristocrate décavé se révéla dans cet emploi délicat le mentor idéal. Sylvana apprit avec lui à bien se comporter à table. Il lui enseigna aussi à parler avec aisance et sans commettre ces détestables fautes de français qui consistent à dire *au coiffeur, au plaisir de vous revoir, à très bientôt,* et tous ces *j'ai des problèmes* infestant l'existence des jeunes femmes d'aujourd'hui qui finissent par croire qu'il n'y a plus rien de *valable* pour elles ici-bas…

Qui était ce vicomte plein d'allure avec son opulente chevelure argentée, ses sourcils épais, sa voix qui n'élevait jamais le ton, ses éternels nœuds papillons, ses vêtements d'excellente coupe et ses souliers toujours impeccablement cirés ? En vérité nul ne le savait au juste. Pas même son égérie, qui, ayant pourtant connu dans sa jeunesse nombre d'aventures, avait toujours gardé au fond de son cœur une place privilégiée pour ce conseiller à particule. Toutefois, ce n'avait jamais été entre eux la grande passion qui fait des ravages. Leurs élans réciproques s'étaient sagement bornés à une bonne entente amoureuse mais durable. Au point qu'il était difficile de les imaginer l'un sans l'autre. D'une certaine façon ils se complétaient, Adhémar parvenant à tempérer le caractère souvent emporté de Cécile. Ils n'habitaient pas ensemble – pour rien au monde le vicomte n'aurait modifié ses habitudes de vieux garçon – et n'avaient jamais songé au mariage. Ce fut dans l'étrange compagnie d'êtres aussi dissemblables que Sylvana grandit, partagée à leur égard entre deux sentiments contradictoires : une reconnaissance teintée d'indignation pour la façon très spéciale dont ils s'occupaient d'elle, et l'ardent désir de goûter le plus tôt possible une liberté à laquelle elle estimait avoir droit puisqu'elle se savait seule sur terre.

Mais comment acquérir cette liberté sans argent ? Il lui fallait donc en gagner. Mme Bernard et le vicomte s'entendirent pour lui faire comprendre que le meilleur moyen serait pour elle de faire un riche mariage. Ce n'étaient pas les partis intéressants qui manquaient mais il fallait bien choisir. Il ne s'agissait pas de marier la fille de Virna avec le premier venu ! De sa tombe l'Italienne n'aurait pas pardonné à son amie une pareille trahison ! Une année passa, puis deux sans que le profil du candidat idéal se dessinât à l'horizon... Des quelques entrevues organisées dans l'appartement, aucune ne donna de résultat. Il y avait toujours en fin de compte un détail qui clochait : ou le monsieur était trop âgé, ou il n'avait pas assez d'argent, ou il ne plaisait pas suffisamment à Sylvana...

– Il faudra quand même bien que tu te décides un jour ! ne cessait de lui répéter sa fausse tante. Si ta mère était là, elle te parlerait exactement comme moi.

– Elle ne manquerait pas de toupet, répondait Sylvana, quand on sait ce qu'a été son propre mariage ! Et au moins mon père était beau, d'après ce que vous m'en avez dit !

– La beauté ne se mange pas en salade, ma petite ! Chez un homme, elle compte moins que sa fortune ! Puisque toi tu l'as, la beauté, ça devrait suffire pour deux !

Il était vrai que Sylvana devenait de plus en plus séduisante. Sa protectrice sentait que le moment se rapprochait où elle serait enfin remboursée de tous les sacrifices – aucun mot ne lui paraissait plus approprié – qu'elle avait consentis pour élever la fille de Virna. Après avoir tant peiné pour faire d'elle une jeune personne aussi désirable qu'accomplie, n'était-il pas normal qu'elle fût justement récompensée ? Il n'y avait aucune raison pour que les choses se passent avec Sylvana différemment qu'avec les autres filles fréquentant la place du Général-Catroux. Au contraire : elle devait rapporter plus gros. La logique financière ne voulait-elle pas qu'une Sylvana longuement choyée fût d'un meilleur rendement que ses consœurs hâtivement préparées pour des rencontres rapides ? Si Virna, qui avait tellement souffert des inconvénients d'une union médiocre, était encore de ce monde, elle raisonnerait exactement comme sa fidèle amie : Sylvana méritait un mariage cossu. Plus tard – si le cœur lui en disait et surtout si elle avait l'assurance de conserver une honnête aisance –, elle pourrait toujours se risquer dans des liaisons éphémères et plus ou moins aventureuses. Mais le mariage d'abord !

Seulement voilà : Mme Bernard se rendait bien compte, depuis deux ans qu'elle cherchait, qu'il n'était pas facile de marier sans dot une jeune fille, aussi exquise et avertie fût-elle. Maintes fois elle avait fait part de ses inquiétudes matrimoniales au cher Adhémar qui, un jour, eut une idée :

– Ne pensez-vous pas, ma toute belle, que nous devrions faire appel aux bons offices d'un spécialiste ?

– Qu'entendez-vous par là ?

– Disons quelqu'un… Je crois que ce devrait plutôt être un homme qu'une femme. Quelqu'un dont la vocation est de caser des jeunes beautés dont il surveille ensuite de plus ou moins loin les intérêts…

– J'y ai déjà pensé, figurez-vous ! Mais je vois un inconvénient majeur à cette solution : que deviendrons-nous dans tout cela, vous et moi ?

– Nous aurions notre part, évidemment moins importante que si nous étions les seuls managers de l'opération ! Mais il vaut mieux avoir dix pour cent d'une bonne affaire que cent pour cent d'une mauvaise ! D'ailleurs, je suis persuadé, si nous savons manœuvrer, que nous pourrions obtenir un pourcentage sensiblement plus intéressant : disons du cinquante-cinquante... Si Sylvana est richement mariée, ça peut rapporter pas mal...

– Et les autres cinquante pour cent ?

– Ils iraient au spécialiste que nous aurions mandaté pour défendre nos intérêts communs. Il ne pourrait s'agir, bien entendu, que d'un vrai professionnel. Dans ce genre de travail, les amateurs faussent tout parce qu'ils sont toujours trop pressés de faire des bénéfices... Un homme de métier, lui, sait attendre.

– Mais Sylvana, que deviendra-t-elle dans cette combinaison ?

– Elle sera heureuse puisqu'elle n'aura aucun souci financier à l'exception de celui, assez minime, de nous faire parvenir périodiquement, selon un processus qui sera à établir, la part revenant à notre organisation. Laquelle part, je m'empresse de vous rassurer, sera calculée en fonction de la fortune de son époux... C'est pour cela qu'il vaut mieux que celui-ci soit le plus riche possible... Tellement riche qu'il ne se rendra même pas compte – ou, à la rigueur, trop tard ! – des sommes subtilisées par sa femme à notre intention. Après tout, pour un milliardaire, c'est une chance d'avoir une épouse dépensière... Si elle a le malheur d'être économe, tôt ou tard il en conçoit d'affreux soupçons. Il croit qu'elle agit ainsi pour en mettre le plus possible de côté après sa mort ! De déduction en déduction il est bientôt persuadé qu'elle ne va pas tarder à l'empoisonner. Et notre pauvre milliardaire devient alors un angoissé et un atrabilaire... Ce que nous ne voulons pas, ni vous ni moi ! Nous souhaitons au contraire que le mari de Sylvana soit si heureux que notre source de revenus ne tarisse jamais.

– Mais Sylvana sera-t-elle aussi heureuse que lui ?

– Il ne pourra pas en être autrement... Réfléchissez... D'abord nous nous y sommes si bien pris pour faire son éducation qu'elle est fermement convaincue que l'argent fait le bonheur... Et puis elle n'est pas assez stupide pour ne pas avoir compris que la seule façon pour elle d'avoir les belles robes, les belles fourrures, les beaux bijoux et les belles voitures dont elle rêve, c'est d'être la femme d'un homme riche. Abondance de biens ne nuit pas, elle réconforte plutôt...

– Mais aimera-t-elle cet homme ?

– Venant de votre part, ma chère Cécile, une pareille question me surprend ! Nous n'avons pas éduqué Sylvana pour en faire une amoureuse... Mais après tout, pourquoi ne finirait-elle pas par aimer son mari, s'il sait se montrer suffisamment généreux et prévenant ? La chose s'est déjà vue... Alors, quelle décision prenez-vous ?

– Je ne vois qu'un homme capable de dénicher le mari qu'il nous faut. Son organisation est très au point, elle possède des ramifications à peu près dans tous les pays présentant quelque intérêt monétaire. Seulement je vous préviens : il est gourmand ! Il exigera au moins les cinquante pour cent dont vous parliez tout à l'heure...

– Normal : les gens qui ne savent pas prendre leur part du gâteau font mal leur métier ! C'est vrai pour toutes les professions. Qui est ce monsieur ?

– Tino Ramuschi.

– Chère amie, j'ignorais que vous le connaissiez !

– Et vous ?

– De réputation seulement. Je n'ai jamais eu l'occasion de le rencontrer. On dit que c'est un personnage inquiétant.

– On dit beaucoup de sottises sur les gens quand on ne les connaît pas, mon cher Adhémar ! Ayant traité plusieurs fois avec lui, je puis vous assurer que Tino est le plus charmant des hommes. Avec ça, d'une correction et d'une intelligence rares ! Il y mettra peut-être le temps mais je suis sûre qu'il nous trouvera un milliardaire. Et ce sera fait avec une telle maîtrise que personne au monde ne se doutera que le coup a été entièrement monté.

– Vous croyez que Sylvana se laissera faire ?

– J'ai le sentiment qu'elle ne fera aucune objection à la réalisation de notre plan. N'avez-vous pas remarqué qu'elle paraît plus malléable, depuis quelques mois ? Elle a compris qu'un beau mariage était dans son intérêt !

– Ne pensez-vous pas plutôt qu'elle n'a qu'une idée en tête : fuir notre compagnie ?

– C'est possible... Malgré tout le mal que l'on se donne pour eux, les enfants se montrent souvent d'une telle ingratitude ! Cela dit, je ne pense pas que Sylvana soit ainsi... Ou alors elle cache bien son jeu ! Mais je crois avoir deviné – bien qu'elle ne m'en ait jamais parlé – que l'absence de ses vrais parents lui pèse terriblement ! Après tout, c'est normal... Ni parents, ni frère ou sœur, ni grands-parents, ni cousins proches ou éloignés ! Elle n'a eu que nous comme famille : c'est mieux que rien mais ça ne remplace pas les liens du sang. Nous avons fait tout ce que nous pouvions pour pallier ce manque, mais avons-nous réussi ? Je me le demande.

– Comme j'aime vous entendre parler ainsi, chère Cécile ! J'ai toujours pensé qu'en dépit de votre caractère tranché vous pouviez vous montrer humaine quand il le fallait.

– Merci, Adhémar. Voyez-vous, ce qui m'inquiète justement au sujet de Sylvana, c'est de savoir si elle est capable d'avoir du cœur. Sa mère en avait certainement plus qu'elle... Virna était un peu folle dans ses engouements, mais elle avait d'étonnants sursauts de générosité. Ce qui ne m'a jamais paru être le cas de sa fille !

– Comment voudriez-vous qu'il en soit autrement puisque cette petite nous a toujours entendus parler d'argent et des moyens d'en gagner ?

– Mais, mon pauvre ami, que peut-on faire sans argent ? Et puisque Sylvana n'en a pas...

– ... Vous pensez qu'elle vous sera reconnaissante un jour de lui en avoir fait gagner simplement en se mariant... J'espère que l'avenir vous donnera raison. Mais dites-moi : d'où vient ce Tino Ramuschi à qui vous comptez faire appel ?

– Avec un nom pareil ? De Corse évidemment...

– Votre bon sens m'a toujours fasciné !

– Vous, vous n'en avez jamais eu, Adhémar ! Je ne vous ai toujours connu que comme un bon vivant doublé d'un rêveur. C'est d'ailleurs ce qui fait votre charme et continue à me séduire en vous.

– Nous nous aimons, Cécile.

– C'est possible mais ce n'est pas le moment de

nous attendrir... Revenons aux choses sérieuses, c'est-à-dire à l'avenir de Sylvana. Je vais téléphoner à Tino pour prendre rendez-vous avec lui et lui expliquer la situation. De toute façon, il ne pourra être que de bon conseil. Mais attention ! Ne parlez pas de ma démarche à Sylvana ! Tino demandera certainement à la voir pour jauger ses possibilités... Il faut que la rencontre se fasse d'une façon discrète pour que Sylvana ne se doute de rien. Faites-moi confiance et laissez-moi agir seule...

– Ma chère, je m'en remets à vous !

Un mois plus tard, la fausse tante annonça à sa pseudo-nièce :

– Ma chérie, ton oncle et moi venons de prendre une grande décision... Nous estimons qu'au moment où tu atteins ta majorité, tu dois connaître plus de liberté. L'été aussi s'approche. Il faut que tu profites des deux. Cette idée te séduit-elle ?

La réponse de Sylvana fut enthousiaste. Elle traduisit cette spontanéité de la jeunesse impatiente d'agir enfin à sa guise. Le « Oh, oui, ma tante ! » fut sincère. Et, même, accompagné d'un sourire que Mme Bernard n'avait encore jamais vu sur le visage de sa protégée. Aussi continua-t-elle :

– Je savais que nous serions du même avis... J'ai bien compris que tu commences à t'ennuyer ici et que tu ne tiens pas non plus à te lancer dans des études interminables. Tu as envie de vivre ta vie, n'est-ce pas ?

– Oui, tante Cécile.

– Ton bagage scolaire n'est pas énorme. Mais enfin, il est suffisant pour une jolie fille telle que toi. Je suis persuadée que tu sauras toujours te débrouiller et profiter des leçons d'Adhémar pour te tenir dans le grand monde. Autrement dit il ne te reste plus qu'à rencontrer un homme « bien sous tous rapports ». Évidemment, jusqu'ici, les quelques entrevues que j'ai organisées pour toi se sont soldées par des échecs, et ceci – je tiens à te le faire remarquer –, uniquement par ta faute. Aucun de ces messieurs ne plaisait à mademoiselle ! Ils étaient pourtant très riches ! Enfin, n'en parlons plus ! Ce que le cœur veut...

– Ils étaient si laids !

– Un homme ne peut pas tout avoir, mon petit ! La plupart du temps il faut choisir ! Si tu te décides pour un mari fortuné, tu auras ensuite la possibilité de le tromper avec un beau garçon sans le sou, mais si tu optes dès le départ pour un Apollon pauvre, il n'est pas certain que tu trouves des consolations avec un amant bien nanti ! Mon expérience personnelle m'a prouvé que les hommes ayant de l'argent sont plus radins avec leurs maîtresses qu'avec leurs épouses : dès qu'ils ont une liaison ils ont la prétention saugrenue de vouloir être aimés pour eux-mêmes ! Mais revenons à toi : ton oncle et moi allons t'offrir des vacances... de vraies vacances, c'est-à-dire sans nous ! Ça ne te dit rien ?

– Ça me dit beaucoup, au contraire !

– Tu partiras dans une semaine pour Juan-les-Pins. C'est un endroit charmant où tu pourras t'amuser. Tu résideras au *Provençal,* un hôtel de premier ordre. Ta chambre est déjà réservée et nous te payons entièrement le séjour en demi-pension. Séduisante comme tu l'es, tu n'auras pas de mal à te faire inviter pour les autres repas. Il faudra que tu sortes et que tu bouges ! Ce n'est pas en restant calfeutrée dans ta chambre ou assise dans un fauteuil du hall que tu feras des conquêtes... Tu devras te montrer et même te faire remarquer en prenant bien soin de conserver en toute circonstance une tenue irréprochable ! Il faut que les messieurs se demandent sur ton passage : « Quelle est donc cette jeune personne aussi distinguée ? » Tu nous dois bien cela, à ton oncle et à moi, en remerciement de tout le mal que nous nous sommes donné pour faire ton éducation. Tu n'oublieras pas non plus que tu es censée être une jeune fille de bonne famille. Si l'on te pose des questions sur tes parents, tu répondras qu'ayant été orpheline très jeune tu as été élevée par ton oncle paternel, le vicomte Adhémar de Gignac.

– Et... « sa femme » ?

– Disons « sa compagne ». Si des gens curieux cherchaient à se renseigner, ils finiraient par découvrir qu'Adhémar et moi ne sommes pas mariés, alors que si l'on dit tout de suite que nous vivons maritalement, la situation est plus franche. Et je préfère de beaucoup être l'amie en titre d'un gentilhomme que l'épouse légale d'un petit-bourgeois !

– De qui suis-je la nièce, alors, de vous ou de lui ?

– De lui, bien entendu. Grâce à une alliance lointaine... Ça fera plus snob !

– Elles dureront combien de temps, ces vacances ?

– Le temps qu'il faudra pour que tu trouves chaussure à ton pied... Tu m'as bien comprise ?

– Oui, ma tante.

– Ah ! Il reste à résoudre le problème de l'habillement... Ton type de femme ne s'accommode pas de vêtements ordinaires : ton élégance devra éclabousser les jeunes filles qui risqueraient d'être pour toi des concurrentes. Mais, pas d'extravagance vestimentaire ! Il n'y a rien de pire pour faire fuir les hommes de qualité... Nous allons donc profiter des quelques jours qui restent avant ton départ pour courir les boutiques. Si je consens à faire ce nouveau sacrifice pour toi, c'est en pensant à cette chère Virna qui serait si heureuse de savoir que sa fille fait tourner les têtes dans un palace de la Côte ! Et puis, ces vacances risquent de marquer un tournant décisif dans ton existence.

Mme Bernard avait toujours su être une femme de décision. Huit jours plus tard, ce fut une jeune personne équipée et parée pour toutes les éventualités qu'elle accompagna, avec le fidèle Adhémar, jusqu'à l'aéroport d'Orly. Au moment de la séparation, elle eut ces derniers mots en embrassant Sylvana :

– Je ne te demande pas de nous envoyer des cartes postales : ça fait vieux jeu ! Téléphone-nous plutôt de temps en temps et de préférence vers midi – tes soirées seront certainement très occupées ! – pour nous dire que tout va bien. Oublie-nous aussi un peu et pense d'abord à toi... rien qu'à toi !

– Je ne sais comment vous remercier tous les deux pour tout ce que vous faites.

– Espérons que tu t'en souviendras plus tard ! Je sais que tu n'es pas une ingrate.

– Amuse-toi bien ! fut le dernier souhait du vicomte.

Mais Sylvana ignorait, à cet instant où elle croyait s'envoler enfin vers la liberté, que tout ce qui allait désormais lui arriver avait été ourdi en secret avec la complicité de Tino Ramuschi.

Le Corse avait rencontré et jaugé la fille de Virna, à son insu, quatre semaines plus tôt. Cela s'était passé un dimanche, jour qui promettait d'être aussi ennuyeux que les autres si Mme Bernard ne s'était écriée pendant le petit déjeuner auquel le vicomte assistait selon un rituel établi depuis des années :

– Que diriez-vous, Adhémar, si nous profitions du repos dominical pour aller déjeuner tous les trois en famille au restaurant ?

– Très chère, cela me paraît être une excellente idée ! N'est-ce pas, Sylvana ?

Cette dernière, qui était toujours prête à saisir la moindre occasion de fuir l'appartement détesté et le défilé incessant des autres protégées de Madame, accueillit le projet avec enthousiasme.

Le trio se retrouva donc quatre heures plus tard, place des Ternes, installé à la *Brasserie Lorraine* où une table avait été réservée au nom du vicomte Adhémar de Gignac. Le monsieur solitaire, occupant la table voisine, n'était autre que le fameux Tino Ramuschi... Ce fut à peine si Sylvana le remarqua tellement il sut se faire discret. Entre chaque plat qui lui était servi, il faisait mine de se plonger dans la lecture d'un journal hippique. En fait, de tout le repas il ne perdit pas une miette de la conversation échangée entre ses trois voisins. Laquelle fut très variée car Mme Bernard tenait à prouver que Sylvana était intelligente et ne manquait pas d'à-propos.

La maquerelle avait tout minutieusement organisé avec son cher Adhémar. De temps à autre, comme convenu, le vicomte lançait une plaisanterie en anglais ou en espagnol qui suscitait aussitôt une repartie de Sylvana. Le Corse appréciait bien sûr ces prouesses langagières et il se délectait de l'innocence avec laquelle la jeune fille tombait dans les pièges de ce repas peu ordinaire.

Dès le lundi matin, Tino Ramuschi rendit son verdict par téléphone :

– Vous aviez entièrement raison, ma chère Cécile. Nous avons affaire à un sujet de choix. Je vais tout de suite me mettre en campagne mais je ne me fais pas trop de soucis sur nos chances d'aboutir…

Et c'est ainsi qu'un mois plus tard le « sujet de choix » prenait possession de la chambre qui l'attendait au *Provençal.* Le soleil y pénétrait largement et il y avait même une petite terrasse face au cap d'Antibes, sur laquelle Sylvana pourrait se prélasser et bronzer. Décidément, une nouvelle vie commençait pour elle !

Quelques jours passèrent pendant lesquels l'élève de Mme Bernard s'appliqua à étudier son entourage aussi bien à l'hôtel que sur la plage et le soir à la discothèque du Casino où sa passion de la danse put se déchaîner. De ses observations elle conclut rapidement qu'il n'y avait dans le lot de vacanciers qu'un seul homme susceptible de lui plaire. Il pouvait avoir une quarantaine d'années, n'était pas spécialement beau mais forçait la sympathie. Grand, bien charpenté, le visage ouvert, les yeux bleus, les cheveux blonds et s'habillant sans ostentation comme seul y parvient un homme bien élevé, dans la faune bigarrée de cette Côte d'Azur où tout est permis, il faisait excellente impression. De plus, détail non négligeable, il possédait une superbe Jaguar immatriculée en Belgique. Enfin, aussi bien dans la salle à manger, où sa table n'était pas trop éloignée de celle de Sylvana, que dans le hall et au bar de l'hôtel, où il leur arrivait de se croiser, la belle orpheline fut bien obligée de constater que cet inconnu n'avait d'yeux que pour elle. S'étant discrètement renseignée auprès d'un maître d'hôtel, elle apprit qu'il se nommait Eric Van Flaer et n'était accompagné d'aucune dame. Le jour même elle lui renvoya le plus charmant des sourires, en réponse à celui qu'il venait de lui adresser au moment où il avait pénétré dans la salle à manger. Le lendemain matin, ils se retrouvèrent sur le plongeoir de la piscine d'eau de mer. Il plongeait très bien et elle-même fit sensation en maillot de bain. Ils échangèrent quelques mots et déclinèrent leurs identités réciproques. Ce fut ainsi qu'elle obtint la confirmation de son nom et la révélation de sa profession : il était chocolatier à Bruxelles. De son côté il apprit qu'elle se prénommait Sylvana.

Il l'invita à dîner à Cannes le soir même : pouvait-elle refuser ? Vers vingt heures ils quittèrent le *Provençal* dans la Jaguar blanche. Sylvana portait un tailleur grège en chantoung qui s'harmonisait merveilleusement avec sa peau mate et sa chevelure noire. Lui avait opté pour un complet en alpaga bleu marine rehaussant sa blondeur. Leur couple paraissait harmonieux, et faisait très chic. On pouvait presque croire qu'ils étaient descendus ensemble sur la Côte pour y passer les plus heureuses des vacances. Pendant le trajet en voiture ils en apprirent un peu plus l'un sur l'autre : il était célibataire et fils unique. Ses parents étant morts, il avait hérité de l'une des plus célèbres fabriques de chocolat de son pays. Orpheline elle aussi, c'est son oncle – qu'elle aimait beaucoup – qui l'avait élevée. Il gérait avec sa compagne une importante agence de relations publiques. En somme ils étaient faits pour se rencontrer !

Après le dîner au *Palm Beach,* ils ne résistèrent pas au plaisir d'aller se trémousser en duo au *Whisky à gogo,* où Sylvana put découvrir que, même si son cavalier n'était pas très doué pour la danse, il savait faire preuve d'une extrême bonne volonté.

Une petite semaine s'écoula pendant laquelle ils ne se quittèrent pratiquement plus de la journée. Le soir, et même parfois très tard quand ils revenaient au *Provençal,* ils se séparaient tendrement en se souhaitant une bonne nuit après avoir fait mille et un projets pour le lendemain. Il la respectait, l'embrassant seulement sur la joue qu'elle lui tendait, presque rougissante, comme une jeune fille sage qui observe scrupuleusement les conseils de prudence prodigués par une marraine avertie. Il ne l'accompagna jamais dans sa chambre, pas plus qu'elle n'entra dans la sienne : leur bonne éducation réciproque l'exigeait. Rentrés chacun chez soi, il ne leur restait plus qu'à rêver...

Les songes du chocolatier étaient des plus roses : « Elle est tout à fait charmante, cette jeune fille ! se disait-il. C'est bien la première fois, depuis des années que je passe mes vacances au *Provençal,* que j'y fais une rencontre aussi agréable... Elle est plus que jolie ! D'abord c'est une brune. Ensuite ses yeux sont superbes, elle est intelligente et elle a du goût pour s'habiller. On sent qu'elle a été bien élevée par son oncle, ses manières sont exquises. Pour un homme de ma situation il faut reconnaître qu'elle serait l'épouse idéale, capable de me représenter dans les réceptions et les cocktails où je serais empêché de me rendre. Elle garde constamment une certaine réserve, mais cela aussi est important quand on sort dans le monde. Et elle sait se montrer gaie quand il le faut. Jamais je ne pourrais vivre avec une femme morose ! En Belgique nous sommes des bons vivants ! En plus, elle danse très bien, beaucoup mieux que moi ! Dès que je rentrerai à Bruxelles il faudra que je m'inscrive à un cours de danse si je veux rivaliser avec elle. Évidemment, j'ai le double de son âge mais elle est si jeune que nous avons quand même quelques belles années devant nous avant que notre couple paraisse mal assorti. D'ici là, on aura eu largement le temps de faire des jaloux, Sylvana et moi. Sylvana... Un prénom qui va à ravir avec son type méditerranéen. C'est vrai que sa mère était italienne... Sylvana Van Flaer : voilà qui sonnera bien dans le Tout-Bruxelles ! Plus je réfléchis et plus j'en arrive à la conclusion que c'est la femme qu'il me faut. Dire que cette année j'ai failli abandonner la Côte d'Azur pour aller à Marbella ! Heureusement que Félix m'a fait changer d'avis en me persuadant que je serais mieux dans cet hôtel où j'ai mes habitudes. Cher Félix ! Le jour même de mon retour à Bruxelles, j'irai prendre un verre dans son bar pour le remercier de son conseil. Je lui dois bien ça : sans lui je n'aurais jamais fait la connaissance de Sylvana ! »

Les pensées de cette dernière étaient nettement plus terre à terre : « Il pourrait être pire. C'est quand même l'un des hommes les plus attirants que j'aie rencontrés, et lui, au moins, ne m'a pas été imposé ! Mais est-ce qu'il me plaît vraiment ? D'accord, il est plutôt bel homme, avec juste l'âge qui me convient, ni trop jeune ni trop vieux. Et il a du fric ! Ça se sent... D'après les pourboires qu'il laisse dans les restaurants, ça m'étonnerait aussi qu'il soit pingre. Si je le poussais un peu, je suis sûre qu'il me couvrirait de cadeaux. Pour l'instant il n'ose pas, parce que je joue la jeune fille sur la réserve ! Mais je suis prête à parier qu'il est follement amoureux de moi. Est-ce qu'il ferait un bon mari ? Sans doute... Mais je ne me sens pas mûre pour sauter le pas ! Il fait trop brave type... Oh, après tout !

Comme dit ma tante, l'amour et le mariage, ça fait deux. »

Le lendemain de ces réflexions, Sylvana éprouva le besoin de téléphoner à ses protecteurs; pendant l'heure du déjeuner, comme Mme Bernard le lui avait conseillé.

– Alors, demanda aussitôt cette dernière, où en es-tu ?

– Tout va très bien, ma tante.

– Je ne demande pas si tu as beau temps, puisque là où tu es c'est une question superflue. Mais le reste ?

– Quel reste ?

– Enfin, tu me comprends : est-ce que tu t'amuses *bien* ?

Et Mme Bernard mettait dans ce dernier mot une intonation lourde de sous-entendus...

– Oui, oui. Ça va !

– T'es-tu fait des amis ?

– J'en ai trouvé un...

– Comment est-il ?

– Je crois qu'il vous plairait : il a beaucoup d'argent.

– Mais c'est un homme convenable, quand même ?

– Tout ce qu'il y a de plus convenable.

– Français ?

– Belge.

– Pour moi, c'est pareil. Il n'a pas trop l'accent ?

– Il parle comme vous et moi. Il est de Bruxelles.

– Qu'est-ce qu'il y fait ?

– Du chocolat... mais en gros !

– Ça me rappelle une comédie charmante dont le titre était *La Petite Chocolatière*... Ça finissait par un mariage. Ça t'irait bien, Sylvana, si on t'appelait la petite chocolatière ! Il n'est pas marié, au moins, ce monsieur ?

– Célibataire.

– Quel âge ?

– Pas loin de quarante...

– Exactement ce qu'il te faut ! Agréable ?

– Plutôt gentil.

– Tu sors avec lui ?

– Je n'ai fait que ça : en voiture, en bateau, dans les discothèques... Pour ainsi dire, on ne se quitte plus.

– Où l'as-tu rencontré ?

– Ici, à l'hôtel !

– Voyez-vous ça ! Ça te plaît, la vie d'hôtel ?

– C'est le rêve ! Surtout dans celui-ci !

– Tu as toujours eu des goûts de luxe, ma petite Sylvana ! Note bien que je ne te le reproche pas... ça prouve ton ambition. Tu n'as rien d'autre à me raconter ?

– Non, ma tante, rien, puisque tout va bien.

– Et tu n'as pas une petite pensée gentille pour ton oncle ?

– Dites-lui qu'il se plairait au *Provençal*... et que je lui fais une bise.

– Et à moi ?

– À vous, tante Cécile ? Que c'est encore trop tôt pour savoir où j'en suis !

– Si tu estimes que ça vaut le coup, persévère, mon enfant ! Mais sois prudente ! Livre-toi le moins possible ! Les hommes sont tellement retors... Et, naturellement, tiens-nous au courant. Je suis sûre qu'Adhémar se joint à moi pour te souhaiter bonne chance.

Ensuite il s'écoula une bonne huitaine de jours avant un autre appel de Sylvana :

– Tante Cécile ? Je n'ai pas beaucoup de temps à vous consacrer parce que nous partons nous promener à Monte-Carlo mais je voulais que vous sachiez que tout va de mieux en mieux. Je suis fiancée.

– Déjà ?

– Mais oui !

– Avec le Belge ?

– Oui, le chocolatier.

– Eh bien, tu n'as pas perdu de temps ! Vraiment fiancée ?

– Il m'a offert la bague hier soir au dîner. Un diamant de quarante carats qui vient de chez Cartier à Cannes !

– Quarante carats ? C'est un homme du monde ! Qu'est-ce que tu dois être fière et heureuse !

– Fière, oui; mais heureuse, je ne sais pas encore.

– Fais très attention de ne pas perdre ce solitaire. Tu es tellement écervelée !

– Je ne le quitte plus, même pour me baigner.

– Tu as raison. Qu'est-ce qu'il t'a offert d'autre ?

– Justement, nous partons à Monte-Carlo pour que j'y choisisse un vison.

– Un vison, à cette saison ! Serais-tu devenue folle ?

– Il dit que l'hiver viendra vite...

– Ça, il n'a pas tort. Et ensuite ?

– Ensuite ? Il voudrait rentrer avec moi à Bruxelles. Dans sa Jaguar !

– Ça, non, Sylvana ! Une jeune fille bien élevée peut recevoir autant de cadeaux de fiançailles qu'elle le souhaite, mais elle ne doit pas partir à l'étranger avec son fiancé ! Il voudrait peut-être aussi qu'une fois arrivée là-bas, tu loges chez lui ?

– Il ne me l'a pas présenté comme ça mais il aimerait me faire connaître sa ville...

– Tu auras tout le temps d'admirer le Manneken Pis après ton mariage ! Tu ne peux pas accepter pour l'instant, c'est trop tôt ! Il faut que ce monsieur se mette une fois pour toutes dans la tête que tu es une jeune fille du monde. La nièce d'un vicomte authentique. Et le premier devoir d'une jeune fille convenable qui s'est fiancée en cachette... Car enfin tu ne peux pas prétendre l'avoir fait en nous demandant notre avis !

– Et moi qui étais persuadée que cette nouvelle vous ferait plaisir !

– Elle ne nous chagrine pas, ma chérie, mais il faut respecter les convenances... Ton fiancé lui-même, qui n'est plus un gamin d'après ce que tu m'as dit de lui l'autre jour, doit pouvoir le comprendre. J'ai même la conviction que si tu agissais autrement il en serait très choqué ! Voilà donc la marche à suivre : d'ici à quarante-huit heures tu lui auras expliqué que tu souhaites rentrer à Paris pour annoncer à ta famille la grande nouvelle et lui demander son consentement. Bien entendu, nous ne te le refuserons pas, puisque tu sais qu'il n'y a que ton bonheur qui nous préoccupe. Nous comprenons même que tu ne reviennes pas avant de t'être fait offrir le vison et quelques babioles du même ordre. Mais c'est tout ! Si tu veux que ton futur mari continue à te couvrir de cadeaux pendant longtemps, sois assez intelligente pour échelonner tes appétits. Tu sais, Sylvana chérie, les fiançailles sont un parcours d'endurance... !

– Mais si je le quitte, qu'est-ce qu'il fera tout seul ?

– Son devoir d'homme bien élevé, et c'en est un

à en juger par la façon dont il te traite, est de rentrer aussi chez lui. Tu vas lui donner notre numéro de téléphone pour qu'il puisse prendre de tes nouvelles. Et il conviendra avec Adhémar d'une date pour venir à Paris faire sa demande officielle. C'est ainsi, ma petite Sylvana, que les choses se passent dans le grand monde... Tu as bien saisi les nuances ?

– Oui, ma tante.

– Mais, dis-moi... Pour qu'il se soit décidé aussi vite, j'espère que tu n'as pas payé de ta personne ? Je te l'avais défendu...

– Nous nous sommes juste embrassés.

– Le baiser de fiançailles, en somme... Surtout ne va pas plus loin avant de passer devant le maire ! Ce serait la pire des erreurs ! S'estimant comblé, il pourrait te laisser tomber en te donnant le diamant comme cadeau de rupture. Rien avant, ma chérie ! Tout après... avec lui ou avec d'autres ! De toute façon, Adhémar et moi nous te félicitons et nous t'embrassons très fort pour cette bonne nouvelle... Rappelle-nous pour nous préciser le jour et l'heure de ton retour. Nous irons te chercher à Orly.

Trois jours plus tard, la fiancée du chocolatier retrouvait sa « famille », qui remarqua dès l'aéroport que les valises de Sylvana étaient deux fois plus nombreuses qu'au départ. Le surplus devait sans doute renfermer le vison et les « babioles » dont avait parlé Mme Bernard. Quant au solitaire, il brillait de tant de feux à l'annulaire gauche de la fiancée que sa protectrice ne put s'empêcher de s'exclamer :

– Je n'en ai jamais vu de semblable !

Le vicomte, en connaisseur, fut du même avis :

– Vous avez raison, très chère. Un homme qui peut se permettre de pareilles générosités est un parti exceptionnel...

Deux autres journées s'écoulèrent pendant lesquelles Sylvana raconta ses merveilleuses vacances. Et enfin le fiancé appela de Bruxelles, selon le protocole établi par la bonne tante.

– Mme Bernard ? Ici Eric Van Flaer...

– Enchanté, Monsieur Van Flaer ! Sylvana nous a raconté... Ce qui vous arrive à tous les deux est formidable... Notre trésor ne parle plus que de vous ! Vous êtes un véritable magicien ! Quand venez-vous nous voir ? Nous serons, le vicomte et moi-même, ravis de faire votre connaissance... Demain ? À dix-sept heures ? Nous vous accueillerons avec joie... Sylvana ? Elle est radieuse ! Ne quittez pas : je vais vous la passer...

Cécile hurla à travers l'appartement, comme si elle souhaitait que tout le monde l'entendît dans l'immeuble :

– Sylvana ! C'est ton fiancé qui te réclame... Dépêche-toi !

Dès que la jeune fille eut raccroché, Mme Bernard revint auprès d'elle :

– Je trouve qu'il a une voix agréable... C'est important, la voix ! Ça pose son homme... Et je te félicite : tu l'as vouvoyé. C'est la preuve que ta bonne éducation continue à porter ses fruits. De mon temps, les fiancés ne se tutoyaient qu'après le mariage... et encore !

– C'est donc parce que vous ne vous êtes jamais mariés que vous continuez à dire vous à l'oncle Adhémar ?

– Tu as tout compris, mon enfant : Adhémar et moi sommes d'éternels fiancés et j'en suis très fière ! Cela dit, il faudra que nous recevions dignement M. Van Flaer. Nous ferons cela au champagne avec des petits fours de chez *Fauchon*... Ça porte bonheur. Tu l'aimes un peu ?

– Qui ?

– Mais ton fiancé, chérie !

– Il ne me déplaît pas.

– C'est déjà quelque chose, mais enfin ça ne va pas très loin !

– Vous verrez : il est bel homme et très soigné de sa personne. Seulement...

– Quoi ? Déjà des réticences ?

– Non... enfin... Quand il m'a embrassée le soir de nos fiançailles, après m'avoir passé la bague au doigt, ça ne m'a rien fait du tout !

– Malgré le diamant ?

– Malgré lui... J'ai même trouvé que c'était plutôt désagréable... Il embrasse mal !

– Qu'est-ce que tu en sais ? Tu n'en as pas embrassé tant que ça avant lui, pour avoir des points de comparaison.

– C'est vrai ! Au fond, je crois que l'amour, ça ne me dit pas grand-chose...

– Et les bijoux ? Et les visons ? Et les Jaguar ? Et les tonnes de chocolats, même ? Ça ne te dit rien non plus ?

– C'est autre chose, ma tante !

– Je te l'ai déjà expliqué : l'amour viendra plus tard, avec lui ou avec un autre... La seule chose importante aujourd'hui est que tu fasses un riche mariage. Avec beaucoup d'argent, tout peut s'arranger par la suite. Tu es toujours d'accord ?

– Oui, ma tante.

Le lendemain, tout se passa à ravir. Sylvana sut se montrer exquise, le fiancé fit la conquête des faux parents en parlant de ses ventes de chocolats qui ne cessaient d'augmenter, grâce au décor soigné des emballages. Cécile Bernard roucoula comme le vicomte ne l'avait encore jamais vue faire, et ce dernier arbora le visage de dignité qui sied à un noble seigneur. Ce fut une totale réussite puisque l'on fixa même la date du mariage au printemps suivant. Les fiançailles dureraient donc encore sept mois. Ce qui paraissait parfaitement convenir à Mme Bernard.

Mais, pour qu'aucun relâchement ne risquât de mettre en péril cette union si habilement tissée, il fut décidé que le fiancé viendrait passer chaque fin de semaine à Paris en compagnie de Sylvana. Il aurait tout loisir de l'emmener dans les musées, les restaurants et même les boîtes de nuit, à condition de la reconduire au domicile familial avant une heure du matin. En échange, la fiancée, accompagnée de ses deux anges gardiens, ferait une fois par mois un séjour de quarante-huit heures à Bruxelles. Cela permettrait au trio d'évaluer discrètement la fortune d'Eric Van Flaer tout en visitant la capitale belge. Ce qu'on raconte sur la richesse d'un homme est toujours sujet à caution, mais, quand on voit les biens lui appartenant, on est vite rassuré. Après chaque séjour à Bruxelles Mme Bernard se sentait de plus en plus optimiste pour l'avenir financier de Sylvana. En revanche, elle l'était beaucoup moins sur la qualité des sentiments que la jeune fille nourrissait à l'égard de son futur époux... Qu'elle n'aimât pas Eric malgré sa prestance et sa fortune c'était certain mais – chose infiniment plus grave – elle ne cherchait pas à améliorer la situation. On voyait qu'elle supportait difficilement et presque avec répugnance tout contact avec le chocolatier. Elle l'embrassait le moins possible, et encore, sur les joues, mais quand il cherchait à rapprocher ses lèvres charnues des siennes très fines, elle en concevait de la répulsion. Vite elle se dégageait de l'étreinte en bredouillant une excuse quelconque – qu'elle couvait un rhume, par exemple !...

Lui, par contre, piaffait d'impatience à l'idée qu'il lui faudrait attendre jusqu'au soir du mariage pour que Sylvana devienne enfin sa femme. S'il s'était résolu à patienter, c'était uniquement par respect des convenances, et parce qu'il était convaincu que sa fiancée était une vraie jeune fille. La disciple de Mme Bernard avait su créer l'illusion ! En vérité la petite garce avait réussi à se faire littéralement couvrir de cadeaux. Un comportement que tante Cécile approuvait en secret, tout en ne dissimulant pas à sa filleule quelques inquiétudes :

– Mais enfin, Sylvana, tu ne m'as pas l'air de réaliser qu'une fois le contrat signé chez le notaire et votre consentement mutuel reçu par le maire, tu ne seras plus sa petite fiancée mais son épouse légale pour le meilleur et pour le pire ! Le meilleur, ce sera sa fortune et ses chocolateries qui t'appartiendront pour moitié; le pire, ce sera d'être contrainte de lui accorder le plaisir légitime qu'il sera en droit de te demander. Il faudra bien que tu y passes, mon enfant !

– Pour moi, ce sera un calvaire !

– N'exagère pas ! Personnellement je trouve ce Belge plutôt comestible. Ce n'est peut-être pas un prix de beauté mais il est très masculin ! De nos jours c'est une denrée qui se fait rare ! Crois-moi, j'en connais beaucoup qui voudraient être à ta place. Mais évidemment, après le mariage, il risque d'avoir des exigences fréquentes !

– Il va peut-être vouloir que nous fassions ça tous les jours ! Voire plusieurs fois par nuit ! Rien que d'y penser, ça me donne des nausées !

– Sylvana ! Une jeune mariée ne parle pas ainsi !

– Mais je ne suis pas encore mariée !

– Considère que tu l'es, maintenant que tous les boulons sont serrés.

– Quels boulons ?

– Ceux du bonheur conjugal que nous t'avons fabriqué.

– Vous n'y êtes pour rien, ni vous ni mon oncle ! C'est le hasard seul qui a voulu qu'Eric et moi nous nous soyons rencontrés au *Provençal.* Ensuite les événements ont suivi leur cours.

– Chère petite Sylvana ! Toujours aussi innocente ! Mais je t'aime ainsi ! Sais-tu que ça t'habille merveilleusement, l'innocence... Que dirais-tu si nous avancions la date de ton mariage ? Je suis sûre que c'est le plus beau cadeau que tu pourrais faire à ton fiancé. Tu n'es pas contre ?

Sylvana eut une seconde d'hésitation avant de répondre.

– ... Non.

« Après tout, pensait-elle, il n'est pas indispensable d'aimer un homme pour l'épouser ! L'amour, aujourd'hui, c'est démodé ! Il n'y a que l'argent qui compte ! Sur ce point, tante Cécile et l'oncle Adhémar n'ont pas tort... Et, comme j'habiterai Bruxelles, je les verrai le moins possible, ça aussi, ça compte. »

Le chocolatier, transporté de joie, acquiesça au projet : il se mettrait avec enthousiasme la corde au cou cinq semaines plus tôt que prévu. Le mariage aurait lieu à Paris à la mairie du XVIIe en toute intimité puisque, des deux côtés, les familles étaient des plus réduites. Pour Sylvana seraient présents Mme Bernard, qui jusqu'au bout saurait jouer son rôle de tutrice éclairée, et le vicomte, qui s'était montré très ému quand la jeune fille lui avait demandé d'être son témoin. Celui d'Eric serait recruté parmi les attachés de l'ambassade de Belgique. Même ses meilleurs amis bruxellois ne seraient pas conviés : il les mettrait devant le fait accompli et se réjouissait à l'avance des têtes qu'ils feraient quand il dirait le plus naturellement du monde en leur présentant Sylvana :

– Tu ne connais pas ma femme ?

Le seul Bruxellois qui avait été mis dans le secret dès le retour de Juan-les-Pins était l'indispensable Félix, le confident des soirées solitaires du chocolatier et, en quelque sorte, le véritable responsable de ce mariage. N'était-ce pas lui qui avait conseillé à « Monsieur Eric » d'aller passer une dernière fois ses vacances au *Provençal* de Juan-les-Pins plutôt qu'à Marbella ? Sans ce conseil avisé, Eric n'aurait jamais rencontré Sylvana !

La présentation de la fiancée au barman eut lieu lors du premier séjour effectué à Bruxelles par le trio. Sylvana trouva que Félix ne manquait pas de classe et celui-ci pensa qu'Eric Van Flaer avait eu beaucoup de chance de rencontrer une pareille jeune personne.

Enfin, la date du mariage approchant, un matin Mme Bernard prit à part sa protégée pour lui parler sur un ton cérémonieux :

– Ma chérie, nous recevrons cet après-midi la visite d'un de mes plus vieux amis. Tu ne le connais pas mais lui sait très bien qui tu es car je lui ai souvent parlé de toi. Je te laisserai seule avec lui dans le salon, pour que tu puisses écouter les recommandations qu'il te fera et que tu devras observer scrupuleusement une fois mariée, si tu ne veux pas voir certains nuages obscurcir ton bonheur conjugal.

– Qui est ce monsieur ?

– Je t'en réserve la surprise jusqu'au moment de le voir.

– Mais je vais être terriblement impressionnée !

– Toi ? Cela m'étonnerait ! Grâce à l'éducation que je t'ai donnée, rien ne t'impressionne plus sauf l'argent !

– Tout de même, ma tante...

– Il n'y a pas de « tout de même » ! En veux-tu une preuve ? Dans trois jours tu seras mariée et tu t'appelleras Mme Eric Van Flaer... Est-ce que ça t'émeut ?

– Pas du tout !

– Autrement dit, tu t'en moques ! Tu détestes donc à ce point ton futur mari ?

– Il m'indiffère et je vous ai déjà dit que je ne pensais pas pouvoir jamais aimer quelqu'un.

– Même moi ?

– Vous, c'est différent : vous étiez la meilleure amie de ma mère, et comme j'aimerai toujours maman...

– Tu as raison. Mais pour en revenir à ton mari, tu ne peux pas ne pas reconnaître que c'est un brave homme.

– Ça...

– Nous ne lui en demandons pas plus, n'est-ce pas ? Donc tu vas faire la connaissance de ce monsieur en me promettant, dès maintenant, de te montrer gentille à son égard. Quand tu l'auras entendu, tu envisageras peut-être le mariage sous un autre angle.

– Mais qu'est-ce qu'il fait dans la vie, ce bonhomme ? C'est un curé, un pasteur, un rabbin, un psychanalyste, un professeur ?

– Il est un peu tout cela à la fois. Tu verras...

À quinze heures précises, le bonhomme en question était introduit par la bonne dans le salon de Mme Bernard où celle-ci l'attendait seule, Sylvana ayant été priée de rester sagement dans sa chambre jusqu'à ce qu'on l'appelle. Sitôt expédiées les politesses entre Cécile et son visiteur, ce dernier entra dans le vif du sujet :

– Pas d'anicroche ?

– Pas la moindre ! Tout baigne dans l'huile.

– Je lâche le paquet ? Elle est parée pour l'accepter ?

– Oui, parce qu'elle n'a que deux idées en tête : avoir beaucoup de fric et déguerpir d'ici !

– La première, c'est évidemment vous qui la lui avez mise en tête ?

– J'ai fait de mon mieux. On ne reste pas pendant des années à l'école de Mme Bernard sans en tirer une certaine philosophie...

– Mais comment êtes-vous arrivée à ce qu'elle vous déteste, vous et votre vieux beau ?

– Elle ne nous déteste pas mais j'ai tout fait pour qu'elle n'ait pas envie de rester avec nous. Ça n'a pas été difficile, d'ailleurs, elle a le même caractère que sa mère : c'est une entêtée flemmarde qui se croit plus intelligente que tout le monde ! Vous savez ce que cela a donné pour Virna...

– Je sais... Mais si elle se montre aussi butée, croyez-vous qu'elle acceptera de se plier à la règle que nous allons lui imposer ?

– Elle acceptera si vous lui faites valoir tous les avantages qu'elle pourra tirer de la situation que nous lui avons trouvée.

– Elle pourrait rechigner, malgré tout ?

– Elle n'est tout de même pas assez sotte pour ne pas comprendre qu'elle agirait alors contre son propre intérêt... La pire des choses ne serait-elle pas pour elle que ce mariage n'ait pas lieu ? Qu'est-ce qu'elle deviendrait ? Elle ne sait pratiquement rien faire, à part conduire une voiture, tapoter sur un piano et peindre des paysages qui sont invendables.

– Et si elle s'enfuyait ?

– Pour aller où ? Se placer comme bonniche ou comme fille de salle ?

– Elle peut aussi plaquer son mari au bout de huit jours !

– Je connais assez votre réputation pour me douter que c'est là une hypothèse prise en compte dans le contrat que vous lui soumettrez ! Vous n'en êtes pas à votre première expérience matrimoniale, que je sache... et les précédentes n'ont-elles pas toutes réussi ?

– Vous avez raison. J'ai tout prévu. Et du côté du futur mari ? Pas d'ennui ?

– Lui ? Il est aux anges ! Je dois reconnaître que vous avez eu la main heureuse pour le trouver. Le micheton idéal ! Savez-vous que, dans votre genre, vous êtes un as ? Je l'avais bien dit à Adhémar : il vaut toujours mieux s'adresser à un spécialiste... J'appelle la victime ?

– Dites plutôt la bénéficiaire... Finalement elle a beaucoup de chance de nous avoir croisés sur son chemin, non ? Quand les présentations seront faites, vous vous éclipserez et vous ne reviendrez que quand tout sera réglé. Allez la chercher.

Deux minutes plus tard, Sylvana se retrouva en présence du monsieur mystérieux. Dès qu'elle le vit, elle eut la certitude de l'avoir déjà rencontré. Mais où ? Ce visage glabre, aux traits graves, ces cheveux noirs légèrement calamistrés, cette bouche aux lèvres minces, ces mains aux ongles soigneusement manucurés et surtout ce regard à la fois bienveillant et déterminé, tout cela, la jeune fille l'avait déjà vu quelque part...

– Ma chérie, dit rapidement Cécile Bernard, ton oncle et moi tenions absolument à ce que tu fasses avant ton mariage la connaissance de notre ami Tino Ramuschi, en qui nous avons la plus grande confiance. Il a des choses très intéressantes à t'expliquer. Écoute-le bien attentivement. Et maintenant, je vous laisse.

À peine Cécile avait-elle quitté la pièce que Tino Ramuschi parla, d'une voix douce et presque feutrée :

– Je crois que le mieux serait de nous asseoir. Ce que j'ai à vous dire est assez long... Mais, avant tout, je tiens à vous féliciter pour le très beau mariage qui vous attend. Je suis persuadé qu'Eric Van Flaer saura vous combler et donner satisfaction à vos moindres désirs... Alors, heureuse ?

– Je ne sais pas encore.

– Comme j'aime une pareille réponse ! Elle prouve que vous êtes une jeune femme subtile : le bonheur est, en effet, un bien fragile qu'il faut savoir mériter en le construisant soi-même. Cela n'est pas toujours facile quand on est encore jeune et inexpérimentée. C'est pourquoi, après vous avoir aidée à trouver l'homme idéal, je suis disposé à continuer à vous protéger pour qu'il ne vous arrive rien de fâcheux pendant tout le temps que durera votre union avec M. Van Flaer.

– Excusez-moi, monsieur, mais je ne crois pas avoir très bien compris. Vous m'avez aidée ? En quoi ? Ce n'est tout de même pas vous qui m'avez présenté mon futur mari !

– Disons qu'indirectement c'est moi et même moi seul ! Puisque vous ne m'avez pas l'air de vous être exactement rendu compte de ce qui s'est passé ces derniers temps dans votre existence, il vaut mieux m'écouter gentiment... Lorsqu'il s'est agi de vous trouver un époux qui vous libérerait de l'emprise de Mme Bernard que vous avez, je crois, du mal à supporter, vous avez pu constater combien la tâche était délicate. Toutes les présentations organisées par votre mère adoptive se sont soldées par des échecs; soit le monsieur n'était pas assez riche, soit il vous rebutait franchement ! Et en cela je vous approuve : une jeune fille aussi séduisante a le droit absolu de choisir. C'est pourquoi Mme Bernard, qui, sous ses apparences un peu brusques, n'est pas une mauvaise femme, a compris qu'elle ferait mieux de s'adresser à moi pour trouver l'oiseau rare. Ayant beaucoup vécu et côtoyé pas mal de monde, je suis quelqu'un d'assez indiqué pour aboutir dans ce genre de mission. Et je n'ai pas l'impression d'avoir si mal réussi puisque vous voilà sur le point de convoler avec ce chocolatier richissime. Il vous plaît ?

– Disons que c'est le plus sympathique de tous ceux que j'ai rencontrés.

– Encore une sage réponse ! Vous savez aussi bien que moi qu'à l'impossible nul n'est tenu ! Reconnaissons donc à Eric Van Flaer quelques qualités. Ce sera à vous de le façonner selon votre goût quand vous serez mariés. Ce que femme veut...

– Pour l'instant, je voudrais surtout que vous m'expliquiez comment vous m'avez aidée à le rencontrer !

– Pour cela il fallait d'abord que je vous voie physiquement... Ce qui a eu lieu dans une brasserie de la place des Ternes où j'ai eu le plaisir un dimanche d'être votre voisin de table.

– Ah ! Je me souviens maintenant ! Depuis que je suis avec vous, je n'ai pas cessé de me demander où je vous avais déjà rencontré. Naturellement, c'est ma chère tante qui avait tout manigancé.

– Exactement. Je faisais semblant de me concentrer sur mon assiette mais en réalité je vous écoutais parler et je vous ai regardée manger... C'est très important de voir comment une jeune personne se comporte à table : n'est-ce pas une précieuse indication sur son degré de savoir-vivre ? Rassurez-vous : je n'ai eu aucune critique à faire ! Et j'ai pu constater également combien vous étiez séduisante : j'ai été tout de suite conquis. S'il avait fallu vous donner une note à la fin de ce repas, je vous aurais gratifiée sans hésitation d'un magnifique vingt sur vingt.

– Je vous sais gré de tant d'indulgence.

– Le lendemain j'ai donc téléphoné à votre tante pour lui annoncer que j'allais immédiatement me mettre en campagne pour trouver le compagnon que vous méritiez.

– Vous connaissiez déjà Eric ?

– De réputation seulement... Les hommes qui savent vivre étant de plus en plus rares de nos jours, on les repère facilement. J'ai la chance d'être entouré d'une petite équipe d'informateurs efficaces qui m'avaient fourni son nom, entre autres.

– Ce sont vos espions ?

– Le mot est un peu fort. Appelons-les plutôt des rabatteurs... C'est grâce à l'un d'eux que nous avons pu, si j'ose dire, mettre la main sur votre époux.

– Je ne comprends toujours pas !

– C'est pourtant simple... Une fois renseignés sur les ressources financières du monsieur et sur sa disponibilité pour un mariage éventuel, il n'y avait plus qu'à lui conseiller de se rendre à un certain endroit où il aurait fatalement l'occasion de rencontrer votre charmante personne... L'un de mes subalternes, qui le connaissait depuis des années, s'en est chargé. Il savait sa préférence pour les brunes aux yeux verts... Avouez qu'avec vous il avait toutes les chances d'être comblé ! Il l'a été puisqu'il vous épouse !

– Mais à moi, il aurait pu ne pas me plaire !

– C'était pour nous un risque à courir...

– Pourquoi dites-vous « pour nous » ?

– Mais, Sylvana, nous sommes trois à nous pencher sur votre avenir, votre tante, l'oncle Adhémar et moi. On n'est jamais de trop quand il s'agit de faire le bonheur d'une jeune femme de qualité ! Et, mon Dieu, en supposant le pire, si le chocolatier ne vous avait pas convenu, nous nous serions remis en campagne pour vous satisfaire... Mais nous avions de bonnes raisons de penser que cela ne serait pas nécessaire : la chère Cécile m'avait dit avoir remarqué votre penchant pour les grands blonds au type nordique : ce qui est le cas du bel Eric.

– Comment a-t-elle pu deviner cela ? Je ne lui ai jamais fait la moindre confidence sur ce sujet !

– Oh ! Vous savez... Même si elle ne parle pas, une jolie fille rêve comme toutes ses sœurs... Elle va au cinéma, elle regarde la télévision... et à moins d'être complètement bornés, les aînés qui vivent auprès d'elle finissent bien par deviner ses pensées les plus intimes.

– Et donc le *Provençal* était le lieu de rencontre que vous nous aviez choisi ?

– Exactement ! Mon informateur, Félix pour ne pas le nommer, savait qu'Eric Van Flaer y avait déjà séjourné les années précédentes. Il n'a pas eu beaucoup de mal à le convaincre d'y retourner une nouvelle fois. Et il vous a trouvée !

– Bref, mes vacances soi-disant imprévues étaient entièrement téléguidées pour que je tombe dans ses bras. Et moi qui me croyais responsable de ma décision ! Ça me donne envie de vous envoyer tous promener, vous et vos projets matrimoniaux, et aussi ce chocolatier que je me résignais à épouser uniquement par intérêt ! Après tout, vous n'êtes pas la seule organisation à pouvoir me proposer un mari fortuné. Et avec un peu de chance, j'en trouverai un qui me plaira réellement !

– Je vous répète que cette race d'hommes tend à disparaître ! Croyez bien que si j'avais trouvé mieux que le milliardaire belge, je vous en aurais fait profiter. La seule chose qui compte pour moi dans ce genre d'affaires est le résultat final. Puisque nous en avons obtenu un, vous n'allez tout de même pas tout flanquer en l'air sous prétexte que vous êtes vexée de n'être mise au courant du plan général qu'après sa réalisation. Ce serait puéril !

– Mais pourquoi me révélez-vous toutes ces machinations maintenant ? J'aurais préféré continuer à croire que j'étais seule à fixer mon destin, sachant en toute connaissance de cause que je ne me liais pas avec un homme mais que je m'accrochais à une fortune.

– Cette dernière pensée n'est-elle pas consolante ?

– Si l'on veut...

– Si l'idée de vous marier avec ce chocolatier vous semble vraiment insupportable, il est encore temps de tout laisser tomber, vous savez...

– Qu'est-ce qui se passerait dans ce cas-là ?

– Ça dépend pour qui... J'ai tout lieu de croire

que votre fiancé serait furieux et difficilement récupérable pour une autre opération matrimoniale. Quant à vous, je préfère ne pas penser à ce que serait votre avenir. Votre tante Cécile qui s'est donné tant de mal pour vous élever serait terriblement déçue ! Comme le vicomte, d'ailleurs.

– Ça ! Je me moque éperdument de leurs états d'âme.

– C'est bien joli de parler ainsi, mais que deviendriez-vous si Mme Bernard vous mettait à la porte de cet appartement douillet où j'ai du mal à croire que vous êtes malheureuse ?

– Qu'à cela ne tienne ! Je travaillerai ! Il n'y a rien de déshonorant à cela !

– C'est exact et il y a même une foule de gens qui n'ont pas d'autre solution... Seulement, quel travail ? Je me suis laissé dire par Mme Bernard que vous ne saviez rien faire d'utile et que vous étiez plutôt du genre flemmard !

– Charmant ! Mais je me moque de ses racontars ! Bien fichue comme je le suis – vous me l'avez tous assez répété ! –, j'arriverai toujours à me caser.

– C'est très bien qu'une fille qui souhaite réussir ait une aussi bonne opinion de son physique... Mais ce n'est pas pour autant que l'argent tombera d'un seul coup de baguette magique dans vos mains. Tandis qu'avec le chocolatier...

– L'argent... toujours l'argent ! À croire que c'est lui que je vais épouser ! Après tout, vous avez peut-être raison : plus tôt cette corvée de la mairie sera expédiée et plus tôt j'en serai débarrassée ! Ensuite...

– Qu'est-ce que vous ferez ?

– Je dépenserai le plus possible de ce maudit argent pour m'offrir tout ce dont j'ai envie.

– Vaste programme ! Mais j'ose espérer que, dans cette euphorie de luxe, vous n'oublierez pas ceux à qui vous devez une situation aussi enviable.

– Qui cela ?

– Mais Mme Bernard, le baron et moi-même ! Si nous n'avions pas été là, vous guidant et vous orientant à votre insu vers le bon choix, jamais vous n'auriez fait pareil mariage ! C'est pourquoi il serait injuste de nous oublier.

– Ce qui veut dire ?

– Que vous nous ferez parvenir, par un moyen discret dont on vous indiquera les modalités, quelques miettes de vos revenus personnels... Entendons par là les sommes normales qu'une jeune femme bien mariée et toujours élégante puise dans le compte en banque ouvert à son intention par un mari sensiblement plus âgé qu'elle et très amoureux !

– Ces miettes s'éparpilleraient à combien ?

– C'est difficile à évaluer... Tout dépendra évidemment de l'approvisionnement de votre compte. Nous pourrions peut-être fixer notre pourcentage à vingt-cinq pour cent de ces revenus... Vous nous les verseriez, disons une fois par trimestre. Le mieux, pour que ce transfert n'éveille aucun soupçon, serait que vous vous en remettiez à notre correspondant à Bruxelles. Vous ferez sa connaissance le moment voulu. Commencez-vous à mieux comprendre ?

– Infiniment mieux... Puis-je savoir, par simple curiosité, comment se ferait la répartition des vingt-cinq pour cent entre vous ?

– Ceci ne vous regarde pas ! La seule chose qu'on vous demandera de connaître, c'est le montant global du pourcentage que vous nous ferez parvenir.

– Et si je refusais de vous donner cet argent ? Qu'est-ce qui se passerait ?

– Pour vous ? Ce serait très grave...

– C'est-à-dire ?

– Je vous conseille de ne pas jouer à ce petit jeu là ! Il y en a eu d'autres, avant vous, qui ont voulu tenter l'expérience...

– C'étaient des élèves de Mme Bernard ?

– Quelques-unes, oui, mais beaucoup venaient d'autres cours spécialisés. Toutes, sans exception, n'ont eu qu'à se repentir de leurs actes.

– Que sont-elles devenues ?

– Certaines ont disparu rapidement, d'autres sont en villégiature forcée...

– Et ce prélèvement obligatoire devra durer tout le temps de mon mariage ?

– Non. Seulement pendant les trois premières années. Passé ce délai, nous estimerons que vous vous serez acquittée de votre dette à notre égard. Je ne vous cache pas que des organisations similaires à la nôtre exigent que la femme taxée continue à payer sa dîme jusqu'au bout. Mais c'est une méthode que je réprouve.

– Diable ! Seriez-vous capables de vous montrer humains ?

– Ça nous est arrivé. Alors, quelle décision prenez-vous ? Vous acceptez ou vous refusez ?

Je peux me rabattre sur une troisième solution : renoncer à me marier, tout simplement. Qu'en pensez-vous ?

– C'est votre droit le plus absolu, mais dans ce cas il ne faudrait plus compter que sur vos propres moyens. On en revient à ce que nous disions tout à l'heure : travailler, oui, mais dans quelle branche ?

– Supposons aussi que je raconte tout ce que vous venez de m'expliquer à mon fiancé... Pensez-vous que cela lui plairait ?

– Il ne vous croira pas. Et franchement je vous le déconseille. Si vous le faisiez quand même, ce serait tant pis pour vous ! Un accident est si vite arrivé… Il n'y aurait personne pour réclamer votre corps de pauvre orpheline…

– C'est bien là votre chance à tous les trois !

– Pas tout à fait. Je me suis laissé dire que votre père vivait toujours.

– Peut-être, mais je n'aurai jamais recours à lui. Il nous a abandonnées, ma mère et moi… Ainsi vous savez tout sur mon compte ?

– Pour vous marier il me fallait bien quelques renseignements ! Tiens, je vais même vous apprendre quelque chose : j'ai eu le plaisir de faire la connaissance de votre mère à l'époque où elle fréquentait Cécile Bernard.

– Mon père était déjà parti ?

– Sans doute. En tout cas je ne l'ai jamais vu. Il est vrai qu'il exerçait une profession pour laquelle je ne me suis jamais senti beaucoup d'attirance…

– Comment était ma mère ?

– Diablement jolie !

– Ça, je le savais déjà ! Je vous garantis que si elle était encore de ce monde, ni vous ni Mme Bernard n'oseriez manigancer pour moi un pareil mariage !

– Ce n'est pas certain ! Peut-être aurait-elle été d'accord avec nous pour vous éviter de connaître les difficultés qu'elle a connues ?…

– On ne vous a jamais dit que sous vos dehors respectables et vos paroles suaves vous étiez un véritable salaud ? Ah, si seulement il me restait un parent auquel je puisse me confier, je vous garantis qu'il m'approuverait en ce moment de détester toutes vos sales combines !

– Tout doux, ma petite Sylvana. Vous ne voulez donc pas comprendre que nous sommes là pour vous aider et pour vous assurer un avenir plus doré que votre état d'orpheline ne le laissait prévoir ? Croyez-moi : le mieux pour vous est de faire ce mariage et de souscrire à cette idée de pourcentage dont je vous ai parlé.

– Et si mon mari s'aperçoit un jour que des sommes importantes disparaissent sans justification ?

– J'ai confiance dans votre rouerie de femme pour lui fournir une explication. En toute hypothèse vous n'aurez jamais à signer de chèques : les sommes se régleront en liquide... On en perd plus facilement la trace...

– Vous êtes un bandit !

– Pas plus que tous ceux qui cherchent à vivre le plus agréablement possible. Comme vous, par exemple...

– Et si nous nous absentons de Bruxelles pour plusieurs mois ?

– Cela me surprendrait ! Une fabrique, quelle qu'elle soit, a besoin d'être surveillée. Rien ne vaut l'œil du patron !

– Mais si ça se produit quand même, comment devrai-je m'y prendre pour vous faire parvenir les fonds ?

– Vous n'aurez qu'à téléphoner discrètement à Mme Bernard... Elle vous dira tout de suite à qui vous adresser... Nous avons des correspondants un peu partout.

– Vous avez tout prévu ?

– Tout ! Aussi vais-je répéter une dernière fois ma question : c'est oui ou c'est non ?

Il y eut un long silence. Le premier depuis le commencement de l'entretien. Les deux antagonistes s'observaient : le regard de Sylvana reflétait l'incrédulité farouche de sa jeunesse, celui de Tino Ramuschi traduisait une froide détermination. Comme la jeune fille demeurait silencieuse, la voix du Corse se fit presque câline, pour susurrer :

– Voyons, mon petit, faites preuve d'un peu de compréhension... À votre âge qu'est-ce que c'est que trois petites années à passer ? Rien du tout ! Et ensuite vous serez très riche et seule propriétaire de votre destin ! Vous pourrez même, si le cœur vous en dit, divorcer de ce mari, que vous ne m'avez pas l'air d'apprécier à sa juste valeur, et vous débrouiller pour obtenir une grosse pension alimentaire ! Le divorce est une belle institution...

– Et si j'ai un enfant ?

– La pension alimentaire sera au moins doublée !

– Vous êtes monstrueux !

– Non ! Simplement lucide.

– Pourquoi est-ce vous, que je ne connaissais pas il y a une demi-heure, qui avez reçu la mission de me dire tout cela ?

– Contrairement à ses apparences, cette excellente Cécile est une grande timide. Quant au baron, jamais il n'aurait eu le courage d'aborder un pareil sujet !

– Peut-être parce qu'il m'aime un peu ?

– Je n'y mettrais pas ma main au feu ! Ce brave Adhémar est plutôt un noble seigneur qui recherche la tranquillité en évitant le plus possible d'être effleuré par certaines contingences de la vie... Mais ne vous méprenez pas ! Nous vous aimons tous les trois, à notre manière...

Il y eut un autre silence, moins long que le précédent, au terme duquel le Corse reprit de sa voix caressante :

– Je crois maintenant que nous n'avons plus grand-chose à nous dire. Je vous ai expliqué notre point de vue qui me paraît être celui de la sagesse. À vous de l'admettre ou pas...

– Je vous méprise cordialement tous les trois, mais je vais quand même accepter. Je ne veux pas, à mon âge, risquer la pauvreté ni me forcer à travailler pour survivre.

– Enfin raisonnable !

Quelques instants après, la tante et l'oncle étaient appelés dans le salon. Ce ne furent pas à proprement parler des congratulations mais on but quand même le champagne à la santé des futurs époux.

Trois jours plus tard, comme prévu, le mariage eut lieu à la mairie du XVIIe. La mariée était étincelante d'innocence, le marié rayonnant de joie. Cécile Bernard et le vicomte n'étaient pas les moins élégants ni surtout les moins heureux. Tino Ramuschi, lui, n'assistait pas à la cérémonie, mais il avait fait parvenir à Sylvana de magnifiques azalées aussi blanches que sa robe nuptiale. Après le repas de noce, offert par le chocolatier dans un salon particulier du *Fouquet's,* les nouveaux époux se retrouvèrent enfin seuls avec leur bonheur dans l'avion qui les emportait vers Marbella.

C'était toute cette période de son existence que Sylvana venait de revivre, alanguie dans son fauteuil, en attendant l'arrivée du cousin d'Italie... Ah, s'il avait été là au moment de conclure cet horrible mariage, sûrement il l'aurait empêché... Le regard de Sylvana tomba soudain sur une pendulette ornant un guéridon. Elle marquait presque vingt-deux heures. Le cousin avait donc une heure de retard ! Lui était-il arrivé quelque chose, un accident ? Ce serait trop stupide, juste au moment où la famille allait se ressouder ! Mieux valait songer à la panne qui finit toujours par se réparer. Oui, c'était ça, Vittorio devait être en panne quelque part sur l'autoroute... Mais alors pourquoi n'avait-il pas téléphoné pour rassurer sa jeune cousine qui l'attendait avec fébrilité ? Peut-être n'avait-il pas trouvé de cabine à proximité ? Sylvana se réconforta et reprit son attente.

Elle en profita pour réfléchir exactement à ce qu'elle dirait à Vittorio. Devait-elle le mettre au courant de ses aventures conjugales avec le chocolatier et lui expliquer qu'elle s'était laissé marier par intérêt ? Le cousin venant d'un pays où les hommes ont encore le respect de certaines traditions d'honneur, ce n'était peut-être pas une chose à faire ! Sylvana décida alors de rester discrète sur cette période de son existence. Elle mentionnerait le mariage mais tairait le rôle sordide joué par Tino Ramuschi et ses deux acolytes. D'ailleurs elle avait définitivement rompu avec eux depuis son divorce. Seul Adhémar, qu'elle rencontrait de temps à autre dans un salon de thé, existait encore à ses yeux. Elle ne pouvait s'empêcher de garder une certaine tendresse pour ce drôle de vicomte.

Il lui serait malgré tout difficile de cacher complètement leur existence à Vittorio. Adhémar et Cécile l'avaient quand même recueillie à la disparition de Virna ! Elle se résolut donc à parler d'eux comme s'ils avaient été de très braves gens pour lesquels elle garderait une éternelle gratitude. Si le cousin exprimait le désir de faire leur connaissance, elle se tirerait d'affaire en racontant qu'ils vivaient désormais dans une lointaine campagne où ils savouraient une retraite bien méritée. Vittorio n'en demanderait pas plus et on parlerait d'autre chose... Quant au divorce, elle le mettrait sur le compte d'une incompatibilité d'humeur avec son époux : il avait refusé de lui faire les enfants qu'elle réclamait. Ce qui était complètement faux, bien entendu ! En réalité, Sylvana détestait les enfants, qu'elle trouvait bruyants et encombrants. Trop préoccupée d'elle-même, elle n'aimait pas davantage les chiens, les chats ou tout autre animal de compagnie. Sa devise aurait pu être : « Moi d'abord, les autres ensuite. »

Mais devant son cousin elle saurait se montrer généreuse, car elle désirait par-dessus tout qu'il ait une excellente impression de sa parente...

Enfin la sonnette de l'entrée retentit. Sylvana se précipita, frémissante. Quand elle le vit dans l'encadrement de la porte, elle sut tout de suite que son imagination ne l'avait pas trompée : il était superbe ! Grand, élancé, le visage buriné, les cheveux poivre et sel rejetés en arrière, des yeux couleur noisette pleins de malice, une bouche à la dentition éclatante : Vittorio avait l'allure d'un poète traversant la vie avec désinvolture.

Il l'embrassa sur les deux joues, presque comme un père, et s'écria de sa voix chaude : « Sylvana ! » tandis qu'elle-même répondit avec émotion par un timide « Vittorio ». Puis il la serra contre lui, pendant un moment qui aurait pu durer un siècle. Après cette délicieuse étreinte, il s'excusa de son retard :

– Tu me pardonnes ? J'ai tenu à me changer pour nos retrouvailles. Tu vois : je me suis mis en bleu foncé pour te faire honneur... Et toi ? Recule un peu, que je t'admire... Sais-tu que tu es ravissante ?

– Moins que maman, cousin...

– C'est autre chose ! Si elle était encore là, elle serait fière de toi ! Chère Virna ! Je pense souvent à elle, tu sais ?

– Venez vite dans ma chambre pour voir son portrait.

Devant le tableau, l'homme, qui, d'habitude, semblait déborder de paroles ensoleillées, demeura muet pendant un moment avant de dire :

– C'est tout à fait elle ! Je ne savais pas que ce portrait existait... C'est une très bonne idée ! Quel en est l'auteur ?

– Un peintre grec que j'ai rencontré moi-même à Paris il y a quelques années et qui m'a expliqué qu'il l'avait peint quelques mois avant la mort de maman. Je n'avais pas encore sept ans.

– C'est pourquoi j'en ignorais l'existence : la dernière fois que je t'ai vue, bambina, en compagnie de ta mère, tu avais à peine trois ans... Très mignonne, bien sûr, mais enfin, à cet âge-là... Aujourd'hui, tu es mieux que jolie !

– Peut-être parce que la vie m'a mûrie ?

– Et moi vieilli !

– Oh, vous ! J'ai l'impression que vous avez dû être toujours le même... Ces tempes grisonnantes s'harmonisent tellement bien avec votre teint mat, que je ne peux pas vous imaginer autrement ! Serait-ce indiscret de vous demander votre âge, Vittorio ?

– Très indiscret ! Mais, comme nous sommes cousins, je vais quand même te le dire. Disons qu'à l'époque dont nous venons de parler j'avais trois années de plus que ta maman. Il ne te reste qu'à faire le calcul...

– C'est fait ! Eh bien, vous êtes formidable pour

cinquante-sept ans ! On vous en donnerait dix de moins.

– Tu me flattes ! T'es-tu occupée de réserver une table pour notre dîner de retrouvailles ?

– À cette heure-ci, nous ferions mieux d'aller dans une brasserie si nous voulons être correctement servis. J'ai pensé au *Fouquet's*.

– Qu'est-ce que c'est, le *Fouquet's* ?

– Vous n'en avez jamais entendu parler ? C'est pourtant un endroit très connu, même à l'étranger !

– Ne m'en veux pas, mais moi, je suis une sorte de sauvage... Quand je t'ai appelée, je t'ai dit que je ne connaissais pas grand-chose de Paris ! Et pourquoi choisis-tu ce soir cet établissement ?

– Parce que c'est là qu'a été donné mon repas de mariage...

– Tu es mariée ?

– Je l'ai été. Mais j'ai divorcé.

– Comme ta maman... Ça n'allait donc pas avec ton mari ?

– Ça n'a jamais pu marcher !

– Il n'était pas gentil avec toi ?

– Très gentil, au contraire, mais il ne me plaisait plus.

– As-tu des enfants ?

– Malheureusement non.

– Tant mieux, tu veux dire !

– Pour moi c'était bien triste...

– Ah ! je comprends maintenant... Tu aimes beaucoup les enfants ?

– Je les adore ! Et vous, Vittorio ?

– Je crois que j'aurais su les aimer si j'en avais eu... Ma je souis oune vieux garçon indécrottable... oune égoïste !

– Ne dites pas cela ! Il suffit de vous regarder pour savoir que c'est faux.

– Méfie-toi de ton cousin, ma petite Sylvana ! Il trompe bien son monde !

– Vous n'avez jamais eu envie de vous marier ?

– Oune fois, si... mais elle avait déjà un mari ! Dis-moi : puisque ton mariage a si mal réussi, pourquoi tiens-tu à ce que nous allions dans le restaurant où a eu lieu le repas de noce ?

– Je ne sais pas... Une idée comme ça... Je me suis souvent dit que j'aimerais retourner dans cet endroit avec quelqu'un qui serait vraiment de ma famille. Le jour de mon mariage, je n'étais entourée que d'étrangers. C'est peut-être pour ça qu'il n'a pas été heureux...

– Pauvre Sylvana ! En somme, c'est une sorte de pèlerinage que tu veux faire avec ton cousin, pour effacer les mauvais souvenirs !

– En quelque sorte, oui...

– Alors, partons tout de suite ! J'ai très faim.

– Moi aussi, cousin. Cette attente m'a creusé l'appétit. Votre voiture est en bas ?

– Non. Je l'ai stationnée à l'entrée de Paris. Et toi, tu as une voiture ?

– Elle est au garage. Je déteste conduire la nuit ! Je vais appeler un taxi par téléphone. Mais pourquoi vous êtes-vous séparé de la vôtre ?

– Elle est un peu encombrante pour les rues de la capitale : c'est oune caravane.

– Quoi ?

– Ça t'étonne ? Je déteste abandonner mon domicile... alors c'est lui qui se déplace avec moi quand je pars en voyage... Comme cela je peux conserver toutes mes petites habitudes et je dors toujours dans mon lit. Tu verras : c'est formidable, une maison roulante ! Ça change tout... Demain, je te ferai les honneurs de la mienne. Elle est très belle : l'intérieur est revêtu de palissandre ! On se croirait dans un yacht. Et il y a même une cabine de douche et un bar ! Tu n'as jamais voyagé en caravane ?

– Non, mais quand j'étais petite et que je voyais passer une roulotte de romanichels, j'avais toujours envie de grimper dedans pour mettre ensuite mon nez à la fenêtre, et regarder défiler lentement le paysage...

– Romantique avec ça !

– Le taxi doit être arrivé. Descendons.

Quand elle se retrouva assise au fond de la voiture à côté de Vittorio et après avoir lancé le nom du *Fouquet's* au chauffeur, Sylvana éprouva une étrange sensation. Elle n'était plus dans un banal taxi parisien, mais emportée sur un char fabuleux en compagnie d'un magicien aux tempes grisonnantes qui semblait être son protecteur. Pendant ce trajet, trop court aux yeux de la jeune femme, une volupté délicieuse s'empara d'elle.

Pour la première fois de sa vie, Sylvana l'égoïste, qui n'avait jamais connu d'autre religion que celle de l'argent et du mensonge, ressentit le besoin de se blottir contre quelqu'un. Ce qu'elle fit avec ce cousin étrange venu d'Italie en caravane... Et, pour la première fois aussi, elle eut l'impression d'être véritablement heureuse.

Le confident

Le cousin Vittorio était bavard mais quoi de plus naturel ? Un homme tel que lui, possédant une voix aussi chaleureuse, ne pouvait pas rester muet devant une table où la chère était de qualité. D'autant que Sylvana, contrairement à ses résolutions, n'avait pas attendu la fin de la soirée pour retirer les grosses lunettes qui masquaient la beauté de son regard. Peut-être avait-elle compris que le Transalpin préférait savourer une féminité naturelle, ne s'encombrant pas de verres teintés destinés à créer un faux mystère.

– Pourquoi diable portes-tu ces lunettes qui te donnent un air aussi sévère ! s'exclama-t-il. Quand on a la chance d'avoir des yeux comme les tiens, c'est une erreur de les cacher !

– Vous devez avoir raison, Vittorio. Vous aimiez aussi les yeux de ma mère ?

– J'aimais tout en elle ! Mais la couleur de ses yeux était très différente : elle répandait le feu de notre Italie alors que celle des tiens est moins limpide. Comme si tu manquais de confiance en toi.

– Ce que vous dites là est étrange. Je crois, en effet, que je resterai toujours une éternelle insatisfaite ! Mais dites-moi ce que vous préfériez chez ma mère.

– Ça peut se résumer en un mot : elle était *la*

femme avec tout ce que ce mot comporte de désirs, de rêves, d'enthousiasmes et aussi de déceptions...

– Par la faute de mon père ?

– C'est possible mais je ne peux l'affirmer. Ce dont je suis certain c'est qu'ils n'étaient pas faits l'un pour l'autre. Elle n'aurait jamais dû l'épouser !

– Quand avez-vous vu maman pour la première fois ?

– Nous étions liés au deuxième degré, mais nous ne nous sommes jamais fréquentés pendant notre jeunesse. Comme tu le sais sans doute, Virna est née en Savoie où ses parents s'étaient exilés avec beaucoup de nos compatriotes qui ne trouvaient pas de travail en Italie. Mais moi je suis né à Turin... Tu connais Turin ?

– Non, et je n'ai jamais eu envie d'y aller. J'ai toujours entendu dire que c'était une ville où l'on étouffait de chaleur en été et où l'on mourait de froid en hiver.

– La capitale de notre Piémont est quand même une très belle ville ! Et si tu avais su que s'y trouvait encore ton dernier cousin, peut-être serais-tu venue me rendre visite ?

– Je l'aurais sûrement fait !

– Quand je t'ai vue la première fois, tu t'appelais Maria. Un prénom qui ne te convenait pas du tout. J'ai conseillé tout de suite à ta maman de le remplacer par Sylvana. Ça t'habille quand même beaucoup mieux !

– Je comprends maintenant pourquoi ce prénom n'est pas mentionné sur mes extraits de naissance... Ça m'avait d'autant plus intriguée que mes parents adoptifs m'ont toujours appelée Sylvana.

– Certainement en souvenir de Virna, qui n'a plus jamais utilisé Maria après mon conseil.

– Ça ! Je ne veux pas d'autre prénom jusqu'à ma mort !

– Tu as encore le temps d'y penser... Dis-moi : ces parents adoptifs, tu continues à les voir ?

– Presque plus. Ils sont vieux maintenant, alors ils vivent à la campagne. Elle, elle s'appelle Cécile Bernard. Lui, c'est un vicomte, un vrai. Ils ne sont pas mariés.

– Comment ces gens ont-ils pu devenir tes parents adoptifs ?

– Cécile était, paraît-il, la meilleure amie de ma mère...

– Tiens donc ? Pourtant, quand je vous avais vues toutes les deux, Virna ne m'avait pas parlé d'elle.

– Peut-être ne se connaissaient-elles pas encore à ce moment-là ? Mais vous, Vittorio, pourquoi n'êtes-vous pas resté en relation avec maman après l'avoir retrouvée ? Cela aurait pu tout changer pour moi ! Normalement, puisque vous étiez notre unique cousin vivant, on aurait dû me confier à vous.

– Malheureusement j'étais loin...

– Loin et intouchable, puisque je n'ai jamais entendu parler de vous jusqu'à aujourd'hui !

– J'avais disparu... Mme Bernard et son vicomte ont-ils même su que j'existais ?

– Sûrement pas, sinon ils me l'auraient dit.

– Pas si sûr ! Puisqu'ils ne sont pas mariés, j'imagine qu'ils n'ont pas non plus d'enfants. En te recueillant, ils comptaient peut-être sur toi pour assurer leurs vieux jours...

– C'est extraordinaire, cousin ! Vous avez des dons de divination.

– Que veux-tu dire ?

– Rien, rien ! De toute façon c'est de l'histoire ancienne. Je ne les vois plus, comme je vous l'ai dit.

– … Et ton mari ? Pourquoi n'as-tu pas conservé son nom ?

– Il a été convenu, dans les arrangements que nous avons faits à la liquidation du divorce, que je m'engageais à ne plus le porter. D'ailleurs, c'est mieux ainsi, puisqu'il s'est remarié. Il existe maintenant une nouvelle Mme Van Flaer.

– Van Flaer, ce n'est pas un nom français ?

– Eric était belge. Il l'est toujours, d'ailleurs ! On ne pourrait pas l'imaginer venant d'un autre pays ! Il fabrique du chocolat.

– Je déteste le chocolat !

– Moi aussi ! Avec les tonnes qu'il vendait, j'en suis écœurée pour longtemps.

– Il était riche ?

– Trop ! Il ne parlait que d'argent !

– Et toi ?

– Moi ?

Un moment elle resta interloquée. L'argent ? Au fond, elle-même n'avait toujours pensé qu'à ça ! Mais personne, jusqu'à ce soir, ne lui avait jamais posé la question aussi directement que le cousin d'Italie : *Et toi ?*

Bien sûr, parmi tous ses clients, elle en avait connu quelques-uns qui, furieux du prix qu'elle leur demandait, n'avaient pas manqué de lui dire qu'elle était beaucoup trop cupide ! Elle s'était vite débarrassée d'eux. Mais avec le cousin c'était différent. Elle ne pouvait pas lui en vouloir d'avoir abordé ce sujet avec une pareille désinvolture.

– L'argent ? finit-elle par répéter. Je ne m'y intéresse que dans la mesure où il en faut pour vivre.

– D'après ce que j'ai pu voir de ton appartement, tu ne me donnes pas l'impression de vivre trop mal.

– Ne croyez pas cela ! Ces quelques meubles sont

à peu près tout ce qui me reste de mon mariage ! Et si je n'avais pas mes traductions, je ne sais pas comment je pourrais payer mon loyer.

– Ça rapporte donc autant que cela, les traductions ?

– Pas toujours, mais pour moi, oui ! Mes clients s'en montrent satisfaits.

– Tes clients ?

– Enfin... j'entends par là les maisons d'édition. Et les grosses sociétés qui ont besoin de rapports établis en anglais ou en espagnol pour pouvoir traiter certaines affaires internationales.

– Sais-tu que je suis émerveillé d'avoir une cousine aussi brillante et aussi instruite ? Mais dis-moi, pourquoi ton mariage n'a pas mieux marché que celui de ta mère ?

– Ce doit être une tradition familiale ! En fait je n'aimais pas Eric.

– C'est la vraie raison ?

– L'une des deux...

– Et l'autre ?

– Je ne peux pas vous la révéler encore. Peut-être un peu plus tard, quand nous nous connaîtrons mieux.

– C'est oune secret ? Quelle est la femme qui n'a pas son petit secret ? Alors garde-le toujours : tu vieilliras avec lui ! En tout cas, la première raison ne me déplaît pas : elle prouve que tu n'es pas trop vénale puisque, en abandonnant ton chocolatier, tu as fait passer l'amour avant l'argent. Tu es exactement comme ta maman. C'est pourquoi tu dois l'imiter.

– En faisant quoi ?

– En devenant enfin cette amoureuse que tu m'as avoué n'avoir jamais été.

– Mais elle aussi a détesté son mari !
– Qui t'a raconté cela ?
– Mme Bernard.
– Quelle horrible femme ! Elle n'a quand même pas pu te dire que Virna a aimé un autre homme ?
– Elle m'a fait comprendre que ma mère avait eu beaucoup d'aventures et elle m'a même affirmé que le peintre qui a fait son portrait avait été l'un de ses amants...
– Et tu l'as cru ! Moi, Vittorio, je peux te certifier que ta maman n'a connu qu'un seul grand amour dans sa vie !
– Comment pouvez-vous le savoir ?
– Elle me l'a confié. Et à moi, son cousin, elle n'avait aucune raison de mentir... Surtout pour une chose aussi sérieuse.
– Ce serait à cause de cet homme qu'elle se serait suicidée ?
Ce fut au tour de Vittorio de demeurer silencieux quelques instants. Enfin il répondit presque à voix basse et sur un ton mélancolique :
– J'ai bien peur que tu ne sois dans le vrai ! Mais ce serait quand même trop bête et trop triste... Elle aurait dû attendre.
– Attendre quoi ?
– Bambina, les choses finissent toujours par s'arranger si l'on sait faire preuve de patience... Peut-être que les rapports avec ton mari auraient pu s'améliorer avec le temps ?
– Il n'y avait aucune chance que ça s'arrange. Pour plein de raisons que je ne peux pas vous dire...
– En es-tu bien sûre ? Vittorio sait tout comprendre...
– Pas ça ! Comme beaucoup de vos compatriotes, vous avez un respect trop poussé des lois du mariage,

Si je parlais, vous auriez peut-être une très mauvaise opinion de moi : ce que je ne veux à aucun prix ! Maintenant que je vous ai récupéré, je tiens à vous garder ! Mais il me semble que nous avons surtout parlé de moi, Vittorio. C'est de votre faute : vous n'avez pas cessé de me questionner ! Si nous inversions un peu les rôles ? Maintenant c'est mon tour de vous interroger... Première question : ce repas vous plaît-il ?

– Oune régal ! Il n'y a décidément qu'en France que l'on mange aussi bien !

– Deuxième question : je connais votre prénom, que j'aime d'ailleurs beaucoup, mais vous ne m'avez encore pas dit votre nom !

– Parce que je pensais que tu le connaissais. C'est le même que celui de ta mère. Tu ne peux pas l'ignorer : il est obligatoirement mentionné sur les registres de l'état civil là où tu es née.

– Virna Lombardo...

– Eh bien, moi, je suis Vittorio Lombardo ! Ils sont d'ailleurs innombrables, les Lombardo, dans l'Italie du Nord ! Il en existe autant que des Durand ou des Dupont chez vous ! Si tu ne me crois pas, je peux te montrer ma carte d'identité.

– Inutile ! Je vous crois.

Mais pourquoi brusquement cette méfiance ?

– Il ne faut pas m'en vouloir, cousin ! J'ai connu tellement de gens qui ne me racontaient que des histoires...

– Quelles gens ?

– Des hommes qui ne vous ressemblaient pas du tout ! À l'avenir je serai très contente de pouvoir répondre à ceux qui me demanderont comment s'appelle mon cousin d'Italie : « Il a le même nom que ma mère. C'est un Lombardo. »

– Tu as d'autres questions à me poser ?

– Une seule : que faites-vous dans la vie, Vittorio ?

– Ce que je fais ? Pas grand-chose... Je vais, je viens, je me promène, je me déplace dans ma caravane grâce à laquelle je me sens partout chez moi... Au fond, je suis tout le contraire de toi, Sylvana. Tu es douillettement installée et tu penses avant tout à ton petit confort personnel... je me trompe ?

– Je reconnais que j'aime bien mes aises.

– Ne crains-tu pas qu'une pareille façon de concevoir l'existence ne te rende égoïste à la longue ? (Comme elle ne répondait pas, il poursuivit :) ... et que c'est peut-être là, sous cette facette de ton caractère, qu'il faut chercher la vraie raison pour laquelle tu n'as jamais pu devenir amoureuse ? Tu sais, quand on aime sincèrement, plus rien d'autre ne compte... Virna était une authentique amoureuse ! Sur ce point-là tu diffères beaucoup d'elle ! Je trouve que c'est dommage... Même dans la mort, elle a montré qu'elle était capable de tout lâcher – y compris toi qu'elle chérissait – pour un grand désespoir d'amour.

– C'est étrange : vous dites sur son suicide à peu près la même chose que Mme Bernard.

– S'il n'y avait pas eu cette raison majeure, son geste ne s'expliquerait pas ! Quel malheur que je n'aie pas été auprès d'elle, pour lui éviter de l'accomplir ! Toi, tu étais trop petite à ce moment-là... À propos, où Virna a-t-elle été inhumée ?

– Ici, à Paris. Sa tombe se trouve au cimetière Montmartre, dans le quartier où nous habitions après le départ de mon père.

– Tu vas te recueillir de temps en temps sur cette tombe ?

– Je me souviens que ma mère adoptive m'y a emmenée une fois... Je crois que c'était pour l'anniversaire de son décès. Je n'y suis jamais retournée.

– Mais c'est très mal, ça, Sylvana ! On doit avoir le culte de ses morts, et tout particulièrement de celle qui vous a donné la vie... Et si Virna, elle, a envie de te revoir, ne crois-tu pas qu'elle doit être très triste dans sa solitude ? Sais-tu ce que nous ferons demain ? Nous irons ensemble déposer des fleurs sur sa tombe. Et ensuite nous irons nous promener en caravane.

– Où irons-nous ?

– À l'aventure ! As-tu des projets pour ce week-end ?

– Pas spécialement.

– Tes traductions peuvent attendre ?

– Je le pense...

– Alors je t'invite ! Demain, après notre pèlerinage au cimetière, nous nous dirigerons vers la mer sans trop nous presser.

– La mer ?

– Il y a longtemps que je rêve de découvrir la côte normande, et surtout Deauville, que tu dois connaître !

– Très mal ! répondit Sylvana en mentant effrontément.

En fait, elle exécrait cette station à la mode, pour y avoir été invitée un nombre incalculable de fois par des clients avides de passer un week-end en bonne compagnie... Aucun des palaces de Deauville, depuis le *Normandy* jusqu'à l'*Hôtel du Golf* en passant par le *Royal*, le *Casino* ou le *Ciro's*, sur les planches, ne présentait plus pour elle le moindre secret. La seule idée d'y retourner avec le cousin, ne serait-ce que pour quelques heures, lui gâchait tout plaisir. Aussi s'empressa-t-elle d'ajouter :

– J'ai peur que vous ne soyez terriblement déçu, Vittorio ! En comparaison de la Côte d'Azur, Deauville est plutôt sinistre... Et vous qui aimez tant le soleil, vous pouvez être à peu près certain qu'il ne se trouvera pas au rendez-vous !

– Ne dis pas cela, bambina ! Le soleil a l'habitude de se déplacer avec moi : il m'accompagne partout... Sans moi il n'est pas heureux parce qu'il sait que je l'aime !

– Mais à cette époque il n'y aura qu'un seul hôtel convenable d'ouvert : le *Normandy,* qui n'a pas la réputation d'être particulièrement gai !

– Quelle importance, puisque nous n'y habiterons pas ? Nous logerons dans la caravane.

– Ah bon ! Évidemment, je reconnais que, vue d'une caravane, la côte normande a sans doute beaucoup de charme... Mais où mangerons-nous ?

– Le petit déjeuner dans la caravane, cela va de soi ! Pour le grand, nous irons peut-être dans des restaurants. Et le soir, si nous n'avons pas envie de sortir de « notre » maison, je te préparerai de ces pâtes dont tu me diras des nouvelles ! Lesquelles préfères-tu ? Les ravioli, les fettucini, les gnocchi, les spaghetti, les macaroni, les tagliatelles, les tortellini, les lasagnes ?

– Faites par vous, je crois que je les aimerai toutes ! Combien de temps durera notre randonnée ?

– Tout le week-end. Je dois être de retour à Paris pour mes affaires lundi au plus tard.

– Vos affaires ? J'avais cru comprendre tout à l'heure que vous ne vous occupiez pas de grand-chose ?

– Je t'expliquerai le moment venu... Sache seulement que ma profession n'est pas celle de la majorité des gens. C'est pour cela que je peux voyager sans me soucier du lendemain.

– Je vous en supplie, Vittorio : dites-moi ce que vous faites !

– Ne cherche pas ! Il sera bien temps pour toi de le découvrir... Revenons plutôt à nos projets : tu es contente de partir pour la mer ?

– Je suis ravie !

– Tu verras, ce n'est qu'un début. J'ai l'intention de te faire faire tous les voyages dont on t'a privée dans ta jeunesse. En attendant, je crois qu'on peut rentrer dormir. À moins que tu n'aies encore faim ?

– Oh, non ! Je me sens rassasiée de tout ! Je me demande même si cela m'est jamais arrivé. Merci, Vittorio !

– On ne se dit pas merci en famille, on s'embrasse ! Mais pas avant d'être dans le taxi qui nous ramènera. Je suppose que tu détestes te laisser embrasser en public ?

– Je hais ce genre d'exhibitions gratuites !

– Tu as raison. L'amour, le vrai, celui qu'on ne montre pas aux autres et que l'on garde précieusement pour soi, ça n'a pas de prix !

– Je pense être mieux placée qu'aucune femme pour le savoir...

– Qu'est-ce que tu veux dire ?

– Que moi aussi j'aurai peut-être certaines choses à vous révéler, un peu plus tard...

Ils s'embrassèrent dans le taxi, mais aussi chastement que lorsqu'ils s'étaient retrouvés quelques heures plus tôt. Puis ils se séparèrent en se promettant de se retrouver le lendemain à onze heures.

Une fois dans son appartement, Sylvana se dirigea vers le répondeur automatique qu'elle avait discrètement rebranché sans que Vittorio ait pu s'en apercevoir, au moment où ils partaient pour le *Fouquet's*. Elle constata avec satisfaction qu'en son absence aucun message n'était venu s'inscrire sur la bande enregistreuse. Elle aurait trouvé très déplaisant qu'un ou plusieurs de ses clients aient compté sur ses faveurs pendant qu'elle faisait en compagnie du cousin le dîner sans doute le plus merveilleux qu'elle ait jamais connu.

Et demain elle s'embarquerait dans une aventure excitante au cours de laquelle – elle en était certaine – elle n'aurait pas le temps de penser à tous ces appels intéressés dont elle se sentait brusquement saturée. Aussi ne perdit-elle pas une minute pour enregistrer un nouveau message : « *Vous êtes bien chez Sylvana... Mais je dois m'absenter pendant quelques jours pour raisons de famille. Je serai de retour mardi prochain où vous pourrez me joindre en fin de matinée.* » Elle ne se souvenait pas avoir déjà prononcé cette phrase qui la comblait d'aise : « *absente pour raisons de famille* »... Tous ses correspondants apprendraient de cette manière qu'elle aussi avait des obligations familiales. Peut-être certains s'imagineraient-ils qu'elle fabulait ! Dans leur esprit malveillant, cette « famille » ne pourrait être qu'un rival plus chanceux ou plus fortuné. Tant mieux ! Cela aviverait leur jalousie et elle saurait en tirer parti le jour où elle les reverrait. Les solides principes inculqués par ses précepteurs n'allaient tout de même pas disparaître tout d'un coup sous prétexte qu'elle venait de retrouver un vague cousin. Certes, Vittorio était passionnant et follement sympathique. Mais enfin il faudrait encore beaucoup d'autres dîners avant d'avoir une idée plus nette du personnage. Les informations, très évasives, qu'il avait données sur ses activités laissaient penser que celles-ci étaient, peut-être, inavouables. Pour le moment, aux yeux de sa cousine, Vittorio avait tout de l'aventurier... Mais, elle devait le reconnaître, un aventurier d'une certaine envergure et au charme incontestable !

L'idée de partir seule avec lui en caravane avait quelque chose d'aussi excitant qu'original. Surtout pour se rendre à Deauville où elle avait déjà été tant de fois dans les voitures luxueuses de ses clients, voire dans sa propre Ferrari rouge. La fameuse caravane aurait beau être – selon les dires de son propriétaire – la plus belle du monde, ce ne serait toujours qu'un moyen de locomotion évoquant le cheminement incertain des saltimbanques.

Et pourtant ! N'allait-elle pas réaliser demain le merveilleux voyage dont elle avait tant rêvé, comme tous les enfants, dans sa jeunesse ? La moderne caravane de Vittorio ne ressemblait sans doute que de très loin aux roulottes bariolées des romanichels, mais le cousin lui-même n'appartenait-il pas un peu à cette race d'éternels errants ? Sylvana pouvait-elle être certaine qu'il la ramènerait à Paris le lundi, comme il l'avait annoncé ? N'allait-il pas plutôt l'enlever pour toujours et l'emmener vers des horizons de liberté ? Jusqu'ici, elle ne s'était jamais absentée de son coquet appartement que par appât du gain. Cette fois, le plaisir du départ entrait seul en ligne de compte. C'était grisant !

Mais Sylvana devait bien reconnaître que la personnalité du cousin n'était pas étrangère à sa propre exaltation.

En était-elle amoureuse ? Non ! Quand on a passé tant d'années de sa vie à multiplier les aventures et les partenaires, on ne s'entiche pas d'un homme le soir même où on l'a rencontré. Même après un dîner aussi réussi que celui qu'elle venait de vivre. Et puis, on ne peut pas s'aimer entre cousins ! On s'estime, on s'apprécie ou, à la rigueur, on a une grande tendresse l'un pour l'autre. Mais c'est tout. Vittorio resterait pour Sylvana la plus surprenante des rencontres...

Mais enfin, qu'avait-il donc d'aussi extraordinaire, ce diable d'homme ? Son physique ? Bien, mais sans plus. Sa chaleur naturelle si réconfortante ? Sa voix débordante de soleil qui enjolivait la moindre phrase ? Sa désinvolture face aux vieilles habitudes bourgeoises ? En réalité, la fille de Virna ne savait plus très bien où elle en était. Son esprit se partageait en sentiments confus, dans lesquels on pouvait discerner une certaine angoisse... En effet, comment pourrait-elle confesser, après les demi-mensonges du dîner, ce qu'avait été son mariage et par quelle manière malhonnête il avait été arrangé ? Pourtant, Sylvana aurait souhaité raconter au cousin ce qu'elle avait enduré avec le chocolatier et qu'elle n'avait jamais pu confier à aucun homme.

Les images de ces trois années pénibles continuaient de hanter sa mémoire.

À Marbella déjà, lors du voyage de noces, malgré le soleil et d'innombrables distractions, celle qui était devenue légalement et bibliquement Mme Eric Van Flaer s'était sentie envahie par une antipathie grandissante pour son mari. Commettant une erreur commune à beaucoup d'hommes fortunés de son âge, le chocolatier milliardaire avait cru que l'importance et le nombre de ses cadeaux viendraient vite à bout des réticences de Sylvana... Il n'en fut rien. Au contraire, l'élève de Cécile Bernard – qui, jusqu'au jour de son mariage, avait semblé être de plus en plus fascinée par le miroitement d'un luxe facile – se montra bientôt écœurée d'un tel étalage de richesses ! Selon Eric, rien n'était assez beau pour celle qui, dans son esprit de parvenu ayant trop vite réussi, devait éclipser toutes les autres femmes ! Les robes, les fourrures, les bijoux, les voitures de la brune Mme Van Flaer n'étaient au fond destinés qu'à valoriser l'image de marque de son fastueux époux. Il y avait dans une pareille ostentation un mélange de perversité et d'égoïsme que Sylvana ne fut pas longue à déceler.

Eric savait se montrer généreux et même fastueux devant la galerie parce que cela lui donnait une sorte d'auréole de bonté, mais dans le fond de lui-même il n'était pas ce qu'on peut appeler un homme charitable. Ses libéralités n'étaient faites que pour l'épate et pour accroître encore la réputation de son triomphe industriel. S'il avait épousé Sylvana c'était bien sûr qu'elle lui avait plu dès leur première rencontre au *Provençal*. Mais aussi parce qu'elle le flattait.

Sylvana de son côté aimait certes l'argent et le luxe, mais elle n'avait pas une mentalité si mesquine et terre à terre. Aussi fut-elle très vite dégoûtée d'être devenue la femme de ce matamore du chocolat. Mais elle se savait prise au piège de l'étrange contrat ourdi la veille de son mariage. Au retour du voyage de noces, lorsqu'elle vint habiter son nouveau domicile bruxellois, un hôtel particulier dont l'ameublement criard était d'un mauvais goût absolu, elle put se rendre compte à quel point elle était surveillée par le trio infernal.

Comment évoquer devant Vittorio le « voyage d'affaires » que fit Mme Bernard deux mois à peine après l'installation à Bruxelles sous prétexte de constater sur place le « bonheur des époux » ? En réalité, profitant d'un après-midi où celui qu'elle appelait volontiers « mon gendre » était absent, elle eut avec Sylvana une conversation très professionnelle :

– Ma chérie, si ton oncle Adhémar m'avait accompagnée ici, il te dirait que nous sommes ravis de voir que tout se passe bien pour toi... Le mari est aussi charmant et attentionné que l'était le fiancé ! Je ne crois pas qu'une jeune femme puisse rêver meilleur époux ! Est-ce que je me trompe ?

– Complètement !

– Qu'est-ce que tu me chantes là ? Ça ne va donc pas dans ton ménage ?

– Ça ne pourra jamais aller, ni physiquement ni moralement ! Malgré ma bonne volonté, il me dégoûte de plus en plus. Et il a beau tout essayer de son côté, rien n'y fait. J'en suis même à me demander si j'ai tant besoin que ça d'un mari. Ou même d'un homme.

– Ah ça ! Deviendrais-tu folle par hasard ? Mais bien sûr qu'il te faut un mari, ne serait-ce que pour tout ce confort et tout ce luxe qu'il t'apporte.

– Il y a trois mois que ça dure, et pour moi, c'est déjà deux de trop ! Par moments, j'ai envie de tout plaquer !

– Pour aller où ? À l'Armée du Salut ? Aux Restaurants du cœur ? Te placer comme vendeuse dans un Monoprix ? D'abord, tu es tellement paresseuse que l'on ne te garderait nulle part ! Ensuite, tu as des devoirs...

– Envers qui ?

– Ton oncle et moi, ne l'oublie pas... Tu dois rester mariée pendant le temps qui nous permettra de rentrer dans les frais que nous avons consentis pour toi pendant des années ! Mais vous couchez quand même ensemble ?

– Il ne pense qu'à ça ! Chaque fois, c'est pour moi un supplice ! Ah, si je pouvais avoir l'argent sans le bonhomme !

– Tu ne vas tout de même pas le tuer ! Et il m'a l'air solide comme un roc ! Je ne le vois pas tomber malade...

– Ça, pour la santé, il en a ! Il ne pense qu'à faire l'amour, à boire, à manger et à me montrer à ses côtés parée de tout ce qu'il m'offre, robes, fourrures, bijoux... Il me transforme en vitrine ambulante !

– Plains-toi ! Dans tous les pays il y a des milliers de femmes qui rêveraient d'être à ta place ! Et puis, les choses finiront certainement par s'arranger quand vous aurez des enfants.

– Ça, jamais ! Un enfant de ce lourdaud ? D'abord je n'aime pas les enfants : c'est trop encombrant ! Je n'en veux ni de lui ni d'un autre ! Vous ne pouvez pas deviner la surprise qu'il m'a réservée pour notre retour de voyage de noces : il avait fait aménager une nursery au deuxième étage, comme s'il était persuadé que je reviendrais enceinte de Marbella ! Il faut être complètement demeuré pour avoir des illusions pareilles à notre époque ! Visiblement il n'a pas pensé que je prenais la pilule...

– Je ne suis pas du tout de ton avis, Sylvana ! Le mariage, c'est d'abord fait pour avoir des enfants qui consolident un couple. C'est merveilleux, les enfants !

– Alors pourquoi n'en avez-vous pas vous-même ?
– Nous étions déjà trop âgés, Adhémar et moi, quand nous nous sommes connus. Les enfants de vieux ça ne donne rien de bon, alors que toi avec tes vingt ans et Eric avec sa petite quarantaine, ça ne pourra faire que des étincelles !
– Je n'imagine pas Eric engendrant un prodige ! Il peut bien transformer sa nursery en n'importe quoi ! On n'y verra jamais d'enfants de moi !
– Comment vas-tu pouvoir te le garder si tu n'assures pas la descendance des chocolateries Van Flaer ?
– Par son orgueil : il en déborde. Ça suffira largement pour quelque temps. Votre ami Ramuschi m'a bien dit qu'après les trois années pendant lesquelles je vous entretiendrais avec son fric vous me ficheriez la paix ?
– C'est exact et nous ne reviendrons pas sur notre parole. Mais puisque tu abordes le sujet, je voulais justement savoir quand tu pensais qu'il te serait possible de commencer à nous faire parvenir tes versements ?
– Je n'en sais rien encore et j'avoue que je ne m'en suis pas préoccupée. C'est déjà assez dur d'avoir à supporter Eric tous les jours. Je croyais cette histoire enterrée.
– Ça n'est pas bien du tout, ça, Sylvana ! Nous prendrais-tu pour des pantins ? En tout cas, si Tino Ramuschi t'a semblé n'être qu'un guignol tu es dans l'erreur la plus complète : quand il donne des coups de bâton à celles qui ne paient pas leurs dettes, crois-moi : ça fait mal !
– Parce que j'ai des dettes à votre égard ?
– Tu nous dois tout, ingrate !
– Je préfère ne pas discuter sur ce sujet, mais je

vous préviens dès maintenant que je ne resterai pas mariée avec le chocolatier un jour de plus qu'il ne sera nécessaire. Cela dit, je ne vois pas comment je pourrai distraire à votre profit ce qu'Eric me donne. Jusqu'ici c'est lui-même qui a payé toutes mes factures.

– Il a bien fait ouvrir un compte en banque à ton nom pour tes dépenses courantes et personnelles ?

– Oui, mais ça ne va pas tellement loin puisqu'il l'alimente selon mes demandes au fur et à mesure que je le vois diminuer.

– Eh bien, désormais, tu n'auras qu'à lui faire des demandes plus importantes sur lesquelles tu veilleras à prélever notre part.

– La part du pauvre ? Ou celle de votre syndicat de maquereautage, parce que, enfin, c'est bien cela ?

– Et elle nous insulte, cette petite garce ! Ce cher Adhémar et moi sommes bien mal récompensés de notre affection !

– En fin de compte, qu'est-ce que je dois faire ?

– Effectuer un premier versement d'ici à la fin de ce mois, et ainsi de suite régulièrement tous les trois mois... Un délai raisonnable qui te permettra de t'organiser comme si tu payais un loyer trimestriel.

– En somme, je vais louer mon bonheur ? Mais si je ne me sens pas du tout heureuse, pourrai-je demander une résiliation de bail ?

– Pas question avant que les trois années ne soient révolues ! Après, tu feras tout ce que tu voudras, ça ne nous regardera plus.

– Et à qui devrai-je m'adresser pour remettre l'argent ?

– À Félix, le barman à qui ton mari t'a présentée le jour de ta première venue à Bruxelles, alors que vous n'étiez encore que fiancés. Il ne t'a jamais ramenée dans ce bar depuis votre mariage ?

– Il m'y donne quelquefois rendez-vous en fin d'après-midi. En général, c'est parce que je suis sortie faire des achats en ville. Il m'y retrouve en partant de la fabrique. À ce que j'ai cru comprendre, c'est un pilier de l'établissement. Dieu merci, entre ce bar et les chocolats, finalement, je ne l'ai pas trop sur le dos.

– Et les chocolats te nourrissent !

– Peut-être, mais leur goût est amer...

– Il t'aime, voyons !

– Certainement beaucoup moins que Félix ! Je me demande ce qu'il peut bien trouver d'intéressant à ce barman ! Notez bien qu'il s'est toujours montré poli et serviable à mon égard : « Madame Flaer a-t-elle besoin de quelque chose ?... Que désire madame Van Flaer ?... Monsieur ne va certainement pas tarder... Avec tous ces encombrements il doit se trouver bloqué dans un embouteillage... », etc. Pour moi, il est trop obséquieux, le Félix ! Remarquez qu'avec les pourboires qu'Eric lui laisse ! C'est donc ce bonhomme en veste blanche qui est votre collecteur d'impôts sur la Belgique ?

– Ne te plains pas ! Tu pourrais avoir affaire à quelqu'un de pire... Naturellement, chaque fois que tu lui rendras visite pour accomplir la petite formalité que tu sais, nous comptons sur ton absolue discrétion. D'autre part, nous aimerions, Adhémar et moi, ne pas être contraints de t'adresser des réclamations tous les trois mois à cause d'un... oubli de ta part. C'est à toi de surveiller les échéances et d'y pourvoir.

– Oui, ma tante... Ramuschi aussi réclamera sa part ?

– Tu n'as donc pas encore compris, petite sotte, que dans cette affaire nous faisons tous les trois cause commune ? Cela facilitera ta comptabilité. Et tu n'auras jamais affaire à Tino, que tu ne reverras sans doute plus.

– Il restera... l'homme du mystère ?

– Si ça te fait plaisir de l'appeler comme ça, je n'y vois pas d'inconvénient... Maintenant, ma chérie, je me sauve ! Il faut que je rentre à Paris où ce bon vicomte m'attend... Ce que je vais te confier va sans doute te paraître un peu bête : après toutes ces années de vie commune, il peut de moins en moins se passer de moi !

– En somme, vous n'êtes venue me voir aujourd'hui que pour régler les modalités financières... Moi qui espérais que vous alliez vous inquiéter de la bonne marche de mon ménage !

– Mais il va très bien, ton ménage ! Ton mari est fier de toi et tu as beaucoup d'argent à dépenser... Que demander de plus ? N'oublie surtout pas d'embrasser Eric pour moi, parce qu'il apprendra sûrement par ta femme de chambre que je suis venue de Paris en coup de vent ! C'est un des inconvénients de la domesticité : elle raconte tout...

Sylvana n'avait aucune illusion à se faire. La seule chose qui intéressait réellement Mme Bernard, c'était que l'argent de la dîme tombât régulièrement dans l'escarcelle du trio. Dès qu'il y avait un retard, même tout petit, dans l'un des paiements, un appel de la maquerelle venait y mettre bon ordre. Sa voix ampoulée murmurait dans le récepteur :

– Comment vas-tu, ma chérie ? Et ton charmant mari ? Je ne te garde pas longtemps au bout du fil, je me doute bien que tu dois être très occupée. Je voulais simplement te dire que notre ami Félix se plaint de ne pas avoir de tes nouvelles depuis trois mois. Il en est très chagriné : tu sais à quel point il t'estime... Va le voir rapidement ! Tous ici nous t'embrassons.

Le déclic sec de l'appareil faisait comprendre que Mme Bernard n'avait rien d'autre à ajouter. Pour Sylvana ces appels étaient devenus une hantise. Mais que faire ? Raccrocher et ne plus donner signe de vie ? C'était risqué. Tout raconter à Eric ? Mais la croirait-il ? Et si oui, ne serait-il pas tenté de la mettre dans le même sac que le trio ? Il n'y avait décidément pas d'autre solution que d'attendre l'expiration du délai de trois ans. Après, Sylvana se le jurait bien, elle prendrait sa revanche sur la vie !

Seulement, pendant ces trois années de purgatoire il lui avait fallu se rendre au bar maudit tous les trois mois... Ah ! ces pèlerinages dans le royaume de Félix ! Elle se remémorait encore le premier de tous, qu'elle avait fait, à l'heure du thé, quelques jours après la visite de Mme Bernard. Le barman l'avait accueillie avec ce ton obséquieux qu'elle lui connaissait :

– Oh, madame Van Flaer !... Comme vous me voyez enchanté... Je me disais bien que nous nous reverrions un jour !

– Soyez satisfait : me voici. Trêve de politesses, venons-en tout de suite aux faits : prenez ça, puisque votre établissement est une sorte de boîte aux lettres...

Et elle lui avait tendu une enveloppe qu'elle avait sortie de son sac en ajoutant :

– Le compte y est, si j'ose dire ! J'ai soigneusement noté le montant de la somme que je vous remets aujourd'hui. Ça m'étonnerait que vous me donniez un reçu !

– En effet, madame, ce n'est pas dans nos usages.

– Je comprends... Il faut laisser le moins de traces possible ! Voilà, je crois que maintenant nous n'avons plus rien à nous dire, jusqu'à notre prochaine rencontre dans trois mois, c'est bien cela ?

– Dans trois mois, oui. Mais madame ne va quand même pas s'en aller sans accepter quelque chose.

– Je me méfie de certains cadeaux.

– Madame a tort ! J'aimerais tant qu'elle comprenne une fois pour toutes que je ne suis qu'un tout petit intermédiaire, rien de plus ! Et que je ne demande qu'à lui rendre service...

– Vraiment ? Alors j'ose espérer que vous saurez rester discret. Je compte bien que mon mari ne découvre jamais notre petit manège !

– Depuis le temps qu'il vient ici, M. Van Flaer me considère presque en ami et il m'accorde toute sa confiance ! Vraiment, madame ne prendra rien ? Le cocktail maison ? Un petit porto, peut-être ? Ça remonte, le porto...

– Vous pensez sans doute que j'ai besoin d'être revigorée ? Eh bien, vous vous trompez complètement !

Elle était ressortie du bar, désert à cette heure de l'après-midi, aussi vite qu'elle y était entrée.

Cette étrange cérémonie se renouvela à intervalles réguliers pendant trois ans. Avec, cependant, une variante : lorsque Sylvana ne parvenait pas à prélever sur l'argent que lui allouait son époux une somme suffisante pour éviter de déclencher les jérémiades téléphoniques de Mme Bernard, elle remplaçait les espèces par l'un de ses bijoux. L'inévitable Félix se chargeait lui-même de l'estimation du joyau.

Pendant ces trois années, Sylvana avait eu également à supporter la présence de plus en plus pesante de son mari. Certes, elle devait reconnaître qu'il ne s'était jamais mal conduit à son égard et que sa générosité n'avait pas faibli. Mais elle n'avait jamais connu avec lui les sensations qu'une jeune femme comme elle était en droit d'attendre. C'était au point qu'elle se demandait si les plaisirs de l'amour lui seraient à jamais inaccessibles.

Encore aujourd'hui, elle continuait de se poser la question. Cette perpétuelle quête d'aventures qu'elle avait connue depuis son divorce n'était pas seulement animée par l'appât du gain. Non, Sylvana, dans sa solitude, avait toujours secrètement souhaité pouvoir connaître un jour cette jouissance intime capable d'irradier le corps d'une femme. Mais cela n'était jamais arrivé et Sylvana s'était laissé prendre à la comédie écœurante de la séduction tarifée. Ce jeu infernal l'avait entraînée bien loin des rivages de la passion et avait fait d'elle une femme réduite à l'état d'un simple objet de désirs...

Voilà pourquoi, au retour de ce merveilleux dîner avec Vittorio, elle ne savait plus très bien quoi penser. L'incertitude de ses sentiments à l'égard du beau cousin d'Italie n'était-elle pas la conséquence de tout ce qu'elle avait vécu pendant son mariage et surtout depuis sa rupture ?

Ah, cette rupture ! Sylvana l'avait de longue date préparée ! Le soir où elle avait abandonné le domicile conjugal pour toujours, empruntant un taxi pour se rendre à l'aéroport, elle avait pu se féliciter de sa bonne étoile. Pour une fois ! Son plan, minutieusement mûri depuis des mois, avait parfaitement réussi... Eric, parti depuis quatre jours à Anvers pour y inspecter les travaux d'aménagement d'une nouvelle fabrique, ne devait rentrer que le lendemain en début d'après-midi. Il trouverait alors, posée bien en évidence sur le bureau de son fumoir, où il passait le plus clair de son temps à palabrer et à ingurgiter des whiskies avec ses amis, devant lesquels Sylvana avait toujours eu l'impression de n'être qu'un objet de luxe inutile, une lettre dont l'enveloppe cachetée portait seulement ces deux mots : « *Pour Eric.* »

Lettre très courte, dont elle se souvenait des moindres termes : « *Mon cher Eric, ne m'en veux pas si je te quitte. Peut-être est-ce parce que tu as trop de qualités et moi trop de défauts ? Malgré les apparences que nous sommes parvenus à sauver, nous ne nous sommes jamais compris. Il vaut mieux nous séparer. Je trouve juste que tu demandes le divorce et que tu l'obtiennes à ton profit. Je ne te réclame rien. Les cadeaux que tu m'as faits pendant ces trois années me suffisent; et connaissant ton élégance de cœur je sais que tu trouveras normal que je les emporte. Je suis certaine qu'avec ta brillante situation tu n'auras aucun mal à trouver une nouvelle épouse qui s'adaptera mieux à tes goûts. Ne cherche pas à me revoir, ne m'en veux pas et bonne chance.* »

Elle n'avait même pas pris la peine de signer. Quant aux « cadeaux personnels », c'est-à-dire la Ferrari rouge, les bijoux, les fourrures et le gros de sa garde-robe, ils avaient pris discrètement le chemin de Paris quelques jours avant son départ au moyen de colis recommandés dont elle avait elle-même surveillé l'expédition. Même chose avec l'argent liquide : tout ce qui avait pu échapper à la rapacité du trio – cela faisait quand même quelques millions de francs belges – avait été viré sur un compte parisien.

Sylvana avait agi méthodiquement, sans précipitation aucune et à l'insu de tout le monde. Elle n'était peut-être pas très instruite, comme n'avait cessé de le lui répéter Mme Bernard, mais elle avait appris à se débrouiller. Elle avait même pensé acheter le silence des domestiques pour qu'ils n'aillent pas révéler à leur patron que les placards de sa femme ne renfermaient plus que du vide !

« Monsieur », d'ailleurs, ne s'était douté de rien, occupé qu'il était par l'augmentation de ses bénéfices chocolatiers et par ses beuveries interminables au bar de l'excellent Félix. À son retour d'Anvers, le message laissé par son épouse l'avait frappé d'incrédulité. Était-il possible que pareille mésaventure lui arrivât à lui, un industriel de son envergure ? Sylvana lui avait toujours paru fière de porter le nom illustre qui s'étalait aux vitrines de toutes les bonnes chocolateries belges. Certes, elle s'était montrée très dépensière, mais ses achats ne convenaient-ils pas à sa situation de femme de milliardaire ? Ne constituaient-ils pas la meilleure des publicités pour la marque de fabrique ? Un aussi brusque départ ne risquait-il pas de se transformer en catastrophe pour le renom de son fastueux époux ? Ce fut cela surtout qui affola Eric. Beaucoup plus que la douleur de la séparation.

Que pouvait-il faire ? Partir à sa recherche ? Engager de fins limiers pour la suivre à la trace ? Montrer un chagrin de circonstance ? Mais le danger était grand de révéler au public cette infortune conjugale. Les consommateurs continueraient-ils à se ruer dans les confiseries pour acheter les boîtes enrubannées portant désormais le nom d'un cocu ? À la dépréciation de la marchandise succéderait, qui sait ? la faillite. Ce serait terrifiant. Mais cocu, après tout, rien ne prouvait qu'il le fût ! Dans sa lettre, Sylvana ne faisait pas mention d'un autre homme... au contraire : elle avait fait l'éloge de ses qualités à lui !

En tout cas son geste ne ressemblait pas à une fugue passagère. Pour s'en persuader, il suffisait d'ouvrir les placards et les tiroirs de sa chambre : vides ! Quant aux domestiques, ils avaient juste répondu, consternés : « Madame a disparu pendant que nous dormions et ne nous a rien dit. » Sylvana avait même laissé, sur la coiffeuse de son boudoir, son propre trousseau de clefs. Quand on abandonne ainsi les clefs du domicile conjugal c'est une façon comme une autre de dire adieu... Elle avait également – et c'était là que se révélait le plus sa volonté de ne pas revenir – emporté le portrait de sa mère qui trônait au-dessus de son lit.

Mais, à propos de parents, pourquoi ne pas téléphoner d'urgence à l'oncle ou à Mme Bernard ? L'ennui était – Sylvana avait fini par tout lui expliquer un soir où elle s'était montrée en veine de confidences – qu'il ne s'agissait pas d'un vrai oncle. Ni même, sans doute, d'un vrai vicomte ! Eric commençait à trouver que le gâchis était complet !

L'urgence lui commandait de prendre une décision ! Mais laquelle ? Seul un conseiller éclairé, le connaissant depuis longtemps et l'estimant, pourrait peut-être lui suggérer ce qu'il devait faire. Sur le moment, il n'en trouva qu'un : Félix ! Et il courut se réfugier dans son bar. Félix remarqua tout de suite le trouble de son client :

– Que vous arrive-t-il, monsieur Van Flaer ? Vous semblez bouleversé !

– Il y a de quoi ! Sylvana est partie...

– Ce n'est pas possible ! Mme Van Flaer, qui était si douce et si gentille ?

– Peut-être, Félix. Mais c'est la pure vérité.

– Partie pour où ?

– Je ne sais pas. C'est bien là le pire ! Elle a emporté toutes ses affaires personnelles, y compris la nouvelle voiture qu'elle m'avait demandé de lui offrir il y a à peine un mois.

– La belle Ferrari dont vous m'aviez parlé ? Elle adore conduire, elle ne le cachait pas...

– J'ai l'impression qu'elle m'a caché beaucoup d'autres choses, en revanche ! C'est épouvantable !

– Mais non, monsieur Eric ! Les choses finissent toujours par s'arranger. Vous verrez...

– Je vois surtout que je vais passer pour une andouille dans tout Bruxelles ! Vous vous rendez compte : le célèbre Eric Van Flaer roi des cocus !

– Pas si vite ! Votre femme vous aimait et ne peut pas ne pas vous aimer encore. Un homme tel que vous...

Félix était habile. Ce n'était pas par hasard que l'intraitable Ramuschi l'avait choisi comme correspondant. Au bout de quelques verres, plus ou moins offerts d'ailleurs, il avait réussi à retourner le chocolatier :

– Je reconnais que ce qui vous arrive n'est pas très agréable, lui avait-il dit, mais enfin cela aurait pu être pire si vous aviez eu un ou deux enfants comme vous le souhaitiez... Heureusement, il n'en est rien ! Et puis à quarante-deux ans vous êtes encore jeune, que diable ! Pourquoi ne retourneriez-vous pas à Juan-les-Pins pour y trouver une autre femme ?

– Ça non ! Mais à votre avis je devrais donc demander le divorce ?

– Le plus rapidement sera le mieux ! À quoi sert de vouloir prolonger une vie commune quand il y a incompatibilité d'humeur ? Parce que enfin il semble que ce soit cela, la vraie raison du départ de votre épouse.

– Peut-être pour elle, mais pas pour moi ! Elle me plaisait...

– Vous dites ça parce que vous êtes un gentleman mais, dans le fond de votre cœur et de vos pensées, êtes-vous certain que cette semi-Italienne était bien la femme de votre vie ?

Et comme son vis-à-vis demeurait muet, le barman insista :

– Constatez vous-même que vous ne pouvez pas répondre... après trois ans de mariage ! C'est donc que je ne suis pas tellement dans l'erreur ? Oubliez-la et pensez à une autre... Ce ne sont pas les femmes qui manquent : une de perdue, dix de retrouvées ! Tenez : pas plus tard qu'avant-hier, ici même sur ce tabouret que vous occupez, une splendide créature, qui n'était encore jamais entrée dans ce bar, est venue prendre un verre de champagne... Dès que je l'ai vue, je me suis dit : « C'est presque dommage que M. Van Flaer soit marié, sinon je suis sûr que cette beauté aurait pu faire pour lui une compagne superbe ! » Eh bien, j'étais loin de me douter que vous reviendriez me voir quarante-huit heures plus tard pour m'annoncer que rien n'allait plus dans votre ménage !

– C'était une brune, au moins ?

– Pas tout à fait, mais, vous savez, s'il ne s'agit que d'une question de teinte, ça peut toujours s'arranger ! S'il vous arrivait de ressentir un peu trop de vague à l'âme, peut-être pourrais-je essayer de la retrouver ?

– Ah, non, Félix ! Ça suffit d'une fois ! Après tout c'est de votre faute si je suis retourné il y a trois ans au *Provençal*.

– Croyez bien, monsieur Van Flaer, que je suis désolé de vous avoir donné un tel conseil, moi qui croyais agir pour votre bonheur ! Encore un petit scotch pour me faire pardonner ?

– Un dernier. Pour noyer mon chagrin ! Quand je pense à tout ce que j'ai dépensé pour elle...

Le chagrin du chocolatier fut de courte durée et se limita à une blessure d'amour-propre. Au bout d'un an il obtint le divorce à son profit et trois mois plus tard, sans s'être rendu sur la Côte d'Azur ni sur la Costa Brava, il trouva une nouvelle Mme Van Flaer. Elle se prénommait Hildegarde, mesurait un mètre quatre-vingts, était immense et bien en chair, blonde avec des yeux noirs : tout le contraire de Sylvana ! Et elle sut le rendre très heureux, accouchant dix mois après le mariage d'un magnifique héritier, bien potelé, grâce auquel la nursery de l'hôtel particulier eut enfin sa raison d'être. L'année suivante c'est une fillette plus blonde que ses deux parents réunis qui vint agrandir la famille. Dans le même temps les chocolateries Van Flaer connurent un essor prodigieux.

À la suite du départ de Sylvana il y avait bien eu quelques commérages, mais personne ne sut jamais que la brune aux yeux verts s'était envolée tout simplement parce qu'un certain contrat avait pris fin !

Dès son arrivée à Paris où elle s'installa provisoirement dans un hôtel, Sylvana téléphona à Mme Bernard qui s'exclama en reconnaissant sa voix :

– Ma chérie ! Quelle joie de t'entendre... Il y a si longtemps que tu ne nous as donné de tes nouvelles ! Que t'arrive-t-il ?

– Il m'arrive d'abord que vous avez reçu, il y a quelques jours, le dernier paiement prévu dans notre accord.

– C'est exact. Je te félicite de t'être acquittée scrupuleusement de tes dettes et, pas plus tard qu'avant-hier, je disais à Adhémar : « Maintenant qu'elle ne nous doit plus rien, pourvu qu'elle ne nous délaisse pas dans son cœur ! »

– Il y a peu de chances que je vous oublie, votre vieux beau et vous. Mais il n'est pas dans mes intentions de vous revoir ! Cet appel est pour vous signifier que tout est terminé entre nous. Je ne vous dois plus rien : ni moralement ni matériellement. Pas plus d'ailleurs qu'à votre ami Ramuschi auquel vous voudrez bien faire part de ma décision. J'ose espérer qu'il la comprendra, sinon je n'hésiterai pas à tout déballer à la police.

– Mais tu nous menaces ! Pourquoi cette agressivité ? Et crois-tu qu'une telle façon d'agir arrangerait ton ménage ? Si Eric venait à apprendre tout ça...

– Lui ? Plus aucune importance : il a disparu de ma vie.

– Qu'est-ce que tu racontes ? Il est mort ? Mais alors c'est merveilleux ! Tu vas pouvoir hériter !

– Ce serait trop beau ! Non, il est en pleine forme, comme toujours ! Mais je lui ai fait ce qui pouvait arriver de pire à un chocolatier : je l'ai plaqué ! En emportant tout ce que je pouvais.

– Tu as fait ça ? Mais c'est scandaleux ! On ne quitte pas brusquement un mari qui a su se montrer aussi généreux... Quelle raison lui as-tu donnée pour justifier ton départ ?

– Aucune. Je lui ai écrit une lettre. J'espère qu'il l'aura comprise.

– Et que comptes-tu devenir ?

– Ne vous inquiétez pas pour moi ! Je vais suivre l'enseignement que vous avez dispensé à toutes vos élèves. Vous ne pourrez donc que vous féliciter de ma décision.

– Et tu penses pouvoir te débrouiller seule ? Ne crois-tu pas, ma chérie, qu'il serait préférable que je t'aide, au moins au début ?

– Sûrement pas ! J'ai vu ce que ça pouvait donner. Adieu !

Ayant eu tout le temps de mûrir son plan pendant ses années de mariage, Sylvana ne fut pas longue à trouver dans le XVIe arrondissement l'appartement se prêtant le mieux à ses projets. Des conseils pratiques prodigués par quelques anciennes élèves de l'entremetteuse, dont elle avait conservé secrètement les adresses, l'aidèrent à démarrer sa nouvelle activité, et le répondeur automatique attendit bientôt les premiers appels des clients.

Les robes, les fourrures, les bijoux et la Ferrari rapportée de Bruxelles lui conféraient une sorte de prestige dans sa profession et elle était en droit d'attendre, sinon les hommes les plus beaux, du moins les plus fortunés.

Tout cela fut fait, sans qu'il lui vînt une seule fois l'idée qu'elle avait lâché la proie pour l'ombre. Son avenir – celui qu'elle avait l'impression d'avoir bâti à elle seule – l'attendait... Pourtant, pendant que son compte en banque s'arrondissait au fil des années, sa sensation de solitude ne fit que s'accroître, au point de la conduire certains jours bien près du désespoir. D'ailleurs, le coup de fil inattendu de

Vittorio ne l'avait-il pas surprise alors qu'elle se laissait aller à une sombre mélancolie ? Depuis...

Ah, depuis ! Tout avait changé ! Pour la première fois de son existence, elle avait le sentiment que quelqu'un s'intéressait à autre chose qu'à son corps. Et dans le fond de son cœur, elle ressentait cette rencontre comme l'amorce d'une nouvelle vie dans laquelle, cette fois, le bonheur ne serait plus absent. Aussi s'endormit-elle presque heureuse, malgré les désagréables souvenirs qui encombraient sa mémoire.

Le lendemain à onze heures, comme il l'avait promis, Vittorio sonna à la porte. Sylvana était prête, l'attendant en pull à col roulé et en jean, la tenue qui lui paraissait le plus indiquée pour une expédition en caravane. Pour unique bijou elle portait une médaille attachée à une chaînette d'or et représentant Rita, la patronne des gitans. Elle n'emportait avec elle qu'une valise légère remplie du strict nécessaire.

– Je te félicite d'être déjà prête avec ton petit bagage... Viens : ma maison est en bas et t'attend... Mais tu devrais quand même prendre une écharpe de laine : il risque de faire frais sur la côte normande si nous nous promenons le soir.

– Vous pensez à tout, cousin !

Après avoir ouvert un placard, elle en sortit un plaid écossais :

– Ça vous plaît ?

– Ça te va très bien d'être emmitouflée. Ta mère aussi était frileuse... Nous partons ?

Elle était magnifique, la caravane ! Tellement belle qu'elle avait provoqué un attroupement dans la rue où ne passait pourtant pas grand monde. Toute blanche, longue, élégante. Sur ses flancs on pouvait lire, peint en lettres d'azur, le nom de cette villa sur pneumatiques : *Dolce Vita.* Oui, pensa Sylvana, on devait vivre une existence bien douce dans ce véhicule qui allait et s'arrêtait où il voulait au gré de sa fantaisie.

À l'intérieur, tout était comme l'avait décrit Vittorio, et Sylvana eut réellement l'impression de se trouver dans un yacht très confortable. Il ne restait plus qu'à naviguer...

– Tu choisiras la couchette que tu voudras, dit celui qui faisait déjà figure de capitaine. Laquelle préfères-tu ? Celle du haut ou celle du bas ? Tu sais, c'est un privilège que je t'accorde... Ce n'est pas tout le monde que Vittorio Lombardo convie à voyager dans ses pénates roulants ! Mais toi, tu es de mon sang ! Et maintenant il est grand temps de se mettre en route ! Je crains que notre départ ne te fasse une drôle de réputation dans ton quartier !

– Je m'en moque ! Ils voudraient tous être à notre place. J'adore faire des envieux, et vous, Vittorio ?

– Moi, je ne m'occupe jamais de l'avis de personne. J'ai toujours fait ce que je voulais.

– Vous en avez, de la chance !

– Pas toi ? Pourtant tu ne m'as pas l'air d'avoir autour de toi beaucoup de gens qui te gênent.

– Il y en a eu... Maintenant il ne reste plus que des gens qui m'ennuient !

– Je t'aiderai à t'en débarrasser... Tu aimes cette couronne de fleurs blanches posée sur la petite table ?

– Elles donnent l'impression d'être sauvages.

– Mais elles le sont ! Je les ai commandées spécialement ce matin avant de venir te chercher. On les appelle dans les Alpes des edelweiss et ici des immortelles. Nous allons les déposer sur la tombe de Virna au cimetière Montmartre. Tu sais comment y aller ? Montre-moi le chemin.

– C'est très facile.

– Alors, pourquoi n'y es-tu pas retournée plus souvent ?

Et comme elle demeurait silencieuse, il ajouta :

– Ce n'est pas bien de ta part, Sylvana ! Ta maman t'idolâtrait ! Tu vas réparer cet oubli en portant toi-même cette couronne dès que nous arriverons là-bas. Imagine comme elle sera heureuse, ensuite, de te voir repartir avec moi... Nous y allons ?

Le moteur de la caravane se révéla étonnamment silencieux, tout autant que ses deux occupants qui ne prononcèrent plus une parole pendant le trajet, à l'exception des indications de parcours murmurées par Sylvana. Ils savaient, l'un et l'autre, qu'ils allaient faire le seul geste qui les relierait au passé.

Devant la tombe, ils se recueillirent longuement après que la fille de Virna eut posé la couronne sur la dalle... Une dalle modeste, délavée par les intempéries et qui semblait oubliée depuis longtemps. On avait du mal à lire le nom gravé dessus ainsi que les deux dates encadrant une courte existence. La belle Italienne était morte à vingt-sept ans. Nul ne pourra jamais connaître la prière très secrète que firent les deux visiteurs. Quand ils s'éloignèrent, Sylvana – dont le visage était resté impassible – eut la surprise, en relevant la tête, de découvrir que le regard du cousin s'était embué de larmes.

Au moment où ils repassèrent devant la guérite du gardien, Vittorio tendit à celui-ci une liasse de billets en lui demandant :

– Serait-il possible de nettoyer la tombe de Virna Evron, dont vous nous avez indiqué tout à l'heure l'emplacement ?

– Mais certainement, monsieur, s'empressa de répondre l'homme en uniforme pendant qu'il enfouissait dans sa poche le pactole inespéré. Ce sera fait dès cet après-midi.

Quand la *Dolce Vita* commença de s'éloigner du cimetière, Sylvana demanda à voix basse au conducteur :

– Vous l'aimiez donc tant que cela, Vittorio ?

– Elle fut la femme la plus étonnante que j'aie connue... Mais toi, bambina, tu ne peux pas comprendre.

Elle ne posa plus de questions. Ce fut lui qui recommença de parler lorsqu'ils atteignirent le périphérique :

– Maintenant que nous avons accompli tous les deux notre devoir, pensons à autre chose et roulons vers le bonheur ! As-tu déjà conduit un véhicule de ce genre ?

– Non. Ça m'amuserait follement !

– Je m'en doute. Tout le monde rêve de conduire ces mastodontes... L'ennui, c'est qu'en Italie il faut un permis spécial à partir d'un certain tonnage ! Je pense qu'en France c'est la même chose.

– Je ne sais pas.

– Ça ne fait rien, je te passerai peut-être le volant pendant quelques kilomètres, à condition qu'il n'y ait pas de gendarmes à l'horizon !

– Oh, merci, Vittorio !

– Je te répète qu'en famille on ne se dit pas merci ! On s'embrasse mentalement. C'est plus discret et plus tendre.

Et le voyage commença vers l'inconnu...

Contrairement à beaucoup de ses compatriotes, Vittorio conduisait prudemment, n'ayant aucune honte à se laisser doubler par ceux qui paraissaient pressés d'atteindre la côte normande pour le week-end. Et Sylvana, d'ordinaire si impatiente, n'en avait cure. Rien ne pouvait lui apporter plus de joie que la pensée d'avoir accepté de partir avec un homme sans lui parler d'argent et sans même savoir s'il en avait ! Ne lui avait-il pas laissé entendre qu'ils dormiraient dans la caravane ? Ne serait-ce pas beaucoup plus amusant pour elle que ces chambres de palace qu'elle connaissait par cœur et qui suintaient l'ennui ? Dans la maison ambulante, au moins, on sentait qu'il y avait une âme.

– Le temps est superbe ! s'exclama Vittorio. Nous avons de la chance.

– Beaucoup de chance...

– Tu ne m'en veux pas trop de t'avoir enlevée ?

– Ça me ravit, au contraire !

– Mais tu crois que tes traductions pourront attendre jusqu'à lundi ?

– Elles attendront.

– Je ne savais pas qu'on pouvait bien gagner sa vie avec ce genre de travail.

– Plus qu'on ne pourrait le croire... Ce n'est pas trop mal payé.

– En effet, si j'en juge par ton appartement.

– Je me le suis offert avec l'argent du divorce.

– C'est vrai : ton divorce ! Il faudra que tu me racontes ça... Mais dis-moi, bambina, es-tu bien sûre de ne pas avoir d'autre occupation que celle de traductrice ?

– Que voulez-vous dire ?

– Je ne sais pas, moi... Tu es une jolie fille... Même si tu n'as pas eu envie de te remarier, tu pourrais avoir un ami qui t'aiderait un peu... Ce qui serait tout à fait normal à ton âge.

– Et vous, Vittorio, vous avez une amie ?

– J'en ai eu plusieurs, mais ça n'a jamais duré très longtemps avec aucune... Je dois avoir trop mauvais caractère ! Et puis j'aime le changement... Comme Virna, je ne suis pas fait pour le mariage : ce doit être une particularité de notre famille ! Je ne sais pas pourquoi, mais je ne t'imagine pas non plus fidèle à un même homme... Je me trompe ?

– Non.

– Je te verrais même très bien avec une foule de soupirants tournoyant autour de toi... Virna était comme ça.

– Elle a eu beaucoup de succès ?

– Tous les succès ! Et toi ?

– Oui et non.

– Tu n'as pas dû te gêner pour faire marcher tous ceux qui te voulaient ?

– C'est fou ce que vous comprenez vite ! Et puis zut ! Comme vous finirez par le deviner et que nous sommes « chez nous » dans votre *Dolce Vita,* je préfère vous dire la vérité. Voilà, Vittorio : je me débrouille...

– Qu'est-ce que tu entends par là ? Tout le monde se débrouille ! Moi le premier !

– Bien sûr... Mais il y a façon et façon... Bref, je suis parvenue à me créer ce qu'on appelle une clientèle.

– Tu veux dire que tu fais la *puttana* ?

– Si ce mot vous plaît...

– Et pas beaucoup de traductions ?

– Pas de traductions du tout !

– Je comprends... Mais qu'est-ce qui t'a amenée à exercer une pareille profession ?

– Mes parents adoptifs m'y ont poussée...

– Je trouve ça terrible ! Seulement, je ne peux pas trop te le reprocher, puisque ta mère faisait la même chose.

– Comment ? Elle aussi ? Je savais qu'elle avait eu des aventures mais j'ai toujours pensé qu'elle ne s'était conduite qu'en amoureuse.

– Eh bien, tu te trompes ! Virna n'a été amoureuse qu'une seule fois dans sa vie et aucun des autres hommes qu'elle a rencontrés ensuite n'a compté pour elle !

– Cet homme qu'elle a aimé, c'était mon père ?

– Oui. Mais pas celui dont tu portes le nom.

– Qu'est-ce qui vous fait dire ça, Vittorio ?

– Je le sais, c'est tout.

– C'est donc que vous avez connu mon vrai père ?

– Très bien. Et je peux aussi te dire qu'il vit toujours.

– Fantastique ! Mais où est-il ?

– Ça, c'est oune mystère...

– Pourquoi ne m'a-t-il jamais donné de ses nouvelles ?

– Il ne le pouvait pas jusqu'ici... Mais cela va changer. Il m'a envoyé en reconnaissance pour voir comment tu te portais et surtout où tu en étais. Malheureusement, étant donné ce que tu viens de m'avouer, mes informations ne lui feront sans doute pas plaisir ! C'est un monsieur qui ne badine pas avec la morale, ton papa ! Mais je suis sûr que c'est un bon père, et un bon père est toujours prêt à excuser les fautes de ses enfants, surtout lorsqu'il s'agit d'une fille unique... et ravissante de surcroît.

– Comment est-il, lui ?

– Plus tout jeune, mais encore très présentable !
– Je lui ressemble ?
– Pas vraiment. Tu tiens plus de ta mère.
– Et d'où vient-il ? Français ? Italien ?
– Il pourrait être de partout.
– Si vous saviez à quel point ce que vous me dites là me rend heureuse ! J'ai tellement regretté d'être la fille de ce policier qui a abandonné ma mère.
– Mais c'est justement à cause de ton vrai père qu'il l'a fait ! Je t'expliquerai tout ça un autre jour. Pour l'instant, revenons à toi : raconte-moi toutes tes sottises. Peut-être qu'en connaissant mieux ton histoire je pourrai intervenir utilement pour prévenir la colère de ton père.
– Je n'ai pas de sottises à me reprocher, cousin ! Disons plutôt que j'ai fait ce que j'ai pu… et aussi ce qu'on m'a forcée à faire. Je veux bien tout vous raconter, mais j'aimerais être sûre, avant de parler, que vous êtes réellement mon cousin. Ne m'en veuillez pas de vous demander cela, mais maintenant que vous savez comment je vis, vous devez bien vous douter que j'ai rencontré beaucoup d'hommes qui n'ont fait que me mentir ! Et si je ne m'étais pas montrée méfiante dans ma profession, je n'aurais pas amassé une fortune.
– Ah, parce que tu es riche ?
– Non. C'est beaucoup dire… mais enfin j'ai quelques réserves à la banque.
– Tu es charmante, bambina ! Si je comprends bien, la misère ne te guette pas ?
– J'ai horreur de la misère. J'en ai peur. C'est pour ça que je n'ai pas hésité à faire ce métier.
– Tu as peut-être eu raison pour toi mais ce n'est pas très flatteur pour la famille.

– Oh ! la famille... Qu'est-ce qu'il m'en reste, à part vous ?

– Et que fais-tu maintenant de ton vrai père ?

– Pour l'instant, rien, puisqu'il ne s'est pas plus occupé de moi que le mari de Virna. N'est-ce pas inouï d'avoir ainsi deux pères et de se sentir quand même orpheline ? Pour moi, la seule vraie famille se situe du côté de ma mère. C'est-à-dire vous, si vous êtes bien mon cousin !

– Ce que tu peux être têtue ! Tiens, regarde : c'est moi ou ce n'est pas moi sur cette photo d'identité ?

– C'est vous.

– Et lis le nom : *Lombardo,* le prénom : *Vittorio,* la date de naissance à Turin... Satisfaite ? Maintenant, sais-tu ce que nous allons faire ? Nous garer sur la prochaine aire de stationnement et pique-niquer... J'ai toutes les provisions qu'il faut. Sous ce ciel bleu, ça va être merveilleux ! Aimes-tu le carpaccio ? et les ravioli aux épinards ? et le gorgonzola ? Le tout arrosé de *Lambrusco...* Tu connais ce vin ?

– Non.

– Il pétille avec encore plus de malice que toi ! Nous allons faire un repas de rêve ! Je parie que tu n'as jamais pique-niqué sur un bas-côté d'autoroute !

– Jamais !

– Pourtant, tu as vu des gens le faire ?

– Oui, souvent.

– Eh bien, tu vas les imiter ! Comme quoi tout peut arriver dans l'existence ! Il suffit de savoir s'en évader un petit peu... Et ainsi tu auras tout le temps de me raconter ce qu'a été ton existence depuis la mort de Virna. Il faut que je sache tout pour pouvoir t'aider avant de te faire retrouver ton papa.

Il avait raison, le cousin Vittorio : c'était délicieux de pique-niquer au grand air en regardant passer les autres voitures ! Et, le *Lambrusco* aidant, Sylvana se sentit envahie par une douce euphorie. Avec Vittorio on prenait le temps de vivre et rien ne paraissait le surprendre, pas même les aveux qu'elle venait de lui faire sur sa véritable profession ! Ce cousin était décidément un personnage hors du commun... Il y avait cependant un détail qui intriguait Sylvana : pourquoi Vittorio avait-il disposé, sur la nappe du pique-nique, cet horrible vase tarabiscoté contenant une rose artificielle passablement ternie ?

– Vous tenez vraiment à cette vieille fleur, alors qu'il serait si facile d'en cueillir quelques-unes dans les champs qui nous entourent ?

– Cela fait des années que cette rose me tient compagnie ! Il fut même une époque de ma vie où c'était la seule fleur que je pouvais contempler. C'est pourquoi je ne m'en séparerai jamais ! Mais il ne faudrait surtout pas que sa présence te coupe l'appétit ! Déjeunons !

Fut-ce parce que la teinte sombre de cette fleur insolite évoquant le deuil la gênait ? Sylvana mangea en silence.

– Alors, bambina, tu n'as donc plus rien à confier à ton vieux cousin ? Je suis prêt à tout entendre, tu sais.

Sylvana commença alors la longue confession de ce qu'avait été sa vie depuis ce jour funeste où Mme Bernard l'avait recueillie. Pas une fois Vittorio ne l'interrompit. Son récit se prolongea après le pique-nique pendant toute la durée du trajet. Ils approchaient de Deauville lorsque Sylvana conclut :

– Voilà. Je n'ai plus rien à vous apprendre sur moi, Vittorio. Êtes-vous satisfait ?

– Et toi, te sens-tu mieux maintenant que tu n'as plus tout cela sur le cœur ? J'ai l'impression qu'il était grand temps que je réapparaisse dans ton existence !

– Qu'allez-vous faire de moi, cousin ?

– Je n'en sais rien encore... Tout dépendra de ce que tu penseras de moi quand je t'aurai raconté à mon tour ce qui m'est arrivé.

– Parce que vous avez aussi des sottises à me confesser ?

– Davantage que toi ! Mais j'ai l'excuse d'être beaucoup plus vieux ! Aujourd'hui je t'ai laissée parler. Demain ce sera à toi de m'écouter... En attendant, ce soir nous allons faire la fête. Que proposes-tu ? Où allons-nous garer la *Dolce Vita* ? À Deauville ? À Trouville ? Ailleurs ?

– Où vous voudrez, Vittorio... Tout ce que vous choisirez me fera plaisir.

– Alors restons à Deauville dont j'ai tellement entendu parler ! Si on commençait par un petit tour de reconnaissance ?

La *Dolce Vita* roula silencieusement dans un Deauville pratiquement désert où la nuit de novembre commençait déjà à tomber. Hors saison, la ville évoquait plutôt une cité abandonnée qu'une station balnéaire de renom. Au fur et à mesure qu'ils progressaient, Sylvana désignait à Vittorio les grandes bâtisses émergeant de la pénombre.

– Ça, c'est l'*Hôtel Royal.* Voici le casino avec sa salle des *Ambassadeurs* où se donnent les dîners de gala et où, chaque année, est offerte la Cravache d'or au meilleur jockey... Ah ! voici le *Normandy,* c'est le seul palace ouvert à cette époque de l'année. Il y a un bar magnifique où vous pourrez vous faire une petite idée de la décoration en style normand.

– Risquons un verre !

Un chasseur médusé ouvrit la portière de la caravane. De toute évidence il n'avait jamais vu un tel véhicule s'arrêter devant le prestigieux établissement ! Sylvana sauta à terre, suivie du cousin. C'était la première fois de sa vie qu'elle arrivait en pareil équipage dans la cour intérieure de cet hôtel où elle était déjà venue si souvent avec des clients !

Dans le hall, deux ou trois couples vieillissants, mornes et cossus, devisaient affalés dans des fauteuils. Et le bar aurait été désert sans la présence... du barman. Celui-ci se prénommait Edmond et Sylvana l'appréciait. Contrairement à Félix qui n'avait pensé qu'à lui faire cracher de l'argent, Edmond s'était toujours donné beaucoup de mal pour l'aider à améliorer l'état de ses finances. Cela, bien entendu, moyennant un petit pourcentage que la jeune femme lui avait toujours accordé volontiers, d'autant que c'était un garçon charmant. Et si distingué !

– Bonsoir, madame... Madame est venue nous rendre visite à cette saison ? Mais c'est un événement ! Bonsoir, monsieur.

– Ce monsieur est mon cousin ! dit précipitamment Sylvana.

– Ah, bien ! répondit Edmond qui n'en crut pas un mot.

Une professionnelle de cette envergure, fréquenter Deauville avec sa famille ! Il ne fallait quand même pas exagérer ! Mais, comprenant que le barman n'accordait qu'une foi très relative à ce qu'elle venait de dire, elle insista :

– Mon vrai cousin ! Il est au courant de tout...

– Dans ce cas, c'est différent ! répliqua Edmond avec un sourire complice.

– Mon nom est Vittorio Lombardo, précisa celui-ci. Sylvana ne m'a jamais rien caché... Servez-nous deux Americano.

– Bien, monsieur.

– Dites-moi, Edmond, le casino est fermé ?

– Pas le casino d'hiver, que les habitués appellent le « petit casino ». Il s'y joue quand même des parties très intéressantes... Monsieur n'est jamais venu à Deauville ?

– Jamais ! Je viens d'Italie, vous savez.

Se tournant vers Sylvana, il lui tendit généreusement son verre :

– Tiens, bambina. Buvons et partons ! Tu avais raison, je ne trouve pas que Deauville soit très gai à cette saison... Combien vous dois-je, Edmond ?

– Rien, monsieur. Absolument rien ! Depuis le temps qu'elle vient nous rendre visite, madame est ici chez elle... ainsi que sa famille, bien entendu !

– Peut-être reviendrons-nous demain si nous sommes encore par ici ? dit Vittorio. Tu viens, bambina ? Ciao, Edmond.

– Au revoir, monsieur... À bientôt, madame... Du moins je l'espère ?

Quand ils furent remontés dans la caravane, Vittorio confia à Sylvana :

– Je n'aime pas ce barman ! Il est trop aimable pour être honnête et on sent que tu as dû monter avec lui des petites *combinazione*. Je me trompe ?

– Pas tellement...

– N'as-tu pas l'impression qu'il est un peu de la police ? Ce genre d'individus est toujours d'un côté ou de l'autre. Celui auquel tu avais affaire à Bruxelles était plutôt de l'autre côté ! Qu'est-ce que nous faisons, maintenant ? Il se fait tard.

– Vous n'aimeriez pas dîner et passer la nuit dans cet hôtel ?

– Je t'ai expliqué que je me déplace dans ma maison justement pour éviter les hôtels. Et toi tu ne dois pas avoir de si bons souvenirs du *Normandy* pour souhaiter y revenir avec ton cousin ?

– Une fois de plus vous voyez juste.

– Donc, nous dormirons chez nous ! En route ! Nous allons bien trouver le stationnement idéal...

Après quelques minutes de nouvelles rotations dans les rues désertes, le véhicule stoppa derrière une villa imposante.

– Voilà, dit Vittorio. Ici, nous serons protégés du vent. Mais avant de dormir, on va s'offrir un bon petit dîner. As-tu faim ?

– Pas trop.

– Nous allons arranger ça. Il faut qu'une belle femme ait de l'appétit si elle veut devenir une grande amoureuse. Je vais te faire des spaghetti à la bolognaise comme tu n'en as jamais mangé ! Je suis oune *campionissimo* des spaghetti. Et nous les arroserons de Valpolicella. Pour un plat simple il faut un vin simple ! Mais nous ne mangerons pas dehors, il fait trop froid ! Nous resterons bien au chaud à l'intérieur de notre palais ambulant. Ça te va ? Après dîner nous regarderons la télévision pendant que le lave-vaisselle travaillera à notre place...

– Vous avez la télévision ? Et un lave-vaisselle ? Dans la *Dolce Vita* ?

– Oui ! regarde derrière ce panneau pivotant : la petite machine... Vittorio possède tout ce qui rend la vie moins fastidieuse.

– Vittorio est un personnage comme on n'en trouve plus beaucoup !

– Tu te trompes, bambina ! Il existe une foule de Vittorio, seulement il faut avoir un regard aussi curieux que le tien pour les découvrir.

Les spaghetti furent prodigieux.

– En dessert je te propose des crêpes au marasquin. Les crêpes, c'est universel, mais le marasquin, c'est un peu italien ! Sais-tu faire sauter les crêpes ?

– Non.

– Ça, il faut savoir parce que, pendant qu'elles sautent dans la poêle, on danse et on fredonne une tarentelle... Après tu verras que les crêpes sont beaucoup plus digestes ! Tu vas chanter en duo avec moi... On commence ! Une, deux, trois... *Tra, la la, la la...* Tu vois que c'est facile ! Si ta mamma avait vécu elle t'aurait appris toutes ces petites choses qui transforment l'existence ! Comme ce souper dansant à domicile ! Tu aimes ?

– Follement ! Je sens déjà que ce seront pour moi les plus joyeuses crêpes du monde !

Dès qu'elles furent avalées, le cuisinier-chanteur proposa :

– Que dirais-tu d'un verre de grappa pour digérer ? Regarde cette vieille bouteille à l'intérieur de laquelle la plante marine dans l'alcool... N'est-ce pas joli ? À la *Dolce Vita* n'as-tu pas l'impression d'être dans le pays de Virna ?

– Presque... Savez-vous que, quand vous chantiez en faisant sauter les crêpes, vous aviez une très jolie voix ! Vous êtes ténor léger ?

– Non, je ne suis qu'oune « baryton Martin ». Savais-tu que le « bel canto » est l'une des spécialités de notre famille ? Tu es musicienne, j'espère ?

– Quand j'étais jeune fille, j'aimais jouer du piano, mais depuis mon mariage je n'ai plus touché à un clavier.

– Quel dommage ! Tu rejoueras, je te le jure ! Et nous ferons de la musique ensemble le soir, comme ça, après le dîner... Veux-tu entendre une mélodie napolitaine ? Je les connais toutes : *O sole mio* ? *Catari* ? *Santa Lucia ?*

– Celle que vous voudrez !

– Alors commençons par *O sole mio.* Après un verre de grappa, ça passe merveilleusement ! Écoute...

Et Vittorio chanta la célèbre rengaine. Sylvana l'écoutait, fascinée, en pensant que si une cartomancienne lui avait prédit qu'un jour elle demanderait à un homme, ayant largement dépassé la cinquantaine, de chanter pour elle à l'intérieur d'une caravane stationnée dans une rue déserte de Deauville au mois de novembre, elle ne l'aurait certainement pas crue ! Et le comble n'était-il pas que ce soir elle trouvait cette situation presque normale ? Tout le répertoire y passa : *Santa Lucia, Catari, La Bohème,* même *La Traviata* !

Quand Vittorio se tut enfin, son auditrice était dans une sorte d'extase qu'aucun de ses innombrables admirateurs ne lui avait jamais fait connaître. Et elle ne put que supplier :

– Encore, Vittorio !

– Mais tu es insatiable ! Si tu es comme ça en amour, je comprends que tu aies une grosse clientèle ! Seulement il faut être raisonnable : les meilleurs récitals sont les plus courts... Et puis, je risque d'ameuter les passants : ma voix plaît toujours beaucoup... Attends !

Il entrouvrit la porte arrière et descendit sur la chaussée pour faire le tour de la *Dolce Vita* avant de réapparaître, le visage dépité, en annonçant :

– Les gens ne sont guère artistes ici... Tu avais raison : cette côte n'est pas gaie ! Nous n'y reviendrons plus.

– Mais je trouve merveilleux, au contraire, que

vous m'ayez chanté que pour moi seule... Surtout *La Traviata* ! Je me faisais l'effet d'être une nouvelle Dame aux camélias...

– Tu sais ce qu'elle faisait, la Dame aux camélias ? Comme elle n'avait pas une très bonne santé, elle recevait ses soupirants allongée... C'est pourquoi tu vas t'allonger toi aussi, mais pour dormir. Le secret d'une beauté qui dure, c'est le sommeil. Et demain, après une bonne nuit, tu seras en pleine forme pour écouter tout ce que j'ai à te dire. Quelle couchette choisis-tu : celle du haut ou celle du bas ?

– Je préférerais le bas...

– Elle est à toi. Derrière ce double placard, tu trouveras le cabinet de toilette et la douche. Je t'avais dit que notre villa possédait tous les conforts ! Pendant que tu t'installes, je vais faire une petite promenade pour fumer mon cigare. Quand tu seras couchée, je viendrai te dire bonsoir et je te raconterai une belle histoire pour t'aider à t'endormir. Tu aimes les histoires ?

– Oh, oui ! Il y a tellement longtemps que je n'en ai pas entendu une belle !

– Je te la promets superbe ! À tout à l'heure.

Lorsqu'il revint, une demi-heure plus tard, il remonta dans la caravane sans faire de bruit et s'approcha de la couchette où seule la tête de Sylvana émergeait des draps, en demandant à voix basse :

– Tu dors ?

– Pas encore. J'attends mon histoire !

– Alors écoute...

Il s'agenouilla pour se mettre à son niveau puis laissa couler sa voix chaude au cœur de la nuit :

– Il y avait une fois une jeune femme qui se croyait perdue dans le tohu-bohu du monde parce qu'elle était seule... Elle faisait des tas de bêtises car elle s'imaginait que le meilleur moyen de se rapprocher du bonheur était d'amasser le plus d'argent possible dans sa tirelire ! Ce en quoi elle se trompait complètement parce que l'argent c'est fait pour rouler : ça va, ça vient... Si on en a, tant mieux ! On peut le dépenser... Si on n'en a pas aujourd'hui, on en trouvera demain ! Et brusquement, un personnage mystérieux surgit dans la vie de la jeune femme pour lui annoncer qu'elle ferait bientôt la connaissance de son vrai père, dont elle ne soupçonnait même pas l'existence ! À partir de cet instant la jeune femme réalisa qu'il y avait peut-être quelque part un homme à qui elle pourrait confier ses peines. Elle ne manqua pas de le faire dès qu'elle rencontra son père. Le premier conseil qu'il lui donna fut de ne plus penser aux soi-disant bienfaits de l'argent et de chercher uniquement à connaître la joie immense que seul peut apporter un bel amour. L'ayant écouté, la jeune femme cessa aussitôt d'être malheureuse... Mon histoire est finie ! Elle te plaît ?

– Je crois que oui...

– Alors tu dormiras très bien ! Avant de ressortir prendre l'air pour une nouvelle petite promenade, j'éteindrai la lumière. Surtout ne t'inquiète pas pendant mon absence : je vais fermer la porte avec une clef que je porte toujours sur moi et personne ne pourra pénétrer dans notre demeure. Tu n'as pas peur d'être enfermée ?

– Je me sens tellement heureuse ici que même si c'était une prison je ne ferais pas le moindre effort pour la quitter ! Je me fais l'effet d'être au paradis...

– Un paradis roulant ! Si tu as besoin de rallumer, tu as ce commutateur près de ton oreiller. Mais je te conseille de rester dans le noir... D'abord tu t'endormiras plus vite, et ensuite, si une ronde de police venait à passer – ce qui m'étonnerait dans une rue aussi déserte où toutes les villas sont fermées –, elle ne fera pas attention à notre caravane.

– Mais si, pourtant, la police insistait en frappant à la porte ? Qu'est-ce que je dois faire ?

– Tu ne lui répondras pas plus qu'à un rôdeur. Le seul qui peut venir te rejoindre ici sans te réveiller, c'est moi puisque, tel Ali Baba, je possède le pouvoir magique... Quand je reviendrai, je n'allumerai pas non plus. Je me déshabillerai et je grimperai dans la couchette du dessus sans que tu puisses même t'en apercevoir ! J'ai une grande habitude du noir et je connais les lieux. Maintenant nous avons assez parlé. Dodo, bambina...

Après lui avoir caressé les cheveux d'une main très douce il posa un baiser tendre sur son front en murmurant : « Surtout, fais de beaux rêves ! »

Le seul bruit qu'elle perçut lorsqu'il s'éloigna fut celui de la clef tournant de l'extérieur dans la serrure.

Mais Sylvana ne s'endormit pas aussi rapidement que le cousin l'avait souhaité. Il y avait encore trop de pensées qui se bousculaient dans sa tête.

D'abord elle n'avait jamais vécu de sa vie une journée si animée : le départ en caravane, la visite au cimetière, le pique-nique au bord de l'autoroute, l'arrivée au *Normandy,* le dîner de spaghetti, les crêpes qui sautaient sur un rythme de tarentelle, les mélodies napolitaines, cette couchette qui lui rappelait l'ambiance d'un wagon-lit, l'histoire de tout à l'heure... L'histoire ? En y réfléchissant, elle n'avait pas souvenance que sa maman lui eût raconté de belles histoires pour l'endormir... et encore moins Mme Bernard ! Jamais non plus on ne lui avait caressé les cheveux avec autant de douceur ni déposé sur le front un baiser si tendre. Vraiment, ce soir, elle avait été gâtée !

Et puis, elle se sentait heureuse dans cette caravane... Elle avait l'impression d'être enfin chez elle alors que son appartement parisien, qu'elle habitait pourtant depuis des années, lui apparaissait brusquement comme un vulgaire « lieu de passage ». Quand Vittorio reviendrait, il rejoindrait discrètement sa couchette, en n'exigeant rien, en ne faisant valoir aucune prérogative de mâle. Et demain, au réveil, il se pencherait tendrement sur elle pour lui souhaiter le bonjour.

C'était un homme fantastique, le cousin ! Un être à part dans ces temps de veulerie et de muflerie... Était-il un rêveur ou plutôt l'un de ces derniers poètes qui n'attachent aucune importance à la puissance de l'argent parce qu'ils savent bien qu'une seule chose compte ici-bas : l'amour... Quel amoureux passionné il devait faire ! Quelle femme pouvait ne pas devenir folle d'un pareil homme ? Il avait suffi qu'il apparaisse devant Sylvana pour balayer de sa souriante présence tout un passé ignoble ! Qu'il fût l'un de ses proches parents n'entrait déjà plus en ligne de compte dans le cœur de la jeune femme : qu'importe ce qui se passerait entre eux deux par la suite ! Le cousinage, ce n'est quand même pas la même chose qu'être frère et sœur ou père et fille ! Réconfortée par cette étonnante pensée, Sylvana s'endormit enfin dans le silence de la *Dolce Vita.*

Le soleil était déjà haut lorsqu'elle se réveilla. Ses rayons filtraient à travers les petits rideaux masquant les vitres de la porte arrière et éclairaient d'une lumière presque irréelle les panneaux en palissandre. Pendant quelques secondes, Sylvana se crut à nouveau dans un yacht, mais très vite elle se redressa, s'assit sur sa couchette et appela doucement l'occupant du dessus :

– Vittorio...

Il n'y eut pas de réponse. Elle répéta plus fort :

– Vous dormez, Vittorio ?

À nouveau, ce fut le silence.

Se mettant debout, elle regarda la couchette : elle était vide, la couverture et les draps n'avaient même pas été défaits. Sylvana bondit vers la porte. Elle écarta les rideaux, qui s'entrouvrirent sur le décor de la rue déserte, bordée de ses villas aux volets toujours clos. Le ciel était serein, teinté d'un bleu pastel qui se confondait à l'horizon avec la grisaille de la mer. Une belle journée d'automne sur la côte normande.

En refermant les rideaux elle consulta sa montre : elle marquait dix heures ! Mais que faisait donc le cousin ? Où était-il passé ? De toute évidence il n'était pas rentré cette nuit : la couchette intacte le prouvait. Lui était-il arrivé quelque chose ? Un accident ? Mais il était à pied... À moins qu'il n'ait été attaqué par des voyous ? Pourtant, avec sa carrure, Vittorio donnait l'impression d'être capable de se défendre. Peut-être avait-il été brusquement pris d'un malaise ? C'était la seule explication plausible... Mais quelqu'un s'était-il trouvé là au bon moment pour lui porter secours et appeler l'hôpital ? Enfin – c'était à peine croyable mais on envisage toutes les hypothèses, même les plus saugrenues, quand on est angoissée –, peut-être s'était-il enfui, la laissant seule dans cette caravane stationnée en pleine ville ? Ce serait insensé ! Il était difficile de l'imaginer désertant sa *Dolce Vita* qui représentait tout pour lui. S'il en était ainsi, ce serait un geste de démence ! Or, Vittorio n'était point fou. Original, sans doute, mais parfaitement lucide : tous ses actes et toutes ses paroles au cours de ces dernières quarante-huit heures l'attestaient amplement.

Que faire ? Sylvana devait-elle ôter son déshabillé pour revêtir en toute hâte un pull et un jean avant de courir au commissariat le plus proche pour signaler la disparition du cousin ? Mais comment prouver qu'ils étaient parents ? Si elle portait dans son sac sa carte d'identité dont elle ne se séparait jamais, par contre elle n'avait pas les papiers de Vittorio... À moins qu'il ne les eût laissés dans la caravane ? De toute façon, elle ne pouvait pas sortir, puisque Vittorio l'avait enfermée !

Elle commença tout de même à chercher, ouvrant tous les placards. Ce fut ainsi qu'elle découvrit la garde-robe du cousin et, pendant quelques minutes, elle resta médusée... Elle était tellement réduite et presque misérable, cette garde-robe d'un homme à l'apparence aussi raffinée et aussi soignée ! En plus de la veste et du pantalon de tweed qu'il portait sur lui la veille, il n'y avait donc que ce complet bleu marine déjà exhibé au *Fouquet's,* deux ou trois pantalons de sport usagés, quelques chemises, des foulards, des mouchoirs, une dizaine de cravates, une robe de chambre en soie bordeaux passablement élimée et seulement deux paires de chaussures dont l'une, des mocassins vernis noirs, devait être destinée à être portée en soirée. Plus deux smokings, un blanc et un noir, et un habit, qui, eux, donnaient bizarrement l'impression d'être presque neufs. C'était à se demander si leur propriétaire ne leur attachait pas plus d'importance qu'à ses autres costumes. S'agissait-il de ses vêtements de travail ? Cela semblait pour le moins curieux quand on vivait dans une caravane !

Poursuivant ses investigations à la recherche de papiers justifiant l'identité de l'homme ou du véhicule, Sylvana ouvrit un tiroir placé sous le miroir du cabinet de toilette et ses yeux s'agrandirent... Ce ne furent ni des papiers ni des produits de beauté qu'elle découvrit, mais un revolver et un paquet de munitions. Elle n'osa pas toucher cette arme qui lui parut en excellent état. « Qu'est-ce que Vittorio peut bien faire de ça ? » se demanda-t-elle. Sa profession, qu'il avait cachée avec soin jusque-là, serait-elle tout autre que celle qu'elle avait pu imaginer ? Et s'il s'agissait d'un vulgaire bandit qui s'était fait passer pour son cousin grâce à une carte d'identité falsifiée ? Dans ce cas elle avait été complètement folle de lui raconter sa vie, en précisant même qu'elle possédait des fourrures, des bijoux et un solide compte en banque !

Après avoir refermé soigneusement le tiroir, Sylvana pénétra dans la cabine de pilotage où elle put constater sur la pendule de bord qu'il était maintenant dix heures trente... Et toujours pas de Vittorio ! Cela devenait inquiétant... Elle chercha aussi la clef de contact du véhicule, sans succès. Il avait dû l'emporter avec lui. Ce qui mettait Sylvana dans l'impossibilité de faire bouger la *Dolce Vita* si la police lui en intimait l'ordre. La police ? C'était une chance qu'elle ne se soit pas montrée au cours de la nuit, mais ça risquait de ne pas durer, maintenant qu'il faisait jour ! Que répondrait alors Sylvana, si elle était interrogée ? Comment justifierait-elle sa présence dans ce mastodonte dont elle ne possédait pas les papiers ? Comment faire croire qu'elle ne savait pas où était passé son propriétaire ? Et si les policiers décidaient de perquisitionner la caravane, ils trouveraient le revolver ! Elle aurait beau protester qu'il ne lui appartenait pas, on ne la croirait pas et elle serait embarquée pour port d'arme illicite ! Quelle histoire ! Sincèrement, Sylvana – qui, la veille au moment de s'endormir, débordait d'admiration amoureuse pour le beau cousin – commençait à lui en vouloir pour ce réveil sinistre.

Et si enfin – comble de malchance ! – la *Dolce Vita* était un véhicule volé ?

Effondrée, la tête pleine de suppositions toutes plus insensées les unes que les autres, ne sachant plus à qui se vouer, pas même à la sainte Rita qu'elle portait en médaillon, Sylvana s'affala sur une banquette. Elle touchait le fond du désespoir, quand la double porte s'ouvrit sur une tornade : Vittorio en personne ! Un Vittorio plus volubile que jamais, qui ne lui laissa même pas le temps de poser une question :

– Eh oui, bambina, c'est moi ! Je suis honteux de t'avoir fait attendre mais tu paraissais si fatiguée hier soir que j'étais persuadé que tu te lèverais très tard... Rien n'est plus bénéfique pour une jolie femme que la grasse matinée ! Ceux qui prétendent que le monde appartient aux lève-tôt ne sont que des imbéciles ! Il y a longtemps que tu es debout ?

– Longtemps, je ne sais pas, mais ça m'a paru un siècle ! Où étiez-vous, Vittorio ?

– Comme l'abeille, je butinais, si l'on peut dire... je t'expliquerai ça pendant le petit déjeuner. Tu ne l'as pas pris, au moins ?

– Je n'y ai même pas pensé ! Avec votre disparition...

– Ma disparition ? Vittorio ne disparaît jamais complètement ! Il réapparaît toujours...

– Même si ça doit mettre vingt-neuf ans ?

– Ne sois pas cynique ! Ce n'est pas de ton âge... Préparons plutôt le petit déjeuner... Je t'ai apporté des croissants et des brioches. Tu aimes ça avec le café ?

– Il y a tellement longtemps qu'on ne m'en avait pas offert !

Pendant qu'il s'affairait dans la « cuisine », elle reprit :

– Ces achats très sympathiques ne m'expliquent cependant pas où vous avez passé la nuit ?

– Me ferais-tu déjà une scène de famille ?

– Je n'en ai jamais fait à personne, pas même à mon mari. Je voudrais simplement savoir où vous étiez.

– J'ai entrepris une course au trésor...

– En pleine nuit ?

– On fait de très belles découvertes dans l'obscurité. La preuve : en plus des croissants je t'ai rapporté un petit cadeau. Regarde... (Il sortit de la poche de son veston une statuette en disant :) Elle n'est pas très grande mais elle est en or, je te le garantis ! Et je m'y connais ! C'est une Vénus, la déesse de l'amour... Elle te plaît ?

– Follement ! Je vous embrasse pour un pareil cadeau. (Ce qu'elle fit sur les deux joues avant d'ajouter :) Et c'est pour trouver ce joyau que vous avez passé la nuit dehors ?

– Je l'ai déniché dans une villa que j'avais repérée hier soir pendant que nous tournions. Vue de l'extérieur, elle paraissait cossue.

Un peu interloquée, elle demanda :

– Vous êtes entré dedans ?

– Évidemment ! On n'a pas encore inventé de meilleur moyen pour découvrir ce qui se trouve à l'intérieur d'une maison !

– Mais... il y avait des habitants dans cette villa ?

– Aucun ! C'est pourquoi j'ai pu y pénétrer sans la moindre difficulté.

– La porte d'entrée n'était donc pas fermée ?

– Elle l'était, comme toutes les portes des habitations bourgeoises... Seulement, avec ça, il n'y a pas une seule porte au monde, même la plus épaisse, qui me résiste !

Il avait sorti de son autre poche une tige d'acier terminée à son extrémité par un petit crochet qu'il lui fit admirer avec complaisance en expliquant :

– Cet instrument très simple est l'un des plus précieux qui soit pour les professionnels.

– Quels professionnels ?

– Ceux que l'on appelle en Italie des *ladri* et en France des cambrioleurs... Un bien joli nom, tu ne trouves pas ? Il rebondit tout seul quand on le prononce ! Ceux qui savent le porter sont de véritables acrobates...

– Comme vous, Vittorio ?

– Comme moi ! Ne crois-tu pas qu'il faut l'être pour prétendre à une gentille bambina que lorsque l'on rentrera en pleine nuit elle ne s'en apercevra même pas dans son sommeil d'ange ? C'était bien mon intention si j'étais revenu plus tôt... Malheureusement, comme je voulais te rapporter un beau cadeau, mes investigations ont été plus longues que prévu. J'ai dû visiter trois villas avant de trouver quelque chose de vraiment joli ! Dans les deux premières, il n'y avait que des horreurs ! C'est inouï comme à notre époque les gens qui ont de l'argent manquent de goût ! Enfin, à ma troisième expédition, j'ai fini par dénicher cette Vénus… Dès que je l'ai vue, je me suis dit : « Elle fera beaucoup d'effet, placée sur le petit guéridon qui se trouve dans la chambre de Sylvana, juste au-dessous du portrait de Virna ! »

– Parce que vous aviez même remarqué le guéridon ?

– Vittorio ne se trompe jamais sur la qualité d'un meuble ou d'un objet… Toi non plus, d'ailleurs ! Ce guéridon XVIIIe siècle, tu as dû le rapporter de l'hôtel particulier de ton mari ?

– C'est vrai.

– Quand tu te l'es approprié, tu ne te doutais pas qu'un jour il servirait de piédestal à une superbe Vénus en or ?

– Ma foi, non ! Mais, dites-moi, vous avez eu beaucoup de chance dans votre « expédition »… Il n'y avait donc pas de signal d'alarme dans ces villas ?

– Si ! Dans les trois ! Seulement il en faut plus pour arrêter Vittorio. Je connais tous les systèmes et je sais les réduire au silence !

– Mais alors, cousin, vous êtes un voleur professionnel ?

– Pas exactement. Disons plutôt un amateur éclairé qui opère de préférence la nuit avec une torche électrique.

Il exhiba de sa poche une lampe minuscule ressemblant à un bâtonnet d'ébonite.

– La voici… Tu repères la petite ampoule qui se trouve au bout ? Vois comme son rayon est efficace… (Il alluma la lampe et orienta le faisceau lumineux sur les parois de palissandre :) Regarde : on découvre les moindres détails de la boiserie. N'est-ce pas merveilleux, le progrès ? Une lampe-stylo… Tu peux constater que quand Vittorio part en promenade, il a sur lui tout ce qu'il faut !

– Il y a pourtant un accessoire qui vous a manqué cette nuit...

Sylvana ouvrit le tiroir de la salle de bains et en sortit le revolver. Le saisissant et le caressant, Vittorio s'exclama en souriant :

– Mon ami le plus sûr ! Mais je ne fais appel à ses services que si l'on essaie de m'agresser ici, chez moi ! Il ne sort jamais de la *Dolce Vita* : il est casanier. Je l'appelle *Vesuvio* parce qu'il sait cracher le feu...

– Ça vous est déjà arrivé d'être attaqué ?

– Une fois en Italie, sur l'autoroute de Turin, à Gênes, où je m'étais arrêté pour manger, et une autre fois avant-hier, juste avant que je te téléphone d'une station-service. J'étais entre Grenoble et Lyon, et les salopards m'ont fait une queue de poisson pour m'obliger à stopper.

– Ils étaient nombreux ?

– Deux : un qui est resté au volant pendant que l'autre était sorti pour me menacer avec une arme.

– Qu'avez-vous fait ?

– Ce que tu aurais fait toi-même si tu avais été dans le même cas ! J'ai empoigné *Vesuvio* que je garde toujours à côté de moi quand je roule seul sur une route... On y fait tellement de mauvaises rencontres ! Et j'ai tiré ! Je ne tire pas trop mal...

– Vous en avez blessé un ?

– Non ! J'ai visé juste au-dessus de la tête de celui qui était dehors... Il a compris et il a détalé à toutes jambes pour rejoindre son compagnon dans la voiture. Ils ont filé et je ne les ai plus revus. Ma *Dolce Vita* n'est pas rapide mais elle a un peu l'apparence d'un tank; elle impressionne !

– Ça aurait pu être dangereux !
– J'en ai vu d'autres !
– Et si ça avait été une voiture de police ?
– Celles-là, je les repère à des kilomètres... Je n'ai jamais visé de ma vie un flic. Ça peut engendrer des suites épouvantables et je suis trop respectueux de l'ordre ! Mais tu vois, bambina, que c'est très précieux d'avoir un ami tel que *Vesuvio*. Toi aussi tu devrais en posséder un. Saurais-tu t'en servir ?
– Je n'ai jamais essayé.
– Je t'apprendrai : c'est encore une chose qui manque à ton éducation. Avec un *Vesuvio,* crois-moi, tu aurais pu facilement te débarrasser de tous ces gens qui t'ont ennuyée avant et après ton mariage ! La vieille maquerelle, le vicomte, le Corse, le barman belge...
– Je ne pouvais quand même pas les tuer !
– Tu serais beaucoup plus tranquille aujourd'hui... Ils n'ont jamais essayé de te relancer pour que tu craches à nouveau à leur bassinet ?
– De temps en temps il m'arrive de recevoir des coups de téléphone bizarres...
– Ça prouve qu'ils ont ton adresse. Je n'aime pas ça !
– C'est normal : je n'ai aucune raison de me cacher. La preuve : mon nom et mon numéro de téléphone sont dans l'annuaire : n'est-ce pas grâce à cela que vous m'avez trouvée ?
– C'est vrai. Seulement moi c'est moi et eux ce sont eux ! Qu'est-ce que tu réponds quand tu reçois ces appels ?
– Je raccroche. Il n'y en a qu'un dans le lot que j'ai revu deux ou trois fois : le vicomte. Ce n'est pas un mauvais homme : il ne ferait de mal à personne !

– Méfie-toi quand même ! C'est peut-être leur taupe envoyée aux renseignements pour savoir si tu continues à bien gagner ta vie.

– Certainement pas ! Il subit les autres mais il les méprise. D'ailleurs, chaque fois que nous nous sommes rencontrés, c'était toujours dans un endroit discret.

– Un bar, naturellement ?

– Non. Un salon de thé : Adhémar raffole des salons de thé... Quand j'arrive, il est déjà là. C'est un homme bien élevé qui n'a jamais fait attendre une femme.

– Et qu'est-ce qu'il te raconte ?

– Il me demande si ma santé est bonne, si je suis heureuse, si ma vie n'est pas trop difficile. Je lui réponds que tout va bien, même si ce n'est pas vrai... Et nous nous quittons. Mais, chaque fois, il me répète au moment où nous nous séparons : « Ma petite Sylvana, si jamais il t'arrivait de gros ennuis, n'hésite pas à téléphoner chez moi. Je verrais alors ce que je pourrais faire. »

– Et tu le crois ?

– Non. Je ne l'ai jamais appelé à l'aide.

– Tu es quand même moins folle que je ne le pensais !

– Vous rendez-vous compte de la situation où je serais aujourd'hui si je les avais tous abattus à coups de *Vesuvio* ? Mais je serais en prison pour des années !

– Et alors ? La prison, on finit toujours par en sortir... Il y a des choses pires dans la vie ! Prends mon exemple...

– Vous avez fait de la prison, Vittorio ?

– J'y étais encore il n'y a pas si longtemps.

– Vous ?

– Moi, oui, moi ! Ton cousin !
– Vous y êtes resté longtemps ?
– J'avais récolté le maximum !
– Pour quelle raison ?
– La plus grave : j'avais tué quelqu'un.
– Comment ? Vous êtes un assassin ?
– Je préfère que tu m'appelles un justicier.
– Mon dieu, c'est épouvantable !
– C'est la vie... ou la mort ! Mais nous parlerons de cela plus tard : je t'avais prévenue que j'avais, moi aussi, des choses à te raconter... Si nous le prenions enfin, ce petit déjeuner ? À force de bouillir, le café va être foutu !

Était-ce la conséquence de l'aveu de Vittorio, toujours est-il que le petit déjeuner fut pris en silence. Il n'était plus question d'écouter des mélodies napolitaines. La chanson imprévue que Sylvana venait d'entendre lui suffisait amplement.

Le repas terminé, elle se borna à dire :

– Je crois qu'il serait préférable pour nous de rentrer à Paris...

– Déjà ? s'exclama Vittorio. Mais notre week-end vient à peine de commencer ! Moi qui me réjouissais à l'idée de t'initier ce soir aux émotions que procure une incursion chez autrui sans avoir sollicité son autorisation !

– C'est-à-dire ?

– Que je t'aurais emmenée avec moi pour explorer une autre villa où nous aurions peut-être trouvé un nouveau cadeau digne de toi.

– Écoutez, Vittorio, débrouillez-vous comme vous voulez, ça ne me regarde pas, mais ne cherchez pas à faire de moi votre complice en cambriolages, ça non !

– Deviendrais-tu vertueuse ?

– Il y a vertu et vertu ! Quand j'exerce ma profession, j'estime rester honnête ! Je ne prends pas d'argent à mes clients, ce sont eux qui m'en donnent... Il y a une grande différence entre ce comportement et celui qui consiste à s'approprier le bien des autres !

– Toi, honnête ! Même avec celui que tu as épousé en lui faisant croire que tu l'aimais ?

– Et alors, où était le mal ? Toutes les femmes qui ont le malheur de tomber sur un imbécile font pareil.

– Un imbécile qui s'est pourtant montré sincère avec toi, bambina ! N'as-tu pas l'impression que ta conduite a été aussi une manière de larcin ? Parfaitement ! La tromperie sur le plus noble des sentiments, l'amour, est pour moi le plus abject des vols ! Peut-être n'es-tu plus très fière de moi depuis que je viens de te révéler certaines choses sur mon compte mais, de mon côté – je peux te le dire maintenant ! – j'avoue n'avoir pas été franchement enthousiasmé par ce que tu m'as raconté hier ! Tout bien considéré je suis d'accord moi aussi pour écourter notre escapade. Nous allons rentrer à Paris et je te ramènerai bien sagement chez toi, dans ton bel appartement où tout ce qui s'y trouve a été acquis à la sueur de ton front... Pendant le voyage de retour, je te raconterai comme promis ce qu'a été ma vie... Et tu te rendras compte qu'au fond nous sommes largement quittes l'un par rapport à l'autre ! Ce n'est pas très étonnant d'ailleurs puisque nous sommes parents ! Ne lave-t-on pas son linge sale en famille ?

– Ne devenez pas odieux, Vittorio, alors que vous pouvez avoir tant de charme quand vous le voulez... Je vous promets de vous écouter mais, avant que nous ne repartions, je voudrais savoir pourquoi vous avez éprouvé le besoin de m'emmener à Deauville ? Nous aurions pu tout aussi bien aller n'importe où !

– Le nom de Deauville possède une étrange résonance pour tous ceux qui, comme moi, ont la passion du jeu. Monte-Carlo, que je connais, est pareil. Ce sont des lieux divins pour les joueurs. Ils s'y sentent chez eux, c'est un peu leur paradis...

– Mais on peut jouer partout !

– Bien sûr, et je ne m'en prive pas ! Cela dit tu me donnes l'occasion de répondre à ta question sur ma profession. Apprends que ce n'est ni le vol ni le crime, mais le jeu... Les deux premiers ne sont que des occupations annexes... Quand je vole, c'est parce que je suis à court d'argent pour satisfaire ma passion et qu'il me faut impérativement en trouver : le vol est un excellent moyen... Pourtant, cette nuit, ce n'est pas pour renflouer mes finances que j'ai été chercher cette Vénus en or. C'était vraiment dans l'intention de te faire un beau cadeau pour nos retrouvailles. Tu le garderas chez toi en souvenir de Vittorio...

– Je crains que la présence d'un pareil souvenir dans mon appartement ne soit gênante... C'est quand même un objet qui ne m'appartient pas !

– Vénus t'appartient puisque je te l'ai donnée ! Tu t'habitueras vite à elle, tu verras !

– Et le meurtre dont vous m'avez parlé, il était en rapport avec votre fringale de jeu ?

– J'ai tué un tricheur qui m'avait pratiquement ruiné.

– Parce que vous, il ne vous est jamais arrivé de tricher ?

– Jamais ! Cela fausse l'élégance du jeu en lui retirant toute sa saveur ! Le vrai joueur est honnête : il ne joue que pour gagner ou pour perdre selon les lois mystérieuses voulues par le dieu Hasard.

– L'élégance du jeu ? C'est bien la première fois que j'entends pareille expression ! Mais, Vittorio, c'est une folie de jouer ! Combien de fois n'ai-je pas entendu parler d'hommes prêts à tuer père et mère pour assouvir leur vice et même des femmes qui préféraient laisser leurs enfants dans la misère et risquer leurs dernières économies sur un tapis vert ! Il ne faut pas jouer, cousin Lombardo ! Si vous vous débarrassez de ce vice, vous ne volerez plus et vous n'aurez plus l'occasion de tuer. Vous me comprenez ?

– Ce n'est tout de même pas toi, la *puttana,* qui vas me donner des leçons de morale ! Quand tu auras tout appris sur mon passé, tu auras honte d'avoir osé me parler ainsi ! Nous partons ?

– Nous partons ! Et le plus vite possible ! J'ai trop peur que nous ne soyons arrêtés ici.

– Tu ne risques rien ! Avec Vittorio on passe toujours inaperçu... On devient une sorte de fantôme...

– Un fantôme en caravane blanche ? Mais, enfin, vous êtes complètement inconscient ! Jamais je n'oserai remettre les pieds à Deauville ! Si nous allions vite replacer la statuette où vous l'avez prise ?

– Ah ça ! C'est toi qui es folle ! En plein jour ? Mais ce serait le moyen le plus sûr de nous faire repérer et d'aller tout droit en prison ! Je sais bien que, cette fois, nous y serions en famille, mais ça n'est pas une raison pour que j'y retourne !

– Combien de temps exactement y êtes-vous resté ?

– J'ai fait deux séjours... Un premier de trois ans et l'autre de vingt-six...

– Vingt-neuf ans en tout ! Sur les cinquante-sept de votre existence !

– J'ai été libéré il y a seulement dix-huit mois. Ils ne m'ont pas fait grâce d'un seul jour. Eh bien, je t'assure que ces dix-huit mois, quand on sort du bagne de l'île de Liposa, n'ont pas été de trop pour me réacclimater à la vie normale. Maintenant, ça va. Je me sens en pleine forme. J'ai pu réaliser quelques petites opérations qui m'ont permis entre autres d'acquérir ma *Dolce Vita*. Et me voilà frais et dispos devant toi !

– Pas longtemps, si on vous reprend pour des vols stupides ! Vous connaissez le proverbe qui dit : « Jamais deux sans trois » ?

– Je lui en préfère un autre : « Pas vu, pas pris ! »... Je te garantis qu'on ne me coffrera plus ! C'est bien pour cela que je ne veux plus avoir de domicile fixe !

– Parce que vous pensez que l'on ne peut pas vous repérer dans cette caravane qui avance comme une tortue ! Le moins qu'on puisse dire est qu'elle ne passe pas inaperçue !

– Tant mieux si on la remarque, car je l'ai voulue ainsi ! Quant à la traiter de tortue, ce n'est pas une injure pour elle. C'est plutôt une garantie de tranquillité : comme j'avance très lentement, la police ne peut pas croire que je la fuis ! D'ailleurs, ma situation est maintenant tout ce qu'il y a de plus régulière et mes papiers sont en ordre... Disons que je suis un globe-trotter autorisé à se promener un peu partout à condition qu'il ne reste pas trop longtemps dans le même endroit. Voilà pourquoi je me déplace... J'adore ça, en plus ! C'est fabuleux, d'être devenu un éternel errant quand on est resté enfermé aussi longtemps entre quatre murs... C'est ça, la vraie liberté ! Tu n'aimerais pas voyager avec moi ?

– Étant donné ce que vous venez de m'apprendre, cher cousin, je demande à réfléchir... Et vous avez le droit d'aller dans tous les pays ?

– En touriste, sans problème. Il y en a malheureusement un où je ne peux pas retourner, et ça me désespère !

– Lequel ?

– Le mien : l'Italie ! Je suis sous le coup d'une interdiction de séjour pendant encore seize mois, mais je te promets que, dès qu'elle sera levée, je t'emmènerai là-bas pour que tu fasses enfin connaissance avec le pays de ta mamma ! Nous y ferons une de ces fêtes ! C'est triste, tu sais, d'être banni de son pays, surtout quand c'est l'un des plus gais du monde ! Parfois, lorsque je pense à lui, il m'arrive de m'attendrir et d'avoir les larmes aux yeux...

– Comme hier au cimetière devant la tombe de ma mère ?

– Eh oui ! C'est sans doute parce qu'elle venait, elle aussi, d'Italie. Et qu'elle ne pourra plus jamais y retourner... Pauvre Virna !

– Mais alors, Vittorio, pourquoi m'avez-vous raconté avant-hier au téléphone que vous arriviez directement d'Italie puisque vous en êtes parti il y a un an et demi ?

– En fait, je suis venu te rejoindre en suivant ce que vous appelez en France « le chemin des écoliers »... Oune bien jolie expression ! En quittant malgré moi l'Italie j'ai commencé par faire un petit séjour en Suisse : c'est un pays où le climat est très indiqué pour se refaire une santé. Les gens y sont calmes, la nourriture saine, et Divonne, avec son Casino, n'était pas très loin... J'aime les casinos, mais les grands qui ne ferment pas pour se rapetisser en casinos d'hiver comme à Deauville ! Pour bien jouer il faut se sentir à l'aise.

La *Dolce Vita* avait maintenant repris la route de Paris et tournait allégrement le dos à la côte normande.

– Je vous écoute, Vittorio, dit simplement Sylvana.

– J'ignore si mes aventures te plairont mais peu importe; si je suis venu te voir, c'est parce qu'il fallait que tu les connaisses. Sois tranquille : je ne remonterai pas aux origines de la famille Lombardo ! Sache seulement que mes parents étaient de braves gens honnêtes et travailleurs. Ils n'avaient qu'un défaut : ils étaient pauvres ! Je pense que tu aimes autant l'argent que moi, sinon tu n'aurais pas choisi de monnayer tes charmes.

– On me l'a imposé !

– Ta, ta, ta ! On dit ça ! J'ai l'impression que tu étais largement consentante... Revenons au moment où j'ai quitté les miens : j'avais vingt et un ans, et j'ai tâté un peu de tous les métiers mais il n'y avait rien à faire – c'était plus fort que moi ! –, je ne pouvais pas résister à une partie de cartes. Quand j'ai un jeu dans les mains, il me brûle les doigts : il faut que je l'étale sur une table ou sur un tapis vert.

– Je suppose que vous ne partez pas en voyage sans en avoir un sur vous ?

– J'en ai même plusieurs, soigneusement rangés dans le tiroir de la table de pique-nique ! Un bon ouvrier ne s'embarque jamais sans ses instruments de travail ! Grâce à eux, j'ai pu me débrouiller plus ou moins bien, et souvent plutôt mal que bien ! Ça dépend des périodes... En ce moment, j'en traverse une détestable, mais ça peut changer du jour au lendemain.

– Ce qui veut dire que vous êtes fauché ?

– Ce n'est pas la raison pour laquelle je suis venu te trouver... D'abord j'ignorais que tu avais beaucoup d'argent. Mais quand j'ai vu ton appartement et ce qu'il contenait, je n'ai évidemment pas cru que tu vivais de tes soi-disant traductions ! Ça, c'est un mensonge bon pour le client que tu rencontres la première fois, et encore ! Dès que tu lui as fait ta petite séance de charme, il a compris.

– Revenons à votre jeunesse, vous voulez bien ?

– Disons qu'elle fut mouvementée, mais jamais ennuyeuse ! Pour savourer l'existence, il faut vivre dangereusement, c'est bien connu ! On peut dire que j'ai écumé du nord au sud tous les endroits où l'on joue en Italie ! À Milan et à Gênes, c'était du sérieux, à Naples beaucoup moins, mais plus pittoresque.

– En somme vous faisiez votre métier ?

– C'est toujours mon métier, bambina ! Je ne me sens pas capable d'en exercer un autre correctement... Mais qu'est-ce que tu as à me regarder ainsi ?

– Je vous trouve de plus en plus ahurissant ! Quand avez-vous connu ma mère ?

– Je savais que j'avais une jolie cousine habitant Paris, et comme je commençais à être un peu trop connu en Italie pour mes activités, je me suis dit qu'il ne serait pas mauvais de changer d'air... La

visite à la cousine fut un excellent p
donc à Paris pour la première fois.

– Déjà en caravane ?

– Je n'en avais pas les moyens ! J'ai voya
train, comme tout le monde ! La caravane, c'est ...u récent : je t'ai dit que je l'avais depuis ma sortie de prison.

– Vous l'avez payée, au fait, cette caravane ?

– Je l'ai gagnée au jeu à un couple de Hollandais venu se risquer au casino de Divonne... Elle était déjà aussi belle. Je me suis contenté de rajouter le nom *Dolce Vita*, que j'ai peint moi-même de chaque côté de la carrosserie. Avoue que c'est réussi !

– Alors, pourquoi les plaques minéralogiques sont-elles italiennes ?

– Ce n'est pas parce que je suis interdit de séjour dans mon pays que je ne suis plus italien ! Tu as vu ma carte d'identité, alors !

– Vous aviez l'adresse de ma mère à Paris ?

– Je l'avais eue par l'intermédiaire de Tino Ramuschi. Le même dont tu m'as parlé et que tu as bien raison de détester. Il s'est conduit à ton égard comme un salaud.

– Ramuschi ! Mais comment l'avez-vous connu ?

– Dans un cercle, parbleu ! À cette époque, j'avais une chance incroyable, tout me réussissait ! Chaque fois que je m'asseyais devant une table de jeu, je ramassais une véritable petite fortune.

– À la roulette ?

– À tous les jeux ! Au poker, au baccara, au chemin de fer... Je te jure qu'à cette époque le Ramuschi n'avait pas ma veine ! Il m'observait avec envie et je crois même qu'il m'admirait.

– Lui, admirer quelqu'un ? Ça m'étonnerait !

– À force de nous retrouver autour des mêmes

tables et dans les mêmes tripots, nous avions fini par devenir sinon des amis, du moins ce qu'on appelle des « relations de jeu ». C'est comme ça qu'un jour, en parlant avec ce Corse, j'ai appris qu'il pouvait, si je le désirais, me présenter de charmantes jeunes femmes disposées à me tenir compagnie. Comme j'aimais évidemment les belles femmes, je n'ai pas dit non... Ce ne sera pas toi, avec ta profession, qui pourra me contredire !

Sylvana ne répondit pas, les yeux rivés sur la route. Son mutisme amena un léger sourire sur le visage du cousin qui poursuivit :

– La première femme qu'il me présenta n'était pas très jolie mais assez intelligente : ça compensait. Tu la connais très bien...

– Moi ?

– C'est elle qui t'a élevée après la mort de Virna.

– Quoi ? Cécile Bernard ? Qu'est-ce que vous me racontez là ?

– La vérité. Pourquoi voudrais-tu que j'invente des choses pareilles ? Je t'ai dit que je t'expliquerais tout... Alors écoute ! J'ai couché avec la Cécile mais une seule fois : ça m'a suffi ! Moi qui suis pourtant bavard, je ne peux pas supporter de faire l'amour avec une femme qui ne cesse de parler au lit...

– Ah ça ! Pour être bavarde ! Elle est tuante ! Vous, Vittorio, mon cousin, vous avez été l'amant de cette maquerelle ?

– Eh oui, je l'avoue : une fois... Mais ne dit-on pas « à tout péché miséricorde » ? Je reconnais que ce fut un vilain péché puisque la femme n'était même pas belle ! Mais, enfin, j'étais jeune et je me disais : « Celle-là m'en fera peut-être connaître une autre plus jolie qu'elle ? » C'est comme le jeu : une sorte d'engrenage...

– Connaissant sa mentalité, c'est sûrement ce qu'elle a dû faire ?

– Exactement ! Elle avait une amie – elles ont toujours des amies, ces filles-là ! – qui, elle, était ravissante. Entre nous j'ai eu l'impression qu'à cette époque-là elles travaillaient toutes les deux pour Ramuschi. Il avait dû les initier au métier... Cette amie, c'était Virna...

– Vittorio, je ne permets pas ! Vous exagérez !

– Je continue à te dire la stricte vérité. C'était bien Virna mais, à ce moment-là, elle n'était pas encore devenue ta gentille mamma... Comme toi maintenant, elle gagnait sa vie.

– Maman, faire ça ! Je n'arrive pas à me faire à cette idée. Depuis hier j'y repense sans cesse.

– C'est l'atavisme, je t'ai dit ! Telle mère, telle fille !

– C'est ainsi que vous parlez de votre cousine ?

– Nous n'avons jamais été cousins, Virna et moi... Sur ce point, je t'ai menti, mais, comme tu vas le comprendre, c'était pour moi le meilleur moyen de faire ta connaissance. L'expérience d'une vie de vagabondage m'a appris que les jeunes femmes dans ton genre se sentent très seules et cachent un immense besoin de se découvrir une famille, aussi vague et aussi lointaine soit-elle ! D'ailleurs, quand je t'ai dit au téléphone que j'étais ton cousin, tu t'es accrochée à cette idée comme une naufragée qui se jette sur la bouée qu'on lui lance. Sans même t'en rendre compte, tu sombrais un peu plus chaque jour sous ton décor de luxe fabriqué, Sylvana ! Dans mon cachot, je pensais souvent à toi. Je me demandais où tu étais, comment tu vivais... C'était affreux ! J'avais des remords... Oui, chérie ! C'est la première fois, n'est-ce pas ? que je t'appelle ainsi. Mais j'en ai le droit : tu es ma fille, Sylvana... Ce père, auquel tu as reproché hier de t'avoir ignorée, c'est moi ! Mais pouvais-je te faire savoir, par un moyen quelconque, que ton vrai père n'était pas celui dont tu portais le nom, mais un autre qui croupissait dans une prison italienne ? Un autre dont le supplice était intolérable parce que son unique enfant lui avait été donné par la seule femme qu'il ait jamais aimée et qu'il les avait perdues l'une et l'autre ! Quand je t'ai dit que je n'avais aimé qu'*une* femme dans ma vie, je ne te mentais pas ! Si je parle maintenant, c'est parce que j'ai cru deviner qu'au fond de ton cœur tu sentais que nous étions plus que de simples cousins. Tu vois : tu as eu raison de désirer toi aussi une famille ! Tu l'as retrouvée, bambina...

De longues larmes silencieuses coulaient sur le visage bouleversé de Sylvana pendant que la *Dolce Vita* continuait de rouler sur l'autoroute.

– Surtout n'arrêtez pas ! balbutia-t-elle dans ses sanglots. Ce paysage que j'avais trouvé tellement beau hier, je le trouve hideux aujourd'hui ! Je voudrais n'avoir jamais fait ce voyage !

Vittorio se gara quand même sur le bas-côté pour tenter de lui essuyer le visage avec un mouchoir. Ses mains étaient aussi douces que lorsqu'il lui avait caressé les cheveux la veille sur sa couchette. Et, pendant qu'il le faisait, il dit, avec une voix d'où avait disparu le moindre rayon de soleil :

– Je t'ai fait de la peine, je savais qu'il en serait ainsi... C'est pourquoi j'ai hésité pendant ces quarante-huit heures à te révéler ces choses pénibles. Mais, comme tu as su te montrer franche avec moi, avais-je le droit de poursuivre ce jeu du cousin imaginaire ? Et que faire d'autre ? Ne pas chercher à te revoir, pour que tu continues à ignorer la vérité avec la conviction d'être seule au monde ?

– Prouvez-moi que vous êtes bien mon père et que ce n'est pas le policier !

– Ce n'est pas difficile, ma chérie...

– D'abord, puisque nous ne sommes pas cousins et que vous n'avez pas épousé ma mère, comment se fait-il que vous vous appeliez Lombardo comme elle ?

– Je t'ai dit que les Lombardo sont légion dans le Piémont et dans le nord de l'Italie ! C'est même à cause de cela que le jour où Cécile m'a présenté ta mère, elle et moi avons été pris d'un fou rire, parce que nous pensions qu'on nous faisait une blague ! C'était pourtant vrai ! Alors, comme nous nous sommes plu tout de suite, nous avons décidé que puisque nous n'étions pas parents nous pouvions faire sans plus attendre ce qu'il fallait pour le devenir : l'amour ! Ce fut merveilleux et ça aurait pu durer longtemps s'il n'y avait pas eu ma première arrestation... Nous avons quand même vécu ensemble pendant trois mois qui ont été les plus beaux de ma vie ! Virna avait abandonné sa profession et rompu avec le milieu malgré les protestations de Cécile et les menaces du Corse. Celui-là, je l'ai vite mis au pas ! Il me devait une dette de jeu et je lui ai proposé l'échange : j'annulais sa dette et je gardais Virna pour moi seul. Oui, j'ai acheté ta mère ! Comme cela se passait autrefois sur les marchés d'esclaves... J'ai eu la plus belle des femmes !

– Il a accepté ?

– Il avait peur de moi. Tu sais, la plupart de ces hommes-là sont des lâches ! Ramuschi était un beau parleur pour embobiner les filles, mais son courage s'arrêtait là.

– Ça, j'ai pu le constater le jour où je me suis trouvée en tête à tête avec lui juste avant mon mariage. Depuis que j'ai fini de payer l'amende qui m'avait été imposée, je n'ai plus entendu parler de lui.

– C'est normal : il avait obtenu de toi ce qu'il voulait... Après, il a dû se rabattre sur une autre proie. En ce qui te concerne, comme tu as eu l'intelligence de te montrer régulière, il n'a fait que respecter la « loi du Milieu ». Tu connais cette règle ?

– J'ai été bien placée pour la découvrir.

– Seulement, ce n'est pas parce que Ramuschi ne t'a pas donné signe de vie depuis plusieurs années qu'il n'existe plus ! Tu dois toujours te méfier de lui, de la maquerelle et du vicomte.

– Ils ne peuvent plus me faire aucun mal !

– Crois-tu ? Et s'ils apprenaient que tu as enfin retrouvé ton vrai père ?

– Ils savent qui vous êtes ?

– Ces gens-là finissent un jour ou l'autre par tout apprendre... Ils sont pires que la police !

– Et ils étaient au courant que vous étiez en prison ?

– Sûrement ! Sinon, ils n'auraient jamais eu l'aplomb de se conduire comme ils l'ont fait avec toi. D'où j'étais, je ne pouvais pas t'arracher à leurs griffes !

– Mais maintenant ils ne peuvent rien tenter contre vous, puisque vous avez payé votre dette à la société !

– J'ai payé, en effet, et même cher payé !

– Vittorio... Je ne sais plus comment vous appeler... Je ne peux tout de même pas vous dire *papa* aussi facilement que je disais *maman* à Virna ?

– Et pourtant ! Mais je comprends que tu puisses hésiter ! Tout cela est si nouveau pour toi et doit te paraître tellement insensé ! Cependant tu es bien ma fille, Sylvana, et même mon unique enfant ! Mais je vois que tu ne pleures plus. Veux-tu déjeuner ?

– Un nouveau pique-nique ? Ah, non ! Plus jamais de pique-nique au bord d'une route !

– Nous pourrions quitter l'autoroute et chercher une petite auberge sympathique : ça ne doit pas manquer dans les parages ?

– Ne m'en veuillez pas mais j'ai encore moins faim que pour le petit déjeuner... Si je mangeais, rien ne passerait...

– Même si je plaçais sur la table du restaurant la rose artificielle qui m'a aidé à tenir le coup pendant mes années d'incarcération ?

– C'est pour cela que vous tenez tant à elle ?

– C'est un cadeau de ta mère : le seul qu'elle a pu me faire quand j'ai été arrêté pour la seconde fois... Je te raconterai dans quelles circonstances, à condition que tu te sentes la force de m'écouter jusqu'au bout.

– Parlez, Vittorio...

– Ça me fait tout drôle de t'entendre encore m'appeler par mon prénom alors que tu sais maintenant que je suis ton père ! Chez nous, en Italie, les enfants sont très respectueux envers leurs parents... Mais enfin, tant pis ! Il faudra que je m'y habitue... Après tout, peut-être est-ce plus gentil ? Nous repartons ?

– Vous me ramenez à Paris mais pas trop vite pour que vous ayez le temps de ne rien oublier dans votre récit.

– Tu as pu constater que je conduisais prudemment. Raison de plus puisque j'aborde cette fois les moments les plus difficiles de mon existence ! On ne peut faire ça que très doucement... En route !

La *Dolce Vita* repartit sans se presser, presque à l'allure d'une roulotte de romanichels.

Les questions, l'angoisse, l'incertitude se bousculaient dans la tête de Sylvana. Elle avait séché ses larmes mais son regard inquiet restait obstinément fixé sur le ruban de bitume. Elle pressentait que ce retour vers la capitale la ramenait inexorablement vers la solitude dans laquelle elle sombrait avant que l'appel de l'Italien ne vînt l'arracher à sa torpeur. Elle ne voulait pas retomber dans le désespoir ! Cet homme était-il réellement son père comme il le prétendait ? Malgré ses affirmations, il ne lui en avait encore fourni aucune preuve. Elle en arrivait presque à souhaiter qu'il fût un imposteur alors que sa joie aurait au contraire dû être immense à l'idée d'avoir retrouvé l'auteur de ses jours ! Mais comment pouvait-elle se réjouir quand elle se sentait brutalement placée devant une effarante réalité ? Si Vittorio Lombardo était bien son père, alors elle était le fruit des amours d'une putain et d'un bandit ! C'était épouvantable !

La première question qui vint sur ses lèvres quand elle put s'arracher à ses réflexions amères concernait Tino Ramuschi :

– Êtes-vous certain qu'il vit encore ?

– S'il vit ? Je l'ai revu il y a trois jours et c'est à la suite de cette rencontre que j'ai pris la décision de venir te voir à Paris. C'est lui qui m'a dit que tu étais en excellente santé, que tu avais un superbe appartement et que tu ne te débrouillais pas trop mal. Il m'a même donné ton adresse et ton téléphone. C'est dire s'il ne t'a pas perdue de vue ! Tu comprends maintenant pourquoi je t'ai conseillé de rester sur tes gardes. Sachant que tu n'es pas dans la misère, il peut très bien essayer de te récupérer un jour ou l'autre par surprise. Il est capable de tout et ses méthodes sont parfois violentes.

– Où l'avez-vous rencontré ?

– À Juan-les-Pins.

– Quoi ?

– Mais oui !

– Tout de même pas au *Provençal* ?

– Non. Il était fermé, ainsi que le casino. À cette époque de l'année, ce n'est guère plus gai là-bas qu'à Deauville ! Te souviens-tu de la pinède située entre le *Provençal* et le casino ? Comme elle était déserte, j'y ai garé ma caravane. Tu connais ma prédilection pour les rues ou les places peu fréquentées... Il me restait pas mal d'argent sur mes gains de la veille à Monte-Carlo, alors, pour ne pas trop m'ennuyer ce soir-là, je me suis renseigné pour savoir s'il n'y avait pas, sait-on jamais, une arrière-salle de café où il serait possible de « taquiner la carte » avec quelques partenaires dénichés par hasard. J'aime le hasard ! Lui seul permet de vivre intensément ! Il y avait effectivement un tripot ouvert, et sais-tu qui s'y trouvait, assis à une table à côté de deux autres types ?

– Le beau Ramuschi !

– Beau ? N'exagérons rien ! Il a l'allure de ce qu'il est : un parfait maquereau... Ses acolytes étaient visiblement du même acabit ! Il m'a tout de suite reconnu : même après tant d'années, il ne pouvait pas avoir oublié la déculottée qui l'avait obligé à me céder ta mère pour éponger ses dettes ! Ce sont des souvenirs qui marquent, dans la vie d'un flambeur ! Il voulait sa revanche, et il l'a eue !

– Il vous a ruiné à son tour ?

– Complètement ! Au poker... Ils étaient trois autour de la table, il restait une chaise vide, c'était trop tentant pour moi... Au petit matin, quand j'ai rejoint ma *Dolce Vita,* il me restait juste de quoi m'offrir ce voyage à Paris pour venir te voir puisque je savais maintenant où te trouver.

– Comment en êtes-vous venu à parler de moi avec Ramuschi ?

– Par des détours, bambina ! Une foule de petits détours... C'est lui qui a commencé, avec un sourire que je n'ai pas du tout aimé, par me demander si j'étais en bonne santé. Il se fichait de moi, c'est sûr... Il savait que Virna s'était suicidée pendant que j'étais sous les verrous et qu'elle avait à cette époque une petite fille... Sans lui avouer que j'étais son père – ça, personne ne le saura jamais ! C'est notre secret à nous deux –, je lui ai demandé discrètement ce qu'était devenue cette fille. C'est là qu'il m'a expliqué que les affaires marchaient bien pour toi... Mais il n'a pas soufflé mot de ton mariage !

– Je comprends qu'il se soit tu sur ce sujet. Mais permettez-moi de vous dire, sauf le respect que je vous dois si vous êtes réellement mon père, que le Tino et vous, vous êtes de drôles d'oiseaux !

– Nous n'avons aucun point commun !

– Et le jeu, alors ?

– Lui, c'est oune affreux maquereau...

– Et vous ?

– Moi ? J'essaie de vivre du jeu... A l'occasion, de petits cambriolages qui me permettent d'équilibrer mes finances... Mais les femmes, je les respecte parce que je les aime trop !

– À chacun sa conception de l'existence, n'est-ce pas ? Moi je vis bien des hommes, mais je les méprise... À quoi bon discuter de cela? Vous avez des choses plus intéressantes à m'apprendre. Par exemple, le pourquoi de votre premier séjour en prison...

– C'était déjà à cause de mon crime ! Je n'en ai commis qu'un, rassure-toi, et je ne le regrette pas. Si c'était à refaire, je recommencerais avec plaisir. Ce tricheur méprisable ne méritait pas de continuer à vivre... Pour que tu comprennes tout, il faut que je te raconte les faits dans leur ordre chronologique. Comme je te l'ai dit, nous nous sommes aimés follement à Paris, Virna et moi, et il est arrivé ce qui devait arriver : Virna s'est retrouvée enceinte. J'ai voulu l'épouser, mais comme elle avait abandonné, à ma demande, sa profession, elle ne pouvait plus compter que sur l'argent que je lui rapportais. Malheureusement, je n'en gagnais pas du tout à cette époque-là, je traversais une période noire. À tel point que mes partenaires de jeu m'avaient surnommé « le-macaroni-qui-n'a-pas-de-veine » ! Quand on vous traite de malchanceux, la réalité vous poursuit, c'est bien connu ! Comprenant que ce serait une folie de vouloir persévérer à Paris, je laissai à Virna tout ce qui me restait d'argent pour lui permettre de m'attendre, et je retournai en Italie, à San Remo, où j'avais toujours connu une chance insolente. C'est comme ça, le jeu, il y a des endroits et des pays où tout marche pour vous, et d'autres où c'est le désastre... Deux jours après mon arrivée à San Remo, je recommençais à gagner ! Je câblai aussitôt à Virna pour lui dire que j'étais sur la bonne voie, mais je ne voulais revenir auprès d'elle qu'après avoir empoché un gros magot. Comme ça, je me disais, on pourrait envisager l'avenir avec sérénité. Je savais qu'elle me faisait confiance car une femme qui aime sincèrement un homme croit forcément à sa bonne étoile. Tu es pareille, toi ?

– Je n'ai jamais aimé « sincèrement », comme vous dites, parce que je n'en ai pas eu l'occasion. Et on m'a appris qu'il fallait d'abord prendre le plus d'argent possible à un homme avant de lui faire confiance... Le premier qui aurait pu me faire changer de comportement, c'était vous, Vittorio. Mais depuis ce matin, je me demande si je ne me suis pas lourdement trompée.

– Les femmes sont bien toutes les mêmes ! Elles préfèrent les mensonges qui les flattent à la vérité et à la franchise. C'est triste ! Mais je continue... Ayant enfin amassé une fortune suffisante, je m'apprêtais à rejoindre ta mère, qui en était à son troisième mois de grossesse. C'est à ce moment-là qu'il m'est arrivé une chose épouvantable : un soir, à San Remo, dans le cercle où je triomphais depuis des semaines, j'ai voulu tenter le quitte ou double en jetant tout mon capital sur le tapis... Et je me suis ruiné en une heure ! Sais-tu pourquoi ? Parce que en face de moi, je m'en suis aperçu trop tard, j'avais une équipe de tricheurs professionnels payés par la direction du cercle. Ils ne me pardonnaient pas mes gains des jours précédents ! Je suis sorti du cercle fou de rage, et comme à cette époque je portais déjà *Vesuvio* sur moi, j'ai attendu dans la rue la sortie de mes tricheurs. Jamais je n'oublierai cette attente au clair de lune ! La nuit était douce et sereine, comme souvent sur notre Riviera italienne. Mais cela ne m'empêchait pas d'être ivre de colère, moi qui suis d'habitude si calme et si optimiste... Dans ma tête, je ruminais les pires pensées de vengeance ! Pour sauver mon honneur, il fallait au moins que j'abatte l'une des trois crapules. Par leur faute, je ne pouvais plus rapporter à mon adorable Virna la fortune que je lui avais promise ! Je pensais aussi à ce bébé qu'elle attendait. Nous ne savions pas encore si ce serait un garçon ou une fille. Je suis très heureux, en fin de compte, que tu sois une fille ! Tu es fière d'être une fille ?

– Je ne sais pas trop, mais je crois que si j'avais été un garçon j'aurais été pire que vous !

– Ça me plaît ! Ça prouve que tu es bien mon héritière.

– En fait d'héritage, je n'ai reçu pour l'instant qu'une statuette volée !

– Tu me déçois, Sylvana. Jamais je n'aurais pensé, avant de te revoir, que tu pourrais être aussi méchante ! Virna n'était pas comme toi. Je suis sûr que même si j'étais revenu auprès d'elle sans argent, elle m'aurait accueilli avec amour... Hélas, je n'ai pas pu revenir !

– Pourquoi ?

– J'ai abattu le premier des tricheurs qui sortait du cercle, mais la malchance a voulu qu'une voiture de police passe juste à ce moment-là... J'étais pris en « flagrant délit », ce qui, juridiquement, est très mauvais. La suite se devine facilement; j'ai été mis en prison, jugé et condamné pour homicide prémédité et volontaire : aucune circonstance atténuante ! Malgré toutes mes explications et tous les efforts de l'avocat, commis d'office parce que je n'avais pas les moyens de le payer, j'ai écopé dix années ! Entre-temps, l'avocat avait pu faire prévenir Virna, restée à Paris, de ce que je risquais... Le seul reproche que je pourrais faire à ta mère – mais en ai-je le droit ? –, c'est de n'avoir pas eu le courage d'attendre ma libération.

– Enceinte et sans le sou ? Avait-elle le choix ?

– Je reconnais qu'elle a eu le mérite de ne pas se faire avorter. Voulant te garder, elle s'en est remise à Cécile Bernard qui, par je ne sais quel stratagème, a réussi à la marier à cet imbécile de policier dont tu portes le nom.

– Imbécile parce que lui aussi a aimé ma mère ? Plus que vous peut-être, car il n'a pas hésité à l'épouser dans l'état où elle était.

– Tu le défends maintenant ?

– Je ne sais plus... Tout cela est votre faute, Vittorio ! Vous étiez déjà coupable d'avoir tué un homme mais je suis sûre que vous l'avez été encore davantage en abandonnant Virna !

– Je ne l'ai pas abandonnée ! Je ne pensais qu'à nous deux quand j'étais en prison ! Mais que pouvais-je faire ?

– L'épouser quand même ! Cela s'est déjà produit...

– Je ne demandais pas mieux, mais ta mère n'a pas voulu. Elle a préféré suivre les conseils de l'autre affreuse. Connaissant la Cécile, ce n'est pas difficile d'imaginer ce qu'elle a dû lui dire : « Tu ne vas pas devenir la femme légale d'un assassin ? Ton enfant ne peut pas être celui d'un meurtrier ! Si tu agissais ainsi, ce serait une tare qui le poursuivrait toute sa vie... Les gens le montreraient du doigt ! » Virna l'a écoutée et tu es venue au monde quelques mois plus tard sous le nom d'Evron... Voilà, bambina, ce qu'il fallait que tu saches ! Je reconnais que ce n'est pas très glorieux pour moi. En revanche, pour ton avenir, c'était la solution la moins mauvaise...

– Ce qui se passe en moi en ce moment est étrange... Vos révélations m'inciteraient à ne plus détester ce faux père que j'ai pourtant haï ! La façon dont il s'est comporté ne prouve-t-elle pas qu'il était moins mauvais homme que je ne l'ai toujours cru ?

– C'était Virna qu'il voulait, pas toi ! Elle était si belle...

– Taisez-vous ! Tout cela est ignoble ! Vous êtes un monstre.

– Tu oses m'appeler ainsi, moi, ton père ?

– Mon père... D'abord, qu'est-ce qui vous permet de l'affirmer, puisque Virna faisait le même métier que moi quand vous l'avez rencontrée ?

– Je devrais lâcher le volant pour te flanquer une bonne paire de gifles ! Insulter la mémoire de sa mère ! Quelle honte ! Je t'ai déjà dit que le jour où elle s'est donnée à moi elle a tout arrêté ! Il n'y a aucun doute là-dessus : tu es bien ma fille !

– Je comprends mieux maintenant pourquoi la mère Bernard m'a plusieurs fois répété que celui dont je portais le nom ne m'aimait pas ! Il avait ses raisons...

– S'il avait vraiment aimé ta mère, avec son cœur, il se serait conduit autrement; il t'aurait acceptée puisque tu venais d'elle : son amour se serait divisé en deux...

– Vous auriez fait cela, vous, si vous aviez été policier ? Épouser une femme enceinte d'un assassin ?

– Sincèrement, je ne me vois pas dans la peau d'un flic. Mais si le cas s'était présenté, je n'aurais pas hésité. Virna avait tellement de séduction que n'importe quel homme au monde aurait été prêt à tout lui pardonner. Tu dois te montrer fière d'elle.

– Je le suis ! Mais sûrement pas de vous ! Je crains même d'en arriver à vous mépriser au moins autant que tous les hommes que j'ai connus. Ça n'est pas peu dire...

– Tu deviens de plus en plus méchante ! Et moi qui croyais que je grandirais dans ton estime si je t'avouais tout...

– Jusqu'ici vous ne m'avez raconté que ce que vous vouliez bien. Par exemple pourquoi avoir prétendu que vous aviez fait seulement trois ans de prison la première fois alors que vous venez de m'avouer avoir été condamné à dix ? Et votre *Vesuvio,* vous voudriez me faire croire que c'est le même que celui qui a tué le tricheur ? On vous l'aurait rendu gentiment à votre sortie de taule ?

– Écoute, bambina, pour la prison, je pensais que tu avais deviné : je me suis évadé.

– Évadé ? Là vous remontez un peu dans mon estime... Comment vous y êtes-vous pris ?

– Chérie, je sais que les histoires d'évasion passionnent les honnêtes gens mais, si je commençais à te raconter la mienne, ce serait tout un roman ! Réservons-la pour un autre jour, quand nous n'aurons rien à faire et qu'il pleuvra ! Et puis, ce n'est qu'un détail par rapport à l'ensemble... Je devrais appeler le *Vesuvio* que tu as découvert « *Vesuvio* bis », car c'est mon second compagnon, le premier ne m'ayant pas été rendu en effet. Celui-ci, je l'ai acheté en Suisse après ma deuxième sortie de prison.

– Encore une évasion ?

– Non, une libération normale. J'ai purgé intégralement ma seconde peine qui a été beaucoup plus lourde que la première, précisément parce que je m'étais évadé... J'aurais mieux fait de rester sage la première fois : les dix années n'en auraient fait que sept ou huit et j'aurais été libéré sous condition pour bonne conduite... Seulement voilà : je n'ai pas pu rester en place ! Je voulais vous rejoindre coûte que coûte en France, Virna et toi... Tu sais : l'amour conjugal allié à la fibre paternelle est une force capable de faire s'écrouler les murs de n'importe quelle prison ! J'ai donc pris la poudre d'escampette et je suis arrivé à Paris.

– Mais maman était mariée ?

– Et alors ? Crois-tu que ça pouvait me gêner ? Après ce que je venais d'endurer, j'étais prêt à tout et surtout à cocufier un mari d'opérette... Le seul vrai mari de Virna, c'était moi. Et je le suis toujours, même si elle n'est plus de ce monde. C'est parce que je me trouvais sur la tombe de *ma* femme que je me suis attendri hier... Le nom gravé sur la dalle mériterait d'être changé : on devrait lire Virna Lombardo au lieu de Virna Evron, ce nom que tu détestes autant que moi ! D'ailleurs, s'il en a été ainsi depuis ton enfance, c'est tout simplement parce que tu savais dans ton subconscient que tu ne pouvais pas être la fille de ce flic...

– Comment aviez-vous eu notre adresse ?

– Par mon avocat italien auquel j'avais annoncé, quand il était venu me rendre visite dans ma cellule, mon intention de m'évader... Il m'a dit que j'étais complètement fou et que, même si je réussissais, on finirait par me reprendre un jour ou l'autre et cette fois ma peine serait doublée ou triplée. Il avait raison, mais à ce moment-là j'étais incapable d'écouter qui que ce fût, étant persuadé que la Justice ne me récupérerait jamais ! J'avais eu tout le temps d'échafauder un plan très précis : vous rejoindre et vous emmener avec moi dans un pays lointain d'où l'on n'entendrait plus parler de nous ! C'est pourquoi j'avais demandé à mon défenseur d'essayer de se renseigner, peut-être par l'un de ses collègues français, pour savoir quel était le nom de mariage de Virna et son adresse. Il s'est montré compréhensif : trois semaines plus tard, il est revenu me voir au parloir de la prison pour m'annoncer que Virna s'était mariée avec un certain Evron, officier de police, et qu'elle vivait à Paris avec lui et la fille qu'elle lui avait donnée. Quand j'ai entendu cela, je suis resté calme et je n'ai rien dit, mais j'étais mieux placé que quiconque pour connaître le véritable père de cette enfant... Malgré les remontrances de l'avocat, je me suis quand même évadé cinq semaines plus tard.

– Pour venir jusqu'à Paris il vous fallait de l'argent...

– J'en ai trouvé un peu grâce à un codétenu. Il n'avait pas voulu s'enfuir avec moi mais il m'avait donné l'adresse d'un bistrot dans la ville où se trouvait notre prison. Le propriétaire étant lui-même un ancien repris de justice, il ne refusait jamais de rendre service à un confrère... Une sorte de chaîne de solidarité pour délinquants en cavale. On en trouve dans tous les pays civilisés et c'est bien utile !

– C'est vous qui le dites !

– Tu oses en douter ? Mais, bambina, si cette chaîne d'assistance charitable n'avait pas existé, jamais je n'aurais pu faire ta connaissance ! Ne penses-tu pas que c'est inhumain qu'un père ne parvienne pas à voir sa fille, surtout quand elle est aussi mignonne que toi ? Car tu l'étais déjà bigrement à trois ans... J'ai eu la joie de te faire sauter sur mes genoux et c'est à ce moment-là que j'ai conseillé à ta mère de t'appeler Sylvana au lieu de Maria. Cela aussi, tu me le reproches ?

– Non.

– Enfin un point positif !

– Vous n'avez tout de même pas pu me faire sauter sur vos genoux devant le mari de maman ?

– Évidemment non ! Chaque fois que je vous rejoignais toutes les deux, le commissaire était absent... Ça bouge beaucoup, un commissaire ! Donc, ayant l'adresse de votre domicile, j'ai commencé à observer les allées et venues d'Evron. Mais je trouvais bizarre de ne jamais voir Virna sortir de l'immeuble, ne serait-ce que pour te promener en landau. J'en étais arrivé à me demander s'il ne vous séquestrait pas ! D'ailleurs, je n'étais pas loin de la vérité : Evron était d'une jalousie maladive, comme tous les aigris, qui très vite s'en veulent d'avoir épousé une femme enceinte et surtout d'avoir donné leur nom à l'enfant d'un autre ! Il vous cachait et, s'il l'avait pu – n'était-ce pas l'un des avantages de sa profession ? –, il vous aurait emprisonnées, j'en suis sûr ! Seulement Vittorio est malin, et un matin où je l'ai vu partir, toutes sirènes hurlantes, dans une voiture de police venue le chercher, je me suis douté que l'expédition durerait un bon moment. Aussitôt j'ai foncé au deuxième étage où vous habitiez... Jamais je n'oublierai la tête de Virna quand elle m'a ouvert la porte ! J'ai cru qu'elle allait s'évanouir... Je peux te raconter presque mot pour mot ce que nous nous sommes dit au cours de ces retrouvailles... D'abord, je l'ai embrassée avec tellement de fougue que j'ai failli l'étouffer ! Et, dès qu'elle a pu reprendre son souffle, elle s'est écriée :

» – Toi ici ? Mais tu es fou !

» – Tu as raison : je suis fou de toi et je le serai toujours !

» – Ils t'ont libéré ?

» – Non ! J'ai trouvé plus simple de leur fausser compagnie. Et me voici auprès de toi ! Où est la bambina ?

» Comme si tu avais compris ma question malgré ton jeune âge, tu es apparue dans le vestibule et tu t'es jetée dans mes bras ! Tu avais moins de doutes qu'aujourd'hui sur l'identité de ton vrai père ! Je t'ai couverte de baisers et serrée très, très, très fort... Mais ta mamma restait affolée :

» – Tu ne dois pas rester là, me dit-elle ! "Il" peut revenir d'un instant à l'autre... Imagine ce qu'il pourrait faire ?

» – C'est simple : ou il me tue, ou c'est moi qui te débarrasse de lui ! L'ennui c'est que je suis déjà en délicatesse avec la police. Je parie même qu'Interpol est à mes trousses ! Tiens : voilà l'adresse et le téléphone du petit hôtel où je me cache dans le XVe sous le nom de Giuseppe Nardi : il n'y a plus de Vittorio et encore moins de Lombardo pour le moment, mais ça ne durera pas ! Aie confiance ! Le patron de l'hôtel est de Turin comme moi. Il me connaît bien : on a souvent joué au poker dans le temps. Il ne dira rien : chez lui je suis en sécurité.

» À ce moment-là, ta mère m'a parlé comme toi tout à l'heure :

» – Vittorio ! Promets-moi de ne pas recommencer à jouer avec cet ami, sinon tes ennuis vont reprendre !

» ... J'ai juré de ne plus toucher à une carte.

– Et vous avez tenu parole ? demanda Sylvana.

– Virna est la seule personne que j'aie jamais écoutée car je ne pouvais pas me passer d'elle.

– Moi aussi, il faut m'écouter ! Ne suis-je pas sa fille ? Et il faut m'aimer autant qu'elle, sinon je n'arriverai pas à croire que vous êtes mon père... Vous me comprenez ?

– Je te comprends, chérie, et si tu promets de rester avec moi, je ne jouerai plus !

– De quoi vivrez-vous ?

– Je ne sais pas... Peut-être ferai-je la quête en chantant dans les rues, puisque tu m'as dit que j'avais une belle voix !

– C'est bon en Italie, ça, mais en France les gens sont radins et ne savent pas apprécier le « bel canto » ! Je vais essayer de vous trouver une profession honnête et, jusqu'à ce que vous puissiez vous en tirer, je vous aiderai...

– Toi, tu ferais cela ? Tu entretiendrais ton vieux père ? Mais je ne peux pas accepter. Je ne m'appelle pas Ramuschi, moi; et je ne suis pas non plus vicomte !

– Nous en reparlerons quand nous serons à Paris. En attendant, continuez à me raconter ce qui s'est passé après vos retrouvailles avec ma mère.

– Nous nous sommes revus tous les jours en cachette, dès que le commissaire partait à son travail.

– Tout de même pas chez maman ?

– Non... Dans une toute petite chambre du grenier de l'hôtel où mon ami m'hébergeait.

– Maman m'y emmenait avec elle ?

– Bien sûr. Vis-à-vis de ton faux père, c'était ta promenade quotidienne...

– Drôle de promenade !... Mais... surtout ne m'en voulez pas si je vous pose cette question : quand vous vous retrouviez dans cette chambre, vous faisiez l'amour ?

– Quelle idée ! Évidemment... Nous avions trois

années de séparation à rattraper ! Ce n'est pas à toi que je vais apprendre comme c'est bon quand on n'a pas fait ça depuis longtemps avec celui ou celle qu'on aime !

– Justement, vous vous trompez... Toutes mes aventures ne m'ont jamais apporté pareille jouissance. Il n'y a aucun homme qui m'ait donné le désir de l'aimer.

– C'est toi qui te le figures ! Jolie et futée comme tu l'es, il est impossible que tu n'en aies pas trouvé au moins un à ta pointure !

– Effectivement, il y en a eu un... Mais au moment où j'allais lui déclarer mon amour, il m'a avoué qu'il était mon père...

– C'est bien pourquoi il te l'a dit, ma chérie ! Sinon, où tout cela nous aurait-il entraînés ? Mais je constate qu'indirectement tu viens enfin de reconnaître que tu étais ma fille. Même si ce week-end n'a servi qu'à cela, il n'aura pas été inutile.

– Un père joueur, voleur, meurtrier et évadé de prison ! Je suis une enfant gâtée par le sort ! Parlez-moi encore de vos exploits...

– Tu veux dire mes prouesses amoureuses avec ta mère ?

– J'étais moi aussi dans la chambre d'hôtel pendant que vous « opériez » ?

– Tu ne voudrais tout de même pas que nous nous fussions donnés en spectacle à notre bambina, même si, à trois ans, elle ne comprenait rien de ce qui se passait ! La pudeur est une qualité des Lombardo.

– Les Lombardo... hum !

– Chaque fois qu'elle arrivait à l'hôtel, Virna te confiait à la femme du patron et tu restais avec elle pour jouer dans l'appartement qu'ils occupaient au rez-de-chaussée derrière la réception. Tu ne t'y ennuyais pas ! Quand nous redescendions l'escalier, après avoir « opéré », selon ton expression, nous entendions tes éclats de rire. Tu étais une petite fille follement gaie !

– Vous devez trouver que j'ai bien changé !

– Tu serais restée joyeuse si tu avais gardé ta maman. Après sa disparition, ce sont les gens ignobles auxquels tu as été confiée qui ont fait progressivement de toi la Sylvana d'aujourd'hui... Cela, je ne le leur pardonnerai jamais ! Si je les avais sous la main...

– Qu'est-ce que vous feriez ?

– Je les tuerai !

– Encore cette manie !

– Ce ne serait que justice. C'est uniquement par leur faute que tu es devenue une *puttana* ! La seule personne qui peut et qui a le devoir de venger ton honneur, c'est ton père.

– Mon honneur ? Mais je n'ai jamais eu d'honneur ! Pas plus vous ni ma mère d'ailleurs ! Tous les trois nous sommes obsédés par l'argent : vous pour le jouer, Virna et moi pour le dépenser... Mais racontez-moi plutôt comment ça s'est fini...

– Avec ta mère, nous nous sommes vus pendant trois mois tous les jours. C'est déjà magnifique que ça ait pu durer aussi longtemps. Mais Interpol faisait son travail... Mon signalement et ma photo avaient été transmis par la police italienne dans toute l'Europe : en France, en Belgique, en Espagne, en Allemagne, etc. Ils m'ont finalement retrouvé.

– Dans votre grenier ?

– J'aurais pu y rester beaucoup plus longtemps si je n'avais pas été trahi.

– Par l'hôtelier ?

– Non. Par Virna...
– Quoi ?
– Elle ne l'a pas fait exprès. C'est pourquoi je ne lui en ai jamais voulu. Elle ne m'a trahi que par amour... Oui ! Plus nous nous retrouvions à l'hôtel et plus je la sentais nerveuse... Une grande passion n'est pas faite pour calmer les nerfs ! Et puis, je n'avais toujours pas d'argent... Sachant que j'étais recherché, je ne pouvais pas me rendre dans des cercles ou des tripots pour essayer de gagner ma vie.
– Votre fameuse profession !
– Eh oui ! Quand la police recherche quelqu'un, c'est presque toujours par ce genre d'endroits qu'elle commence ses investigations : le monde du jeu est bourré d'indicateurs ! Je ne pouvais donc pas bouger de l'hôtel.
– Comment viviez-vous ?
– Mon ami me faisait crédit pour la chambre et, chaque fois qu'elle venait, Virna m'apportait du ravitaillement... Oh ! Tu sais, quand on s'est familiarisé avec le régime pénitentiaire, on finit par avoir des goûts très simples ! Ta mère avait beaucoup de mérite d'agir ainsi, parce qu'elle était obligée de prélever mes frais de nourriture sur le budjet quotidien de son ménage ! Et je te garantis que son flic lui donnait le moins d'argent possible ! Mais il aurait continué à ne se douter de rien s'il n'était pas rentré un soir chez vous en annonçant à ta mère :
» – Il se passe une chose bizarre... Regarde cette photo qui nous a été transmise par les services de la préfecture avec l'ordre de la placarder dans tous les commissariats... Ce type-là s'appelle comme toi, Lombardo, prénom Vittorio, né à Turin... Ce ne serait pas, par hasard, l'un de tes parents ?

» Il lui mit sous les yeux la photo anthropométrique qui avait été tirée à des centaines d'exemplaires : c'était moi, de face et de profil !

– Qu'a dit maman ?

– Elle a dû friser l'évanouissement. Il n'est pas nécessaire d'avoir été présent à ce moment-là pour imaginer ce qui a dû se passer dans sa tête ! En un éclair elle s'est dit : « Ça y est ! Ils l'ont retrouvé ! Mon mari doit tout savoir, y compris nos rencontres à l'hôtel... Il m'a sûrement fait suivre par ses hommes ! » Telle que je la connaissais, impulsive et franche, désemparée devant son mari qui l'observait, elle a craqué. La scène qui se produisit entre eux fut terrible.

– Comment le savez-vous ? demanda Sylvana.

– Par mon avocat qui m'a tout raconté quand il est venu me voir dans mon cachot de Liposa.

– Il a dû vous féliciter de ne pas avoir écouté ses conseils et de vous être évadé la première fois !

– Il m'a dit que j'étais un imbécile.

– Il a bien fait.

– Sylvana ! Traiter ton père d'imbécile ! C'est scandaleux !

– C'est pourtant la vérité...

– Peut-être as-tu raison, bambina, mais si tu avais eu la chance de goûter à l'amour véritable, tu comprendrais que ton père n'ait pas résisté, même en prenant des risques, au désir de retrouver sa femme et sa fille !

– L'intention était bonne, mais le résultat fut pitoyable ! Ma mère s'est suicidée pendant que vous étiez dans votre île et je ne vous ai revu que vingt-neuf années plus tard ! Vous pouvez être fier de vous...

– Je ne suis pas fier mais malheureux... Un peu

moins depuis que je t'ai retrouvée. Malgré les méchancetés que tu m'as sorties... Mais je te pardonne. Écoute plutôt ce qui s'est passé entre Virna et le commissaire après qu'il lui eut montré mon avis de recherche... L'avocat m'a tout rapporté mot pour mot.

Et Sylvana entendit, racontée par Vittorio, la scène de ménage qui s'était déroulée vingt-neuf ans plus tôt dans l'appartement montmartrois des Evron, à laquelle elle avait dû certainement assister, avec l'innocence de ses trois ans. Virna, se croyant démasquée, avait maladroitement devancé les attaques de son mari :

» – Tu es ravi de m'apporter cette information, s'était-elle exclamée en montrant les photos. Avoue-le : selon les bonnes habitudes de ta profession, tu m'as fait suivre... Tu es content, hein ?

» – Je ne suis pas content du tout ! La présence en France de ce truand m'indiffère personnellement mais, s'il a été condamné pour meurtre dans son pays, il n'y a aucune raison pour qu'il ne récidive pas dans le nôtre et je dois faire mon devoir s'il pointe son nez dans mon secteur. On ne sait jamais : Pigalle est le quartier préféré de ce genre d'individus... Reconnais quand même que c'est drôle qu'il porte le même nom que toi !

» – Tu trouves ça drôle ! Mais les Lombardo sont légion en Italie, et moi, je suis née Lombardo en France, près d'Annecy exactement, pas à Turin !

» – D'après la date indiquée sur sa fiche, il est à peine plus âgé que toi : trois ans...

» – Qu'est-ce à dire ?

» – Je ne sais pas... Vous auriez pu vous rencontrer, par exemple...

» – Et faire un enfant ? C'est cela que tu insinues ?

Uniquement parce que tu détestes cette fille qui n'est pas de toi ! Oui, depuis le début, tu détestes Sylvana.

» – C'est nouveau, ça ! Maintenant elle s'appelle Sylvana... Si j'ai bonne mémoire – c'est quand même moi qui ai fait la déclaration de naissance à la mairie –, tu avais choisi Maria comme premier prénom ! Pourquoi ce changement ?

» – Son vrai père me l'a demandé.

» – Son vrai père ? Tu l'as donc revu ? Moi qui croyais qu'il avait disparu ! Tu m'as même avoué le jour de notre mariage être incapable de savoir exactement qui était le père de ta fille ! Après tout, c'était normal avec la vie que tu menais sur le trottoir !

» – Tu ne rates jamais une occasion de me rappeler mon passé ! Salaud !

» – Tu oublies que je vous ai sauvées, toi et ton enfant ?

» – Tu voulais coucher avec moi, c'est tout ! Ça te flattait, vis-à-vis de tous tes amis flics, d'avoir une belle femme dans ton lit !

» – Ce n'était pas aussi flatteur que tu le crois... La plupart de mes collègues, surtout ceux de la mondaine, savaient d'où tu sortais... Ce mariage à la sauvette ne m'a pas attiré que des amitiés.

» – À la sauvette ! Tu es encore pire que je ne pensais... Oh ! Ça, je reconnais que tu ne t'es pas ruiné pour le repas de noce ! Tu avais juste invité le divisionnaire qui t'avait servi de témoin et mon témoin à moi, ma chère Cécile...

» – La fameuse Cécile Bernard ! Je me demande comment elle a pu faire le tapin, cette fille-là, avec la tronche qu'elle a !

» – Je t'interdis de l'insulter ! En plus tu es vulgaire ! Par ta faute, je ne peux plus voir Cécile mais je la considère toujours comme mon amie. Et même la seule.

– Ce n'est pas possible, Vittorio, que maman ait dit cela à son mari ! s'écria Sylvana.

– Pourtant si, ma chérie... Et, telle que je l'ai connue mieux que tout le monde, si elle l'a dit ce jour-là, c'est qu'elle le pensait. D'ailleurs, pendant les trois mois de bonheur que nous avons passés ensemble, elle n'a pas cessé de me parler de Cécile. Après tout, c'était elle qui nous avait présentés !

– Bref, sans ses bons offices, je ne serais pas là !

– En effet... Mais tu es là, bien vivante, et tu vas me faire le plaisir, ne serait-ce que par curiosité – tu es trop femme pour ne pas avoir ce don d'être curieuse –, d'écouter calmement la suite... Virna, rendue folle de colère par le tour qu'avait pris la conversation, dit carrément à ton faux père :

» – Tu as le talent de vouloir me brouiller avec tout le monde ! Mais toi, malgré tous les gens que tu côtoies dans ton travail, tu n'as pas un seul ami ! Tu n'es qu'un sale égoïste, un petit commissaire de quartier de rien du tout !

.. À ces mots, Evron vit rouge et lui flanqua une paire de gifles.

» – Ah, c'est comme ça ! s'écria Virna. Tu me frappes, maintenant ! Mais j'aurais dû m'y attendre. Un jour ou l'autre tu te serais attaqué à moi ou à Sylvana. Tu nous hais, mais ne t'inquiète pas, je te le rends bien ! Je n'ai aimé que son vrai père et je l'aimerai toujours, quoi qu'il arrive. Fût-il accusé d'un crime ! »

.. Tu reconnaîtras, bambina, que c'était la dernière des choses à dire ! L'autre, qui était loin d'être borné, comprit aussitôt que le criminel recherché par Interpol et l'amant de Virna n'était qu'un seul et même homme ! Il partit sans rien ajouter en claquant la porte.

.. Affolée par sa gaffe qu'elle réalisait enfin, Virna se rua sur le téléphone et appela mon ami l'hôtelier pour lui dire que je devais tout de suite m'enfuir. Celui-ci monta quatre à quatre me chercher dans mon grenier.

.. Une minute plus tard, j'étais à l'appareil. Ta mère m'expliqua tout. Mais moi je suis d'un naturel optimiste, tu as dû t'en rendre compte. Alors, après l'avoir écoutée, je lui ai dit :

» – Ne t'inquiète pas... Il n'est pas encore là puisqu'il ne sait pas où j'habite ! Paris est grand... Par prudence quand même, je partirai demain matin. Seulement je n'ai pas d'argent ! Pourrais-tu m'en prêter un peu ?

» – Je vais essayer de me débrouiller... Si je parviens à retrouver Cécile elle m'en donnera sûrement. C'est une femme qui sait mettre son argent de côté.

» – Dès que tu auras les fonds, ne bouge surtout pas de chez toi ! Attends que je t'appelle pour te dire où je me serai réfugié. Et tu viendras avec Sylvana. Je ne veux pas la laisser à la merci de ce sauvage.

» – Mais s'il donne des instructions pour que sa propre ligne soit mise sur écoute ?

» – Je t'appellerai d'une cabine téléphonique. Aussitôt que vous m'aurez rejoint, toutes les deux, nous partirons ensemble.

» – Mais où irons-nous, Vittorio ?

» – Au diable ! C'est loin, chez le diable... Et tu me connais : ça n'est pas Vittorio qui se fait prendre dans un piège à rat ! Tu as confiance ?

» – Oui, mon amour.

» – Raccroche vite pour le cas où l'autre reviendrait à l'improviste.

» – Je raccroche. Nous t'aimons, Sylvana et moi...

.. Quand le déclic de l'appareil mit fin à cette conversation, j'étais loin de me douter que c'était la dernière fois de ma vie que j'entendais la voix de Virna. Mon erreur à moi fut de sous-estimer l'efficacité de la police française. Je ne sais pas trop comment elle s'y est prise mais le lendemain matin, juste au moment où j'allais quitter l'hôtel, j'étais arrêté. Le soir même j'étais remis entre les mains de la police italienne, sans avoir eu la possibilité d'appeler ta mère. Et cette fois on m'enferma dans ce bagne de Liposa, d'où il est impensable de s'échapper. Voilà, tu la connais, l'histoire...

.. Peut-être que si nous avions été mariés, Virna et moi, ma peine aurait été moins longue... Seulement, mon avocat ne pouvait pas expliquer que la femme de ma vie était en réalité l'épouse légale d'un commissaire de police parisien ! Et puis, je ne voulais pas que Virna et toi soyez mêlées en quoi que ce soit à mes ennuis... Vittorio Lombardo est venu sur terre pour apporter la joie, pas le chagrin.

– Pourtant...

– Je sais ce que tu vas dire : le suicide de Virna... Mais il a eu lieu beaucoup plus tard... Il me semble maintenant que le moment est venu de t'expliquer la signification de cette rose artificielle dont je ne me sépare jamais et qui t'a si fort intriguée... C'est l'ultime cadeau que m'ait fait ta mère ! Elle m'a été apportée par mon avocat la première fois où il est venu me rendre visite à Liposa. Je me souviens très bien de ses paroles :

» – Votre femme – c'était toujours ainsi qu'il

nommait Virna devant moi car il savait qu'aucune appellation ne pouvait me faire plus plaisir – m'a confié la délicate mission de vous remettre en main propre ce petit souvenir auquel elle est persuadée que vous saurez attacher autant d'importance symbolique qu'elle-même. Oui, mon cher Lombardo, ce n'est qu'une rose artificielle mais celle qui vous l'envoie a pensé très justement qu'elle résisterait mieux qu'aucune autre à la tristesse des murs d'une prison. Après tout, ça reste, une rose, même si elle est inodore ! Croyez-moi : gardez-la précieusement et essayez de la contempler tous les jours en vous disant que ce cadeau, si modeste soit-il, représente entre vous deux un message d'amour inextinguible.

.. J'ai pleuré en prenant la fleur et je l'ai embrassée comme si c'étaient les lèvres de Virna qui s'approchaient des miennes... Depuis ce jour, j'ai suivi matin et soir les conseils de l'avocat. Cela peut te paraître invraisemblable, mais la présence de cette fleur fut pour moi un énorme réconfort : à travers elle, je rêvais à l'instant où mon amour pour Virna redeviendrait enfin réalité. Même après avoir appris son suicide, j'ai continué à m'accrocher à cette fleur. C'est pourquoi je la garderai jusqu'à ma mort. Je voulais même être enterré avec, mais maintenant que je t'ai retrouvée, c'est à toi qu'elle ira. Tu me jures de ne jamais t'en défaire ?

– Je vous le jure, mais encore faudrait-il que je sois auprès de vous à ce moment-là pour que vous puissiez me la transmettre.

– Tu y seras, bambina, car nous n'allons plus nous séparer !

– Vous rêvez beaucoup, Vittorio ! Moi, avec l'existence que j'ai menée jusqu'ici, j'ai appris que les beaux rêves n'existent pas. Et pourtant, s'il n'y avait pas eu le sinistre réveil de ce matin, j'aurais pu croire que mon tour était enfin venu de vivre moi aussi un fabuleux rêve... Dommage !

– Tu en feras d'autres ! Bon sang des Lombardo ne saurait mentir...

– Je le souhaite ! À la suite de votre arrestation, avez-vous été mis au courant de ce qui s'est passé pour Virna et moi ?

– Pas immédiatement. D'ailleurs dans la situation où je me trouvais, je n'aurais rien pu faire pour vous aider. C'est l'avocat, toujours lui, qui m'a annoncé que Virna et toi vous étiez réfugiées, dès le lendemain de mon arrestation, dans une chambre de bonne trouvée par Cécile Bernard. Et jamais, malgré les menaces de son mari qui se sentait ridicule aux yeux de ses confrères de la police, ta mamma n'a consenti à reprendre la vie commune. Elle a rapidement obtenu le divorce, à ses torts bien entendu, mais avec l'autorisation de te garder, à condition de justifier d'un moyen d'existence. Elle y parvint grâce, une fois de plus, aux bons offices de Cécile, qui lui fit établir de faux certificats d'emploi par l'un de ses clients. En réalité, ne trouvant pas d'autre solution pour t'élever décemment et toujours entraînée par la Cécile, elle avait repris sa profession antérieure... Personne ne peut lui reprocher, et toi moins que quiconque, d'avoir agi ainsi ! Tout ne valait-il pas mieux que de t'abandonner au flic qui te haïssait à mort depuis qu'il savait que tu étais ma fille ?

– J'espère quand même que maman n'a pas été se replacer sous la protection de Ramuschi !

– Elle n'avait plus besoin de lui. La protection – très lointaine, je le reconnais – de ta mère, c'était moi...

– Vous ?

– Tu sais bien que, dans la loi du Milieu, la femme d'un taulard est sacrée. Personne n'a le droit de se l'approprier ! D'autant plus qu'un jour ou l'autre, libéré de sa peine, le prisonnier réapparaît pour régler ses comptes... S'occuper à nouveau de Virna aurait été trop dangereux pour le Corse. Il n'est pas assez courageux ! Donc ta mère a pu travailler en paix et tenir le coup jusqu'au jour où, lassée de cette vie qui n'en est pas une, comme toi d'ailleurs...

– Qu'est-ce que vous en savez ?

– Vittorio devine tout ! Il n'y a qu'à voir la façon dont tu m'as accueilli avant-hier soir... Tu es bien la fille de ta mère et j'en suis très heureux pour toi... Donc, se refusant à continuer de se prostituer et persuadée qu'elle et moi nous ne nous reverrions jamais, Virna a mis fin à ses jours quatre ans après mon arrestation. Faut-il que son désespoir ait été atroce pour qu'elle t'ait abandonnée ! Ce qui a manqué à Virna, au moment fatidique, ça a été la présence d'une véritable amie. Contrairement à ce qu'elle croyait, l'affreuse Cécile n'en a jamais été une pour elle ! Je serais même enclin à penser, après ce que tu m'as dit, qu'elle fut en réalité sa pire ennemie ! Vois-tu, bambina, les femmes laides ou quelconques ne pardonnent pas la beauté. Elles n'ont qu'une idée : l'avilir pour la voir disparaître...

– C'est à Liposa que vous avez appris la mort de maman ?

– Où voulais-tu que je sois alors ? Une fois de plus, c'est mon défenseur qui m'a apporté l'horrible nouvelle. Je dois reconnaître qu'il a su le faire avec beaucoup de tact... Sais-tu comment il s'y est pris pour essayer d'atténuer mon chagrin ? Il m'a parlé de toi...

– De moi ?

– Oui, de toi, « ma » Sylvana. Tu étais tout ce qui me restait de notre amour. Il m'a expliqué que la Bernard avait accepté de se charger de ton éducation. Cette nouvelle ne m'a pas fait plaisir, mais c'était quand même une solution préférable à l'Assistance publique.

– Êtes-vous alors entré en contact avec Cécile ?

– Non. J'avais l'interdiction absolue de communiquer avec qui que ce soit, à l'exception de mon avocat. C'est pour ça que je n'ai jamais pu écrire à ta mère.

– Pourtant, une lettre, ça se dissimule facilement. L'avocat aurait pu...

– ... Il n'a rien pu du tout ! À chacune de ses rares visites, il était fouillé. L'administration pénitentiaire craignait, s'il s'établissait une correspondance entre Virna et moi, qu'il n'y ait, caché sous les lignes, un code secret me permettant de préparer une nouvelle évasion ! Seule la remise de la rose a été autorisée. Et encore : elle avait été auscultée à la loupe !

– Mais, sachant que vous aviez une fille en bas âge dont la maman était décédée, on aurait pu se montrer plus clément avec vous !

– D'abord, aux yeux de l'administration, tu n'étais pas ma fille mais celle du flic. Et lui, excuse-moi, il se foutait complètement de ton sort. Aux dernières nouvelles, il s'est remarié là où il avait été muté, en Guadeloupe. Et maintenant il est à la retraite.

– J'ignorais ces détails. Comment avez-vous appris tout ça ?

– Par Ramuschi, quand je l'ai revu il y a quelques jours.

– Il sait tout, ce Ramuschi...

– C'est la gazette de la prostitution et du crime… Cette fois, je crois t'avoir vraiment tout dit. Est-ce que tu vois encore une question ?

– Non. Je pense en effet que vous n'avez rien oublié et je vous sais gré de tant de franchise.

– En somme, nous n'avons plus grand-chose à nous cacher mutuellement ! Tant mieux, car nous arrivons à Paris. Tu vois comme les voyages paraissent courts quand on raconte de belles histoires…

– Ça ! Pour de belles histoires !

– Mais dis-moi : tu dois mourir de faim ? Cela te ferait-il plaisir de retourner dîner au *Fouquet's* ?

– Sûrement pas ! Je préfère rejoindre tout de suite mes pénates.

– Autrement dit, tu en as déjà assez de la *Dolce Vita* ?

– Pas du tout ! Je l'aime beaucoup, votre caravane, seulement les meilleures plaisanteries ont une fin.

– Quelles plaisanteries ?

– Eh bien… Celles dont vous venez de me régaler pendant deux jours.

– Ma ce n'étaient pas des plaisanteries, bambina ! Toutes ces choses, il fallait bien les sortir un jour ou l'autre.

– Croyez-vous que cet étalage réciproque valait la peine ? N'aurait-il pas été préférable de conserver nos illusions l'un sur l'autre ? Tout aurait été parfait si nous en étions justement restés à ce premier dîner au *Fouquet's*… Après m'avoir ramenée chez moi, vous m'auriez donné un baiser sur chaque joue et nous nous serions séparés pour ne plus nous revoir. Vous seriez reparti dans votre maison ambulante avec la certitude que je n'étais effectivement qu'une gentille traductrice, et moi j'aurais un peu envié votre vie de baladin. Qui sait ? Nous nous serions peut-être regrettés ? Tandis qu'avec cette rage de ne rien nous cacher nous avons tout flanqué par terre ! Le mystère et le rêve se sont évanouis derrière une réalité que je trouve monstrueuse ! C'est vrai : une fille de putain, elle-même putain, retrouve son père après des années, mais quel père ! Un joueur doublé d'un voleur et triplé d'un assassin ! Ça, on peut dire que vous cumulez ! Car je n'ai plus aucun doute : je suis sûre que vous êtes mon père. Ce que vous m'avez raconté ne peut pas s'inventer et il y avait une telle précision dans les détails ! Comment voulez-vous, maintenant, que nous soyons fiers l'un de l'autre ? Il ne reste de pur que le souvenir de ma mère. Heureusement, elle ne peut plus descendre de son tableau pour nous raconter, elle aussi, ce qu'a été sa vie ! Peut-être aurait-elle eu des choses encore plus effarantes à nous révéler ? Mieux vaut qu'elle reste le témoin muet de nos retrouvailles... Arrêtez ! Nous sommes devant mon immeuble.

– Tu ne vas pas partir comme ça ? C'est trop bête ! Tu vas le regretter dès que tu te retrouveras seule dans ton appartement... Reste là, Sylvana ! Dorénavant tu dois dormir au domicile de ton père... C'est ton véritable foyer.

– Allez plutôt rejoindre votre parking ! Savez-vous ce que vous y ferez ? Vous vous ferez cuire des spaghetti que vous savourerez ensuite en contemplant la rose artificielle. Comme ça, vous serez aussi bien avec le souvenir de Virna là-bas que moi ici devant son portrait. Elle continuera de veiller sur nous. N'est-ce pas ce que nous lui avons demandé l'un et l'autre quand nous avons été lui rendre visite au cimetière ? Mais nous avons assez parlé, trop parlé ! Je rentre chez moi.

– Pour y faire quoi ? Tu veux me le dire ?

– Rien, comme d'habitude. Je vais recommencer à attendre que l'on m'appelle...

– Tu es folle, Sylvana !

– Et vous, vous vous croyez raisonnable ?

Quand elle fut sur le trottoir, il demanda :

– Es-tu bien sûre de ne rien oublier ?

– Ce ne serait pas grave, puisque ça resterait dans la famille.

– Cherche bien, pourtant.

Et comme elle demeurait muette, il lui tendit la statuette en or.

– Et ça ? Je t'ai dit que je l'avais prise pour toi ! On n'abandonne pas Vénus quand on est jolie comme tu l'es !

– Je veux bien la garder, mais uniquement pour vous faire plaisir.

Elle prit la statuette sans enthousiasme.

– Tu ne me dis pas merci ?

– Pas pour ce genre de cadeau. En revanche, merci un milliard de fois pour le week-end. Sur la mémoire de ma mère je vous jure que je n'en ai jamais vécu de semblable. Et ça m'étonnerait qu'il y en ait deux comme ça !

– À moins que je ne te téléphone lors de mon prochain passage à Paris ?

– Parce que vous avez l'intention de revenir ?

– Ça t'ennuierait ?

– Je ne sais pas... Je me méfie de vos occupations !

– Tu ne m'embrasses pas ? (Et comme elle ne bougeait pas, il demanda encore plus doucement :) Tu ne me dis même pas : « À bientôt, papa ? »

– Je préfère vous dire : « Bonne chance, Vittorio ! »

La *Dolce Vita* redémarra doucement pendant que

la voix ensoleillée de son conducteur lançait un sonore : « Ciao, bambina ! »

Tandis qu'elle regardait les feux arrière de la caravane s'éloigner dans la nuit parisienne, Sylvana sentit confusément qu'elle ne reverrait plus jamais l'étrange véhicule.

Revenue dans son appartement, son tout premier soin fut de changer le message du répondeur automatique. Puisque le congé annoncé « *pour impérieuse raison de famille* » venait de tourner court, elle réenregistra la sempiternelle phrase destinée à la clientèle : « *Vous êtes bien chez Sylvana. Mais, étant momentanément absente, je vous demande d'avoir l'extrême gentillesse d'attendre le top sonore avant de m'indiquer votre prénom, la raison de votre appel ainsi que le numéro et l'heure auxquels je pourrai vous téléphoner dès mon retour. À bientôt, j'espère...* »

Rien ne vaut le répertoire classique. Et puis, comme l'avait maintes fois répété Cécile Bernard : « Les affaires sont les affaires. »

Le justicier

La nuit fut interminable. Jusqu'à l'aube Sylvana espéra un appel de Vittorio, mais il ne vint pas. Quand le jour se leva, la jeune femme réalisa qu'elle avait peut-être commis une erreur irréparable en laissant le vagabond repartir vers son destin incertain sans avoir cherché à le retenir. Ce personnage hors du commun, qui pouvait se révéler aussi attendrissant que monstrueux, était tout de même son père ! Et un père que l'on a mis tant d'années à retrouver, il faut savoir le supporter avec ses qualités et ses défauts. Surtout si l'on se trouve être sa fille unique. Enfin, ces stupéfiantes dernières quarante-huit heures lui avaient fait comprendre que le Piémontais l'aimait comme il avait adoré Virna avant elle. N'était-ce pas exaltant de constater que le cœur de Vittorio avait fait une sorte de transfert en reportant sur la fille toute la passion qu'il avait eue pour la mère ? Après tout, la seule chose qui avait manqué à ce saltimbanque de l'amour, c'était un port d'attache où il aurait pu se réfugier entre deux de ces catastrophes insensées que sa nature exubérante provoquait périodiquement. Ce havre de paix, il l'avait trouvé un moment auprès de Virna, pendant les trois mois qu'ils avaient vécus ensemble. Jamais la pauvre femme n'aurait dû le laisser repartir en Italie pour tenter d'y amasser une fortune au jeu.

C'était de là que tous les ennuis étaient venus... Sylvana, elle, avec son expérience, aurait tenté n'importe quoi pour retenir Vittorio auprès d'elle ! S'il l'avait fallu, elle n'aurait pas hésité à continuer à se prostituer pour lui donner tout ce dont il aurait eu besoin. Mais Vittorio était-il un homme que l'on pouvait retenir, que l'on fût sa femme ou sa fille ? La liberté des nomades semblait avoir été conçue pour lui. Il était difficile de l'imaginer en petit fonctionnaire rangé attendant sagement la retraite !

Puisqu'il venait de redisparaître de l'existence si bien organisée de sa fille, après y avoir réussi une fulgurante figure de ballet, mieux valait pour celle-ci ne pas parler à ses clients, comme elle avait songé à le faire pendant quelques heures, de ce fameux « cousin d'Italie ». D'autant plus que le soi-disant cousin s'était révélé être son père ! Cette information pour le moins inattendue aurait risqué de faire scandale chez les bons bourgeois qui venaient chercher auprès de Sylvana quelque réconfort. Or, maintenant qu'elle savait ne plus pouvoir compter sur ce qu'il lui restait de sa famille, la clientèle devenait encore plus sacrée ! D'un autre côté, elle se sentait revenue au point de départ où elle se trouvait le jeudi précédent, avant que l'appel-surprise de Vittorio ne vînt interrompre sa solitude angoissée.

Elle avait été assez sotte pour le laisser s'enfuir sans lui demander au moins une adresse ou un numéro de boîte postale où le joindre. La *Dolce Vita*, ce n'était pas une adresse, juste un domicile itinérant. Et pourtant, elle tenait beaucoup de place, cette caravane ! Il devait être facile de la repérer ! Sylvana se souvint d'un parking en bord de Seine dont le cousin lui avait parlé avant le voyage à

Deauville. Peut-être y avait-il remisé son véhicule hier soir ? Vite, la Ferrari !

Une demi-heure plus tard, Sylvana atteignait l'hippodrome de Longchamp, derrière lequel était aménagé un garage pour caravanes. Il y en avait une multitude, sagement alignées les unes à côté des autres. Mais de *Dolce Vita* point ! Interrogé, l'un des employés du poste de contrôle répondit :

– Ah, oui ! Je me souviens... Un bel engin, avec son nom peint en lettres bleues de chaque côté de la carrosserie. Il a passé là une seule nuit, celle de jeudi dernier, et il est reparti le lendemain matin. Depuis on ne l'a plus revu.

Où Vittorio avait-il pu se rendre, après avoir déposé sa fille devant sa porte ?

– Existe-t-il, dans Paris ou à proximité, d'autres parkings que celui-ci ? demanda-t-elle.

– Il y en a beaucoup ! Si vous voulez, je peux vous donner la liste. Gardez-la ! Elle est destinée aux usagers éventuels.

À cause des embarras de circulation, il fallut la journée entière pour que la Ferrari pût visiter tous les parkings. Chaque fois, Sylvana obtint la même réponse : « Pas vu de *Dolce Vita* ! » Lorsqu'elle rentra chez elle, harassée, ce fut pour y retrouver, accumulés sur le répondeur, une foule d'appels de clients. Il en était généralement ainsi les dimanches soir : c'était le moment où ces messieurs, revenus de week-end, organisaient leurs rendez-vous galants pour la semaine. Quand elle eut relevé et inscrit les noms sur son petit carnet rose, Sylvana put constater que le nombre de « réservations » lui promettait une semaine bien remplie. Il ne manquait qu'un prénom sur la bande enregistrée : celui de Vittorio... Le seul qu'elle aurait voulu y trouver.

D'autres semaines s'écoulèrent, pendant lesquelles celui qui était devenu le grand absent ne donna pas le moindre signe de vie. Durant cette attente, Sylvana, très démoralisée, commença de trouver tous ses clients odieux. Elle ne pensait plus qu'à son père. Où était-il ? Où se cachait-il ?

Chaque nuit, elle revivait en rêve l'escapade à Deauville, et chaque fois elle se répétait que si Vittorio n'avait pas été son père il aurait pu devenir le plus merveilleux des amants. C'était un homme de son genre qu'il lui fallait pour oublier l'existence insipide qu'elle avait menée depuis tant d'années. Bien sûr, elle n'avait pas complètement perdu son temps puisque son mariage et ses « activités » lui avaient permis d'arrondir son compte en banque. Mais à quoi bon tout cet argent ? Elle se sentait de plus en plus esseulée. Ses économies ne seraient-elles pas plus utiles à Vittorio ? Il les dilapiderait sans doute sur les tapis verts ou lors de parties acharnées dans d'obscurs tripots mais, puisque c'était cela, sa vie, pourquoi l'empêcher de la mener à sa guise ? En contrepartie, il apporterait à sa fille tant de soleil, tant de fantaisie et tant d'imprévu que les journées et plus encore les nuits lui paraîtraient trop courtes ! Il fallait coûte que coûte retrouver Vittorio ! Non seulement elle avait besoin de sa présence mais, chaque soir, juste avant qu'elle n'éteigne la lampe de chevet placée à côté de son lit, elle sentait que le regard de Virna, dont le portrait l'observait du haut de son cadre, lui reprochait de ne pas tout tenter pour apporter à Vittorio un foyer autre que sa maison ambulante. Elle semblait dire avec une tendresse d'où n'était pas exclue la fermeté :

– Mais c'est ton devoir d'enfant, Sylvana, d'aider

ton père, même s'il n'a pratiquement rien fait d'autre pour toi que de te donner la vie... Pardonne-lui : avec tous ses ennuis, il ne pouvait pas nous aider, ni toi ni moi.

Ces paroles d'amour, Sylvana était prête à les reprendre à son compte pour excuser Vittorio et ne plus considérer ses méfaits que comme d'innocentes excentricités...

Deux mois déjà avaient passé depuis la disparition de Vittorio, mais le souvenir de l'ouragan italien était loin d'être effacé... Un après-midi où elle n'avait pas branché le répondeur, Sylvana fut surprise d'entendre, après que la sonnerie du téléphone eut retenti, une voix qu'elle reconnut aussitôt :

– C'est vous, Adhémar ? Il y a longtemps que je n'ai pas eu de vos nouvelles... Que devenez-vous ?

– Ah, ma chère enfant, si vous saviez ! J'aimerais vous rencontrer le plus tôt possible...

La voix du vieux gentilhomme n'avait pas son calme habituel. Elle était cassée, comme brisée par l'émotion.

– Que se passe-t-il, Adhémar ?

– Il se passe que ma chère Cécile n'est plus... Aussi je vous laisse imaginer mon désarroi et mon chagrin !

– Cécile est morte !

– Morte et même enterrée depuis hier. Je n'ai pas voulu vous déranger pour la cérémonie, qui fut bien triste. J'étais seul à suivre son cercueil jusqu'au cimetière.

– Vous avez bien fait de ne pas m'avoir informée plus tôt car je ne vous aurais pas accompagné... Je comprends votre chagrin, mais, en ce qui me concerne, la disparition de cette femme m'indiffère... Je n'irai pas jusqu'à dire qu'elle me fait plaisir mais je n'en suis pas loin : votre Cécile m'a fait trop de mal ! Dieu ait son âme, à condition qu'elle en ait une !

– N'avez-vous pas peur d'être sévère à son égard, ma petite Sylvana ?

– D'abord je ne suis plus « votre petite Sylvana ». J'estime vous avoir tous payés assez cher pour être libérée à jamais de cette pseudo-parenté... Ce qui ne veut pas dire que je n'ai pas conservé pour vous, mon cher vicomte, sinon de l'estime, du moins une certaine sympathie...

– Je sais. Vous n'avez jamais refusé de venir prendre le thé avec moi. Mais justement, ne croyez-vous pas qu'il serait bon de nous revoir en raison des circonstances ? Cela me ferait du bien de vous raconter dans quelles conditions ma chère Cécile est morte...

– Pourquoi est-ce aussi urgent ? De quoi est-elle morte exactement ?

– Elle a été assassinée...

– Quoi ?

– Hélas oui, Sylvana... Ne pourrions-nous pas nous retrouver d'ici une heure au salon de thé de la place de la Muette ? C'est le plus proche de votre domicile. Je vous raconterai tout...

Après une courte hésitation elle finit par répondre :

– C'est bon. J'y serai dans une heure.

En raccrochant, elle se dit que laisser raconter au vieil aristocrate ce qu'il considérait comme un grand malheur serait peut-être pour lui une façon comme une autre de se consoler.

Quand elle arriva au salon de thé, Adhémar de

Gignac l'y attendait, tout de noir vêtu. L'apparence du personnage donnait l'impression qu'il était la proie d'une réelle affliction. Le ton de sa voix prit une solennité que Sylvana ne lui avait jamais connue :

– Cela s'est passé il y a exactement dix jours, en milieu d'après-midi, pendant que je faisais ma partie de billard hebdomadaire à l'académie de la rue de Clichy, où vous vous souvenez peut-être de m'avoir accompagné quand vous étiez petite fille.

– En effet...

– Donc je n'étais pas dans l'appartement de Cécile; par contre, il y avait la nouvelle petite bonne, que vous ne pouvez pas connaître depuis le temps que vous n'êtes pas revenue place du Général-Catroux. C'est elle qui avait annoncé à sa patronne qu'un monsieur demandait à lui parler. « Un monsieur plus tout jeune, précisa la bonne, mais bien de sa personne. » Dès que Cécile a vu le visiteur elle s'est écriée : « Vous ? Qu'est-ce que vous faites ici ? » Ce qui prouve qu'elle savait qui il était. Ensuite, ils sont entrés dans le salon pendant que la bonne rejoignait l'office. Une heure environ s'écoula. N'entendant plus de bruit de conversation venant du salon, la bonne pensa que le visiteur était reparti et que Cécile était retournée dans sa chambre. Elle entrouvrit la porte du salon, et là elle découvrit l'horreur : la pauvre Cécile était effondrée dans un fauteuil, les bras en croix telle une martyre, les yeux grands ouverts et fixes, une tache de sang sur sa poitrine. Évidemment le visiteur avait disparu ! La bonne se mit à hurler dans la cage d'escalier et c'est la concierge qui appela la police. Tout cela, je l'ai appris quand je suis rentré, tranquillement, vers dix-neuf heures, ne me doutant absolument de rien ! La police était encore là, le médecin légiste et les services de l'identité judiciaire étaient repartis et le corps emmené à l'Institut médico-légal où l'on m'entraîna pour que je puisse y reconnaître le corps. Quelle abomination ! Je n'avais encore jamais subi ce supplice ni mis les pieds dans une morgue... Et vous, Sylvana, avez-vous connu cela ?

– Pourquoi voulez-vous que ça me soit arrivé ? Personne n'a été tué dans mon entourage... D'ailleurs, je n'ai pas de véritable entourage !

– Oui, mais vous auriez pu avoir un client mort dans vos bras ! La chose est déjà arrivée !

– Non, figurez-vous ! Ma clientèle se porte et se comporte correctement. Pas de décès intempestif ! A-t-on au moins une idée sur l'identité de ce visiteur ? Ça devrait être facile puisque le témoignage de la bonne prouve que Mme Bernard le connaissait.

– Oh, vous savez, Cécile a rencontré tellement de monde !...

– Ça, c'est sûr. Et la bonne ne l'avait jamais vu, ce monsieur ?

– Non. Elle n'était là que depuis une quinzaine de jours. D'après son signalement, il s'agit d'un homme assez grand, élégant, avec des cheveux abondants mais grisonnants. Presque un gentleman, quoi !

– Drôle de gentleman ! Quelle arme a-t-il utilisée ? Le poignard ?

– Non, le revolver. Les policiers m'ont expliqué que la balle avait pénétré en plein cœur. Pauvre Cécile ! Voilà ce que c'est que d'avoir trop de cœur : il absorbe tout ! (Et, comme Sylvana restait muette, il reprit :) Vous le savez bien, ma petite, qu'elle avait du cœur... Ne vous l'a-t-elle pas prouvé en remplaçant avec un dévouement sans limites votre vraie maman ?

– Permettez-moi de vous dire que je fais de sérieuses réserves sur les mobiles de son dévouement, mais enfin, à tout péché miséricorde ! Puisque votre Cécile n'est plus de ce monde, paix à ses cendres... Et vous, cher Adhémar, qu'allez-vous devenir maintenant ?

– Mon Dieu, en fin de compte, après ce drame, les choses ne se présentent pas trop mal pour moi.

– C'est-à-dire ?

– J'hérite...

– Pas possible ? Cécile avait fait de vous son héritier ?

– Elle m'a tout laissé, y compris son appartement, que je ne vais d'ailleurs pas conserver. Je suis trop habitué à ma vieille garçonnière.

– Elle devait avoir également quelques économies ?

– Beaucoup d'économies, et surtout des lingots d'or, dont elle avait eu la gentillesse de m'indiquer la cachette pour le cas où il lui arriverait quelque chose... Quelle prémonition ! C'était une femme exceptionnelle qui sentait toujours venir les événements.

– Elle n'avait certainement pas prévu une pareille mort !

– C'est terrible ! En ce qui me concerne, je pense être à l'abri du besoin jusqu'à la fin de mes jours.

– Tant mieux ! Cécile ne pouvait pas faire meilleur choix. Je suis très contente pour vous... Qu'est-ce que vous allez faire de tout cet argent ?

– Continuer à jouer au billard et m'offrir les quelques croisières qui me tentent depuis longtemps. À mon âge, les voyages façonnent la vieillesse !... Cécile ne m'a jamais laissé la possibilité d'assouvir ce besoin d'évasion parce qu'elle craignait le mal de mer !

– La police ne vous a pas fait d'ennuis après le crime ?

– Quels ennuis ? Je n'y suis pour rien, dans ce meurtre !

– J'en suis convaincue... Mais reconnaissez que cette disparition vous libère d'une présence pesante.

– C'est vrai que ma chère Cécile se révélait parfois possessive... Mais n'en avait-elle pas le droit ? Après tout, c'était elle qui faisait bouillir la marmite !

– Vous, au moins, vous ne crachez pas dans la soupe qui vous a nourri. Cher Adhémar, je n'en attendais pas moins d'un gentilhomme de votre trempe... Maintenant il faut que je vous quitte. Continuez à me téléphoner de temps en temps : ça me fera toujours plaisir de prendre une tasse de thé avec vous...

En grand seigneur qu'il voulait paraître, il lui baisa la main et, au moment de s'éloigner, il lui confia :

– Il y a un autre petit détail qui me revient en mémoire au sujet du crime... La bonne a répété plusieurs fois que le visiteur avait un léger accent étranger, peut-être italien, mais elle n'en était pas certaine...

– Italien ? répéta Sylvana, saisie. Vous êtes bien sûr de ce que dit cette fille ?

– Absolument ! Cela a même été enregistré dans sa déclaration à la police. Mais pourquoi cela vous surprend-il ?

– Pour rien... À bientôt, Adhémar.

Rentrée chez elle, Sylvana débrancha le téléphone : elle ne voulait être ennuyée par personne, même sur répondeur. Elle avait le plus grand besoin de réfléchir...

Un Italien… Ce n'était pas possible que ce fût Vittorio ! Et pourtant ! Si c'était quand même lui, le bel homme à la chevelure fournie et aux tempes grisonnantes qu'avait décrit la bonne ?

Il se passa alors quelque chose d'extraordinaire dans l'esprit de Sylvana… Sans l'avoir nullement cherché, presque malgré sa volonté, elle eut comme une vision… Brusquement, son imagination reconstitua le dialogue tragique qui avait dû être échangé dans le salon quand Cécile Bernard et Vittorio s'y étaient retrouvés face à face…

– Il y a fort longtemps que je ne vous ai vu, avait commencé la maquerelle. Qu'est-ce qui me vaut l'honneur de votre visite ?

– Rassurez-vous : je ne viens pas vous demander de me trouver une petite amie ni une épouse, même si c'est votre spécialité…

– Je ne vois pas de quoi vous voulez parler.

– Des deux femmes qui ont compté dans ma vie : Virna et Sylvana… La première, vous l'avez fait épouser par un flic de vos relations, et la seconde, par un imbécile bourré de chocolat.

– Et vous me reprochez ces deux bonnes actions ? L'urgence commandait la première, puisque vous aviez abandonné Virna enceinte. Quant à la seconde, elle m'a paru être la façon la plus sûre de doter une fille sans le sou et paresseuse de surcroît.

– Vous savez très bien que je n'ai pas abandonné Virna. On m'a empêché de la revoir : ce n'est pas tout à fait pareil ! Et pour Sylvana je ne pouvais pas non plus m'occuper d'elle… Je sais que vous avez remplacé sa mère.

– Virna me l'avait demandé dans une lettre que

j'ai précieusement conservée et que je peux vous montrer, comme je l'ai fait pour Sylvana la veille de son mariage.

– C'était la dot que vous lui laissiez ?

– Non, celle de sa mère !

– N'insultez pas la mémoire de ma femme, sinon je vais me fâcher ! En somme vous êtes très satisfaite de ce que vous avez fait ?

– Pas mécontente...

– Et l'éducation de Sylvana, vous trouvez aussi que c'est une réussite ?

– Elle aurait été pire si on l'avait confiée à l'Assistance publique.

– Oui, mais l'Assistance n'en aurait pas fait une *puttana* !

– Plutôt une bonniche ou une fille de salle dans un restaurant quelconque...

– Eh bien, j'aurais préféré ça ! Il y a des « filles de salle », comme vous les appelez dédaigneusement, qui sont honnêtes, alors qu'une prostituée ne peut pas l'être. Son métier l'oblige à mentir en permanence, et je hais le mensonge ! C'est vous qui avez ancré dans l'esprit de Sylvana le besoin de dissimulation perpétuelle en lui faisant croire que c'était le seul moyen de devenir riche.

– Vous, vous l'auriez initiée au jeu. Croyez-vous que ce soit la façon la plus sûre de s'arracher à la misère ?

– Si vous commencez à m'insulter et à prendre en dérision la profession que j'exerce honorablement, les choses vont mal se terminer pour vous !

– Parce qu'à vos yeux le jeu est une profession honorable ? Après tout, je veux bien... Il n'y a pas de sots métiers, il n'existe que de sottes gens et les joueurs sont rarement des imbéciles... Mais j'aimerais savoir pourquoi vous vous intéressez autant à Sylvana.

– Parce que la fille de Virna est aussi ma fille !

– Nous y voilà ! Figurez-vous que je m'en étais toujours doutée... Cette chère Virna n'avait pas pu se laisser mettre enceinte par cet abruti de policier. Puis-je savoir maintenant ce que vous voulez, ou ce que vous êtes venu chercher ici ?

– Vous liquider. J'estime que vous avez été une femme néfaste pour tous les miens.

– Tous les vôtres ? Combien étaient-ils avant que je ne vous présente moi-même Virna ? Après que nous avions fait l'amour, je vous le rappelle.

– En vous regardant aujourd'hui, je me demande ce qui a bien pu me passer par la tête ce jour-là !

– Eh bien, moi, je serai juste. Savez-vous, mon cher Vittorio, que vous êtes encore très bien de votre personne ?

– Tiens donc !

– Sincèrement, vous pouvez plaire à beaucoup de femmes...

– C'est une scène de charme en bonne et due forme, que vous me faites là.

– Et vous, n'en serait-ce pas une de jalousie tardive ? Quand on annonce à une femme qu'on va la supprimer, cela prouve qu'on ne veut plus la partager avec d'autres et que l'on veut la garder pour soi tout seul, même morte !

– Asseyez-vous dans ce fauteuil et n'en bougez plus !

Il avait sorti *Vesuvio* de sa poche. Cécile, tout en conservant le calme dont elle se départait rarement, comprit qu'il valait mieux obéir aux injonctions. Mais, une fois assise, elle dit sur un ton très assuré :

– Je vous écoute. Parlez.

– Ce ne sera pas long. Vittorio n'a pas de temps à perdre. Le tribunal des Lombardo, que je représente, vous a condamnée à mort pour votre double crime : avoir détourné Virna de son vrai mari et avoir mis Sylvana dans l'obligation d'épouser un homme qu'elle n'aimait pas uniquement pour ensuite lui soutirer de l'argent. Maintenant je passe à l'exécution.

Il ajusta posément un silencieux sur le canon de *Vesuvio*, puis il tira : une seule balle. Mais, contrairement à l'affirmation du vicomte, l'Italien ne visa pas particulièrement le cœur puisqu'il avait été mieux placé que quiconque pour savoir que Cécile Bernard n'en avait pas.

La vision de la maquerelle gisant affalée dans le fauteuil, pendant que son meurtrier repartait avec la même discrétion que celle dont *Vesuvio* avait fait preuve en crachant la mort, ne troubla nullement le sommeil de Sylvana. Elle éprouva au contraire une étrange sensation de libération. Sans pouvoir trop se l'expliquer, la fille de Virna avait toujours eu le sentiment qu'une menace sourde mais tenace continuerait de peser sur sa propre existence tant que « la bonne dame » de la place du Général-Catroux serait en vie.

En se réveillant le lendemain matin, elle eut pour premier soin de rebrancher téléphone et répondeur. Quelques secondes à peine après qu'elle eut rétabli le contact avec le monde extérieur, elle vit le clignotant de l'appareil s'allumer. C'était un appel. Décrochant le récepteur, elle reconnut la voix d'un habitué.

– C'est toi ? Mais qu'est-ce que tu fichais ? Depuis hier soir la ligne sonnait toujours « occupé »... Qui c'était, ce client dans ton plumard, pour que ça dure aussi longtemps ?

Sylvana raccrocha sans répondre. Son interlocuteur n'insista pas. Que lui aurait-elle expliqué ? Qu'elle avait décroché parce qu'elle avait du chagrin ? Mais elle n'en avait pas... La mort de Cécile n'avait pas suscité chez elle la moindre larme. Et, comme son père, elle haïssait mentir, même si c'était pour elle une manière de travailler. Au fond, le mensonge était un peu son *Vesuvio :* elle tuait moralement son adversaire, le client, en lui faisant croire le plus longtemps possible qu'elle l'adorait. Dès que ça ne marchait plus, elle passait à un autre.

En fin de matinée, quand elle revint de faire quelques courses, elle découvrit sur le répondeur un message déroutant, laissé par la voix que depuis des semaines elle désirait réentendre : *« Ma Sylvana, au cas où tu ne le saurais pas encore, apprends que j'ai commencé à venger l'honneur des Lombardo. Tous ceux qui t'ont fait du mal le paieront ! Je dois remplir mon devoir de père. Si je n'agissais pas ainsi, tu aurais le droit de me mépriser... Plus jamais Cécile Bernard ne pourra te demander de l'argent ni chercher à t'exploiter ! Sa disparition ne sera une perte pour personne. Qui pourrait la regretter ? Pas même son vieil amant ! Je suis sûr que cette nouvelle te fera plaisir. Continue à bien te porter, bambina. »*

Sylvana était atterrée... Après avoir attendu si longtemps des nouvelles de Vittorio, voilà qu'elle en recevait... mais quelles nouvelles ! S'il avait décidé de supprimer tous ceux qui avaient nui à sa fille, jusqu'où irait cette hécatombe insensée ? S'en prendrait-il également aux clients de Sylvana ? Heureusement qu'il ne possédait pas le petit carnet rose où étaient inscrits tous les noms, adresses et téléphones de ces messieurs !

Cette fois, Vittorio semblait avoir pris certaines précautions. Dominant sa fougue naturelle, il s'était donné le temps pour procéder à l'exécution de Cécile Bernard. Grâce à quoi il n'avait laissé aucune trace, à l'exception de la balle sortie du canon de *Vesuvio.* Mais qui connaissait *Vesuvio,* à part Sylvana ? Elle seule était en mesure de dénoncer le meurtrier de la maquerelle. Or, elle ne le ferait pas. Une fille ne trahit pas son père, et encore moins lorsqu'il a agi pour venger son honneur à elle. Après tout, Vittorio n'avait pas tort : la disparition de la Cécile n'était pas une perte pour la société. Forte de cette conviction, Sylvana s'empressa d'effacer la bande du répondeur, qui aurait pu constituer une preuve accablante.

Tout cela ne disait toujours pas où se cachait Vittorio. Cependant, il devenait de plus en plus urgent de le joindre pour faire cesser sa folie criminelle. Qui sait ? Il l'écouterait peut-être comme il aurait écouté Virna... Mais l'avait-il seulement laissée parler quand celle-ci l'avait supplié de ne pas repartir en Italie pour y tenter fortune au jeu ? Le Jeu... C'était de ce côté-là qu'il fallait orienter les recherches ! Et qui pouvait mieux la mettre sur la bonne piste que Tino Ramuschi ? Lui aussi continuait de jouer, puisque Vittorio l'avait rencontré dans un tripot de Juan-les-Pins deux jours avant d'arriver à Paris. Peut-être s'étaient-ils retrouvés dans la capitale : les joueurs sont de perpétuels impénitents ! Mais comment joindre Ramuschi ? En essayant par le vicomte : ce cher Adhémar, si paisible et si tranquille, était cependant au fait de toutes les relations de sa Cécile bien-aimée.

Sylvana entreprit aussitôt d'appeler la garçonnière d'Adhémar de Gignac. La conversation téléphonique prit un tour mondain :

– Mon cher Adhémar, je voulais vous dire à quel point l'horrible nouvelle que vous m'avez annoncée hier m'a bouleversée ! Sur le moment, je n'ai pas vraiment réagi, mais j'ai réfléchi depuis à la perte que représente, aussi bien pour vous que pour toutes celles qu'elle a protégées, la disparition de tante Cécile...

– Ma chère enfant, chevrota la voix du gentilhomme, je suis très heureux que vous manifestiez de tels sentiments. Hier je vous avais, en effet, trouvée un peu froide... Mais je connais votre bon cœur : il a repris le dessus. Disons que nous avons beaucoup de chagrin tous les deux.

– Comme vous dites : tous les deux... Au fait, Adhémar, vous m'avez aussi raconté – et cela m'a affreusement peinée ! – que vous étiez seul à avoir accompagné Cécile jusqu'à sa dernière demeure ?

– Hélas, c'est la triste vérité ! J'étais absolument seul...

– Même Tino Ramuschi, qui fut pourtant l'un de ses grands amis, ne s'était pas déplacé ?

– Eh non ! L'ingratitude des gens est incommensurable ! Dieu sait pourtant si Cécile lui a rendu service...

– Comme à tout le monde ! Vous n'auriez pas, par hasard, le numéro de téléphone de Ramuschi ?

– Pour vous ? Qu'est-ce que vous lui voulez donc ?

– Rien de particulier. Mais il a laissé un message sur mon répondeur. Il me disait que, venant d'apprendre le décès de Cécile, il m'adressait toute sa compassion, sachant que j'avais vécu chez elle jusqu'au jour de mon mariage. Alors je voulais lui répondre pour le remercier de cette marque de sollicitude.

– Venant de lui, ma petite Sylvana, une pareille attitude me surprend ! Je crains que ça ne cache quelque chose. À moi, qui fus le compagnon de Cécile, il ne s'est pas manifesté ! Méfiez-vous de lui ! C'est un personnage qui ne vaut pas cher ! Combien de fois ne l'ai-je pas dit à Cécile, mais elle n'a jamais voulu m'écouter... Je me demande ce qu'elle lui trouvait d'attrayant avec sa vilaine figure de souteneur !

– Je crois qu'elle l'avait connu alors qu'elle était très jeune.

– Je préfère ignorer ce passé. Pour répondre à votre question, je ne connais ni le numéro de téléphone ni l'adresse de ce monsieur, n'ayant jamais ressenti le besoin de les demander à Cécile ! Mais il me semble qu'il avait établi son quartier général dans un club de jeu proche de l'Étoile. Vous devriez pouvoir le retrouver de ce côté-là...

– Merci du renseignement, Adhémar. Je vous laisse pour aujourd'hui, mais on se revoit bientôt devant une tasse de thé, non ? Vous penserez toujours à m'appeler, comme convenu ?

– C'est promis.

Les clubs de jeu ne sont pas si nombreux autour de l'Étoile. Après avoir consulté l'annuaire du téléphone, il suffisait de tous les visiter en fin d'après-midi, à une heure où il y avait beaucoup de chances que les parties fussent commencées. Ce que Sylvana n'hésita pas à faire en prétendant chaque fois au cerbère de l'entrée, sachant que les dames ne sont pas admises dans les salons de jeu :

– J'ai rendez-vous avec Tino Ramuschi. Voulez-vous être assez aimable de le prévenir que la dame qu'il attend vient d'arriver ?

Aux deux premières tentatives, après que le gardien eut utilisé un téléphone intérieur, la réponse revint, négative :

– Ce monsieur est inconnu ici.

Mais elle eut plus de chance dans un club de la rue de Tilsit où le gardien se montra très accueillant :

– M. Ramuschi est arrivé il n'y a pas longtemps. Vous devriez monter au bar du premier, où les dames sont acceptées, et demander au barman de le faire prévenir.

Elle se trouva être l'unique femme assise à une table de ce bar. Les hommes allaient et venaient sans se préoccuper le moins du monde de sa présence : la seule chose qui semblait les obséder était le jeu. Ils passaient prendre un verre après la partie qu'ils venaient de perdre et avant la prochaine qu'ils étaient sûrs de gagner. Dans ce cercle parisien où elle observait les visages tour à tour soucieux et concentrés, mais rarement rieurs, des joueurs, Sylvana ne pouvait s'empêcher de penser à son père en se disant que ce serait fantastique si c'était lui qui apparaissait au lieu de Ramuschi ! Mais le séducteur aux tempes grisonnantes ne parut pas. Sylvana dut se contenter du sinistre Ramuschi, qui n'avait pas tellement changé de figure depuis la fois où elle avait conversé avec lui dans le salon de la défunte Cécile. Il parla le premier :

– Quand on est venu m'annoncer qu'une jeune femme à qui j'avais donné rendez-vous m'attendait au bar, je me suis demandé qui ça pouvait être. D'autant plus qu'il n'est pas dans mes habitudes d'agir ainsi. C'était donc vous ! Entre nous, je trouve que vous ne manquez pas de toupet !

– Sur ce chapitre je n'ai rien à vous envier ! La façon dont vous m'aviez dévoilé les dessous financiers de mon mariage était assez directe, il me semble. À propos, je pense que vous savez que votre ex-associée dans cette affaire a été assassinée.

– Cécile ? Oui, j'ai appris cela il y a quelques jours... Franchement, ça ne me surprend pas outre mesure ! Elle avait beaucoup d'ennemis, ne serait-ce que chez les maris ou les amants des filles sur lesquelles elle prélevait sa dîme.

– Il ne vous est jamais arrivé de penser que vous pourriez connaître le même sort ?

– Moi ? Grand Dieu, non ! Je n'ai fait que rendre service à toutes celles auxquelles j'ai offert un beau mariage. Ce fut votre cas... Vous n'allez tout de même pas me dire que vous regrettez votre union avec le chocolatier. Avec tout ce que vous lui avez soutiré !

– Vous oubliez que j'étais contrainte de le faire pour vous donner vos cinquante pour cent ! Mais c'est précisément cela qui m'amène aujourd'hui. Puisque je vous ai payé intégralement l'« amende » que vous m'aviez imposée, j'estime être en position de force pour vous proposer une nouvelle tractation – moins importante que la première, je m'empresse de le préciser, mais quand même substantielle – si vous consentez à me rendre un petit service...

– Je ne comprends pas. Mais notez que plus rien ne m'étonne ! J'ai vu et entendu tellement de choses dans ma vie...

– Je m'en doute !

Combien de fois, par exemple, ai-je reçu la visite de jeunes femmes que j'avais déjà dépannées et qui venaient me demander de leur venir à nouveau en aide ! N'est-ce pas curieux ? On déteste l'ami Ramuschi mais on n'hésite pas à solliciter son concours quand il s'agit de se sortir d'une mauvaise passe… Et savez-vous pourquoi ? Parce que, contrairement à ce que disent les méchantes langues, Ramuschi a du cœur et déteste voir des jolies filles dans la gêne…

– Vous allez bientôt me faire croire que vous êtes le dernier des philanthropes !

– Disons plutôt que je suis un homme équitable : je n'accepte de secourir une femme pour la deuxième fois que si elle a su se montrer régulière la première. Ce fut votre cas. Donc je suis prêt à vous écouter. Les autres, celles qui n'ont pas tenu leurs engagements, peuvent bien crever de faim : c'est leur punition.

– Je n'en suis pas encore là !

– Je suis au courant : vous savez défendre vos intérêts et je vous en félicite. Il faut reconnaître aussi que, dès vos plus jeunes années, vous avez été mise à bonne école. Maintenant, parlez…

– Vous m'aviez bien dit, n'est-ce pas, quand nous avions eu notre conversation chez Cécile Bernard, que vous aviez connu ma mère ?

– C'est exact. Je vous avais même précisé qu'elle était très jolie…

– Et mon père ? L'aviez-vous rencontré ?

– Le flic ? Jamais.

– Non, je parle de l'autre : le vrai… Je sais que vous avez fait un poker avec lui à Juan-les-Pins il n'y a pas si longtemps…

– Vous en savez des choses, tout d'un coup, ma

petite Sylvana ! En effet, j'ai joué avec Vittorio Lombardo. Je me doutais plus ou moins que c'était votre père : Cécile me l'avait laissé entendre.

– Lui-même m'a raconté que c'était vous qui lui aviez donné mon adresse à Paris.

– Vous ne vous cachez pas, non ? Vos clients savent facilement où vous trouver.

– Là n'est pas le sujet. Ce qui m'intéresse pour le moment, c'est de retrouver Vittorio. C'est urgent !

– Il vous manque à ce point ? Pourtant, vous vous étiez débrouillée sans lui, jusqu'ici.

– Il est toute ma famille. Je suis certaine que vous savez où il se trouve. Il est comme vous, il ne peut pas se passer du jeu... Combien demandez-vous pour le renseignement ? Je suis prête à payer le prix qu'il faudra.

Après un moment de réflexion, le Corse répondit de sa voix doucereuse :

– Ah ! Si vous envisagez les choses sous cet angle, peut-être pourrions-nous arriver à un accord. Tout ce que je sais pour le moment, c'est que Vittorio se trouve à Paris ou dans les environs... Exactement où ? Je l'ignore, n'ayant eu aucune raison de le lui demander. Il a fait une apparition ici il y a trois jours. Nous avons fait une partie rapide et il a gagné. Je lui ai évidemment demandé une revanche. Comme il est beau joueur, il n'a pas pu me la refuser. Elle est fixée à après-demain.

– Ici ?

– Non. Il m'a dit qu'il connaissait un autre endroit plus sympathique. Après tout, je me moque du lieu ! Il doit m'appeler demain entre dix-huit et dix-neuf heures pour m'indiquer l'adresse. Dès que je la connaîtrai, je vous la communiquerai. D'accord ?

– Ça me va.

– Bon. Mais j'y mets une condition... C'est que vous me régliez dès maintenant le montant auquel je vais estimer la valeur du renseignement... Oh ! Pour vous je ne me montrerai pas trop gourmand... C'est vrai : je vous estime, Sylvana... Vous êtes une jeune femme intelligente qui comprend très vite ce qu'il faut ou ne faut pas faire. Que diriez-vous de dix mille francs, soit un petit million ancien ? Naturellement, en espèces !

– Je suis familiarisée avec vos méthodes d'encaissement, mais je n'ai pas un million sur moi. En revanche, je peux aller le prendre à ma banque et vous le rapporter d'ici une demi-heure. Vous ne partez pas de ce cercle pour le moment ?

– Non. J'ai pris l'engagement de faire une partie... Allez vite chercher ce viatique : il pourra m'être utile si je perds ! À tout à l'heure...

Trente minutes plus tard, Sylvana était de retour. Quand elle remit la somme à son destinataire, celui-ci précisa :

– Bien entendu, je ne vous délivre pas de reçu. (Et, après avoir empoché les billets, il ajouta :) Vous avez donc à ce point confiance en moi ? Si je vous annonçais maintenant que je vous ai raconté une histoire pour avoir l'argent et qu'en réalité je n'ai aucune nouvelle de Vittorio Lombardo ? Qu'est-ce que vous feriez ?

– Je n'ai pas de moyen de pression sur vous pour me faire rembourser, mais je ne crois pas, malgré tous vos défauts, que vous vous abaisseriez jusqu'à une escroquerie aussi mesquine. Vous êtes plutôt fait pour les gros coups du genre de celui du chocolatier...

– Je suis heureux de voir que vous m'estimez à

ma juste valeur ! Je vous téléphone ce renseignement d'ici vingt-quatre heures au plus tard.

– Je sais que vous êtes ce qu'on appelle dans le Milieu un « régulier ». Alors, en échange de la confiance dont je viens de faire preuve à votre égard, je vous demande de ne pas prévenir mon père de ma démarche. J'ai l'intention de le retrouver dès que votre partie sera terminée. Je veux lui réserver la surprise de ma venue. La dernière fois où nous nous sommes revus, mon père et moi, nous nous sommes séparés un peu fâchés pour une raison bénigne. Cela m'ennuie d'autant plus que, son anniversaire tombant dans quelques jours, je voudrais me réconcilier avec lui... Je n'ai pas tant de parents ! Vous me comprenez ?

– Très bien. Je ne lui dirai rien.

Le lendemain soir à vingt et une heures, Sylvana n'avait pas encore reçu de nouvelles de Ramuschi. Dans la journée, elle n'avait pas eu le temps de s'inquiéter : les clients s'étaient succédé à un rythme soutenu. Son emploi du temps était toujours comme cela : en dents de scie. Les jours « riches » contrebalançaient les jours « maigres » où elle ne voyait personne et ne recevait aucun appel. À l'égal de n'importe quel commerce, elle devait prendre des nouvelles de sa clientèle, en l'occurrence s'intéresser à la petite vie de chacun : « Et ta femme, elle n'est pas trop jalouse ? Et ta mère, toujours en bonne santé ? Et tes gosses, ils travaillent bien ? Et les affaires, pas trop difficiles ? Et la chasse ? Et la pêche ? Et tout ? » Ces questions lui devenaient de plus en plus odieuses car elle s'imaginait qu'au même moment Vittorio avait peut-être besoin de son soutien pour ne pas sombrer définitivement dans la criminalité.

La journée du surlendemain se passa sans davantage de nouvelles de Ramuschi ! Le souteneur l'avait-il réellement escroquée en lui faisant croire qu'il pouvait joindre Vittorio ? Mais, s'il avait dit vrai, son silence devenait follement inquiétant. Au moment où elle s'apprêtait à retourner au club de la rue de Tilsit pour revoir le Corse, on sonna à sa porte. C'était un commis des Postes qui apportait une épaisse lettre recommandée avec accusé de réception et sur laquelle elle lut immédiatement le nom et l'adresse de l'expéditeur : *« Vittorio Lombardo, hôtel du* Piémont, *rue de Turin. »* Après avoir renvoyé le commis muni d'un pourboire, elle ouvrit précipitamment l'enveloppe : une feuille de papier à lettres sans en-tête, sur laquelle quelques lignes avaient été griffonnées à la hâte, et une liasse de billets de cinq cents francs en constituait le contenu. Le message était lapidaire : *« Tu ne reverras plus jamais celui qui devait te téléphoner avant-hier. Ton père l'a décidé. Le comble, c'est que tu lui as donné de l'argent pour pouvoir me retrouver ! Ce que je ne souhaite pas. J'ai compris que ma présence dans ta vie pouvait constituer une nuisance ! Je ne suis pas un homme très recommandable. Ne t'occupe donc plus de moi ! Pendant des années je me suis débrouillé seul : je continuerai ! Je ne me manifesterai plus dans ta vie que pour te rendre service en te débarrassant progressivement de tous ceux qui ont fait du mal à la fille de Virna et de Vittorio. En voilà déjà deux de supprimés ! La suite ne va pas tarder et bientôt un jour viendra où tu pourras enfin respirer. »*

Le texte n'était pas signé mais suivi d'un post-scriptum :

« P.-S. Ce Corse n'était qu'un lâche. Avant le coup de grâce, j'ai réussi à le faire parler. C'est ainsi que j'ai su qu'il t'avait demandé dix mille francs. Tu as maintenant beaucoup plus besoin d'argent que lui ! C'est pourquoi je te retourne la somme. J'attire ton attention sur le fait que je ne la lui ai pas volée ! Il me l'a donnée légalement parce qu'il l'avait perdue au cours de la revanche que je lui avais accordée selon sa demande et que nous avons eu le temps de terminer avant de mettre un point final à ses exploits. »

Le soir même, alors que – selon son habitude – Sylvana avait allumé la radio pour écouter les dernières nouvelles avant de s'endormir, elle entendit la voix du commentateur annoncer :

« Il semble que le crime perpétré avant-hier soir à Montmartre dans l'arrière-salle du bar Le Sans-Souci, *situé rue Pigalle, ait eu pour origine une discussion entre deux joueurs. L'un d'eux, après avoir abattu son partenaire d'un coup de revolver tiré à bout portant, s'est enfui précipitamment. Son signalement est des plus vagues, sinon qu'il était grand, portait une abondante chevelure grise et s'exprimait avec un léger accent étranger remarqué par deux témoins. La victime est bien connue des services de police : il s'agit d'un certain Tino Ramuschi, citoyen d'origine corse appartenant au milieu parisien. Une affaire sentant le règlement de comptes entre truands chevronnés. »*

Éteignant la radio, Sylvana resta hébétée pendant quelques secondes. Quelle situation ! Ce qui était effarant avec Vittorio, c'était que lorsqu'il annonçait avoir tué quelqu'un il ne se vantait pas ! Le tricheur de San Remo, Cécile Bernard, Tino Ramuschi... La liste s'allongeait, la folie s'amplifiait... et *Vesuvio* s'emballait !

À en croire la lettre, ce n'était qu'un début. De plus en plus épouvantée, Sylvana se demandait : « Quel sera le prochain ? » Tout de même pas Adhémar ? Sans s'être conduit en parfait gentleman, le vicomte ne lui avait pas porté directement tort. Il lui avait même rendu service en lui apprenant la façon dont une jeune fille bien élevée doit se tenir dans le monde. N'était-ce pas grâce au fruit de ses leçons de savoir-vivre qu'elle avait maintes fois entendu des clients lui dire, étonnés : « Ce qui est agréable quand on part en week-end avec toi, c'est que tu fais très femme du monde. Impossible de deviner ton métier ! Tu n'es pas vulgaire, tu as un langage châtié et tu sais te tenir dans un restaurant... On sent tout de suite que tu as reçu une éducation. Tu n'aurais pas été en pension chez les religieuses, par hasard ? »

En fait de couvent, elle n'avait connu que celui de la mère supérieure Bernard, dont Adhémar aurait pu être le chapelain distingué. Pauvre Adhémar ! Ce serait épouvantable et injuste si, dans sa fureur vengeresse, Vittorio s'attaquait à lui ! Sylvana était réellement désolée à l'idée que jamais plus elle ne bavarderait avec lui dans les salons de thé.

Mais à qui donc Vittorio s'en prendrait-il, si l'on admettait qu'il épargnât le vicomte ? Eric Van Flaer ? Quand même pas ! L'ex-mari de Sylvana n'avait pas grand-chose à se reprocher; d'autant moins qu'elle avait réussi à lui soutirer pas mal d'argent, de bijoux et de mobilier !

Qui alors ? L'un de ses clients actuels ? Vittorio pouvait être jaloux – n'est-ce pas fréquent qu'un père déteste le mari de sa fille unique ou n'importe lequel de ses amants ? Mais pourquoi Untel plutôt que tel autre ? Sylvana en avait connu tant que, s'il voulait s'attaquer à eux, Vittorio finirait par s'y perdre ! De plus, il ne les connaissait pas : elle ne lui en avait présenté aucun... À moins qu'il ne s'en prît à tous en les abattant les uns après les autres ? Quel massacre ridicule ! Malheureusement, on pouvait craindre avec raison que ce père démoniaque et passionné ne reportât sur sa fille toute la protection refoulée qu'il n'avait pu apporter à Virna quand celle-ci avait le plus grand besoin d'être défendue ! La situation deviendrait alors effarante : Sylvana ne pourrait plus recevoir un seul client sans risquer de provoquer un drame chaque fois. Condamnée à vivre cloîtrée dans son bel appartement, elle serait contrainte de s'entourer jour et nuit de précautions, de faire renforcer les serrures... Tout cela pour éviter que son père déchaîné ne surgisse à l'improviste ! Il avait pourtant spécifié dans sa lettre qu'elle ne le reverrait plus, mais pouvait-elle lui faire confiance ?

La vie de Sylvana n'était déjà guère réjouissante, mais là, elle menaçait de devenir un enfer. Le soir, elle n'oserait même plus éteindre l'électricité pour dormir... Elle aurait peur. Peur de tout : du noir, du moindre appel téléphonique, de l'ombre de Vittorio, surtout. Ce personnage apparu dans sa vie au moment où elle l'attendait le moins puis disparu presque aussi vite prenait les allures d'un fantôme inquiétant.

Elle éteignit tout de même sa lampe de chevet, mais continua d'écouter les bruits de la nuit auxquels elle n'avait jamais prêté attention auparavant... Elle aurait souhaité ne pas être seule dans son lit, mais pas non plus avec n'importe qui, comme cela lui était arrivé si souvent, jusqu'à ces matins gris où il faut trouver un moyen pour se débarrasser du client... C'était quelqu'un comme Vittorio qu'elle aurait voulu à côté d'elle. Mais pas le Vittorio qui l'effrayait et dont elle appréhendait les pulsions criminelles. Plutôt le Vittorio doux et charmant qui fredonnait *La Traviata* en faisant sauter des crêpes dans une poêle.

Sur ces pensées, Sylvana s'endormit en souriant, le nom de son « cousin » murmuré dans un souffle. Ses rêves, cette nuit-là, ne l'éloignèrent pas de Vittorio. Elle imagina en effet qu'elle se trouvait avec lui et Tino Ramuschi dans l'arrière-salle enfumée du *Sans-Souci,* à Pigalle.

La partie venait de se terminer. Les autres joueurs avaient rejoint le bar dans la première salle. Il ne restait plus, face à face devant la table sur laquelle traînaient les cartes, que le Corse et l'Italien. Après un moment de silence pesant pendant lequel les deux hommes s'observèrent, ce fut Vittorio qui parla le premier :

– Vous me devez exactement dix mille francs, puisque vous avez perdu votre revanche.

– Exact. Mais je ne les ai pas sur moi.

– Eh bien, il faudra les trouver. Et vite ! Vous n'avez qu'à demander au patron du bar de vous les prêter. Il est toujours plein aux as.

– Possible, mais moi je ne le connais pas. Il ne me fera pas crédit. À moins que vous ne lui demandiez de me rendre ce petit service ? Entre nous, nous aurions été beaucoup plus à l'aise dans mon club que dans cet endroit ringard... Et puis, là-bas, je suis connu : le barman m'aurait avancé la somme.

– Je me méfie des barmen qui jouent les banquiers : ça cache toujours quelque chose... non ? Ça ne vous rappelle pas Bruxelles ?

– Quoi, Bruxelles ?

– Une idée qui me passe, comme ça, par la tête... Alors, ces dix mille, où comptez-vous les trouver ?

– On ne prend pas le train.

– Si, justement ! Je pars ce soir et il me faut mon argent ! Il se trouve que je vais à Bruxelles. J'ai rendez-vous dans un autre bar dont le patron s'appelle Félix... Ça ne vous dit rien ?

– Je constate que la petite garce a parlé.

– Qui appelez-vous « la petite garce », Ramuschi ?

– Sylvana... Tout le monde la connaît, depuis le temps qu'elle opère. On sait ce qu'elle vaut !

À ces mots, Vittorio sortit *Vesuvio* de sa poche et pointa le canon de l'arme en direction de Ramuschi pendant que sa voix, cinglante de fureur, ordonnait :

– Les bras en l'air et les mains croisées sur la tête ! Ne bougez plus !

Réalisant que son interlocuteur ne plaisantait pas, le Corse obéit. Dans la salle voisine, ni le patron, derrière son bar, ni les quelques clients attardés ne se doutèrent de ce qu'il se passait. Après un silence, ce fut le Corse qui demanda, se trouvant toujours dans sa position inconfortable :

– Ça va durer longtemps ?

– Le temps qu'il faudra pour régler ton compte.

Vittorio se mit à fouiller de la main gauche dans les poches intérieures du veston du souteneur pendant que la droite maintenait le revolver braqué contre sa poitrine. Ayant trouvé un portefeuille, il en sortit une liasse de billets de cinq cents francs et constata :

– Je me disais aussi, ce n'est pas possible que cette vieille canaille de Ramuschi se soit embarqué quelque part sans fric ! Ce n'est pas son genre ! Peut-être même a-t-il planqué sur lui un revolver ou un couteau à cran d'arrêt, ce qui serait bien dans sa manière. Mais cela n'a aucune importance car il ne pourra pas y toucher : mon ami *Vesuvio* veille, et au moindre geste de ce maquereau, il tirera ! *Vesuvio* est très sensible et sait agir en douceur : tu as remarqué son beau silencieux ? Quand il te descendra, personne n'entendra rien dans la salle à côté... Donc, tu disais n'avoir pas d'argent sur toi ! Eh bien, tu mentais une fois de plus ! J'attire ton attention sur le fait que je prélève sur ton capital uniquement les dix mille francs que tu viens de perdre ce soir... Le reste, je te le laisse. Ça servira à payer ton enterrement.

Après avoir enfoui le reliquat dans le portefeuille, il le rendit à son propriétaire. Blême, le Corse dit de sa voix douce où filtrait toute la haine du monde, mais en continuant, lui, à vouvoyer Vittorio :

– Ce prélèvement que vous vous êtes permis de faire m'amuse assez... C'est exactement le prix que m'a versé votre fille chérie pour savoir où elle pourrait vous rencontrer.

– Et tu lui as donné l'adresse de ce bar ?

– Pas encore.

– Tu as bien fait parce que de toute façon j'aurai décampé avant son arrivée. Au lieu de me voir, elle aurait buté en entrant ici sur le cadavre du souteneur qui l'a fait chanter pendant trois ans. Quel spectacle !

– Ça ne lui a pas mal réussi, le mariage...

– ... Et à toi ! Mais tu vas me le payer !

La voix feutrée reprit, sans se départir de son calme :

– Ce n'est pas la vision d'un revolver qui suffit à m'impressionner. Vous n'êtes qu'un matamore, comme tous vos compatriotes.

– Les matamores, ce sont les Espagnols, pas les Italiens !

– C'est du pareil au même.

– Tu m'insultes, maintenant ? Ça aussi, tu vas le payer.

– Peut-être me reprocherez-vous également de vous rappeler que j'ai eu le plaisir de connaître la mère de Sylvana avant que vous la rencontriez vous-même ?

– Je le sais; mais il y a une chose qui t'embête bigrement : tu n'as jamais pu coucher avec Virna parce qu'elle t'avait envoyé paître ! Pourtant ce n'est pas l'envie qui t'en a manqué... L'ennui, c'est que Virna avait bon goût... Donc, je ne te punirai pas pour avoir essayé sans succès de faire l'amour avec elle – le ridicule a suffi – mais pour avoir tenté de me faire croire, à l'instant, que tu l'avais fait ! Bon ! Nous n'allons pas épiloguer pendant des heures sur ta conduite. Si je t'ai fait venir ici, c'est moins pour t'accorder la revanche que tu réclamais que pour te faire passer en jugement. Le moment est venu. Et parce qu'un jugement, c'est du sérieux, je vais cesser de te faire l'honneur de te tutoyer pour ne plus employer que le vouvoiement qui est d'usage dans les cours de justice des pays civilisés. Donc, à partir de cette minute, vous devez bien vous dire que vous vous trouvez en présence d'un tribunal qui, après avoir longuement délibéré, va vous faire part du verdict vous concernant par l'intermédiaire de la voix de son président... Le président, c'est moi, et je parle... Vous allez donc vous lever pour m'écouter debout avec tout le respect qui est dû à un président de cour d'assises. Vous ne voulez pas vous lever, Ramuschi ? Vous avez tort ! Je sens que *Vesuvio* a des démangeaisons ! Lui, il s'en fiche pas mal que les procès se passent en bonne et due forme ! Son rôle, c'est de tuer, et il ne demande qu'à l'assumer le plus vite possible... Debout, Ramuschi ! Ce n'est pas un lâche de votre acabit qui va me faire croire qu'il ne voudrait pas profiter de quelques minutes supplémentaires d'existence ?

Le Corse s'était levé sans que *Vesuvio* eût cessé d'être pointé contre sa poitrine.

– C'est bien, dit Vittorio, vous devenez compréhensif... Ce qui va vous permettre de connaître les graves raisons pour lesquelles on va vous retirer le droit de vivre. Maintenant, le président du tribunal va parler... (Il se leva à son tour et dit avec une solennité qui détonnait sur son physique chaleureux et enjoué :) Tino Ramuschi, vous êtes condamné à mort pour trois chefs d'accusation qui n'ont pu bénéficier d'aucune circonstance atténuante... Premièrement, vous êtes responsable d'avoir, avec l'aide de la dame Bernard, incité Virna Lombardo à recommencer à se prostituer pour pouvoir élever sa fille Sylvana pendant que le vrai père de cette enfant était en prison. C'est là un crime qui aurait même dû être sanctionné par les lois du Milieu. Deuxièmement, vous êtes responsable d'avoir, toujours avec le concours de la dame Bernard, contraint Sylvana à accepter de faire un mariage destiné à augmenter vos revenus personnels. Troisièmement, vous avez tout fait, chaque fois que vous avez joué avec lui aussi bien à Juan-les-Pins qu'à Paris, pour essayer de ruiner Vittorio Lombardo, joueur honnête, en trichant. Ayant compris votre façon d'opérer, il vous a laissé tricher aujourd'hui même dans ce tripot en sachant qu'en fin de compte il vous aurait. C'est fait. Et savez-vous comment il s'y est pris ? En trichant lui aussi ! C'est cela surtout que la cour ne peut vous pardonner : avoir acculé le plus honnête des joueurs à se conduire en crapule alors que le Jeu est une chose sacrée ! Tino Ramuschi, le jugement étant sans appel possible, vous êtes confié maintenant aux bons soins de l'exécuteur... C'est moi aussi, l'exécuteur, et j'obéis au verdict de la cour.

À peine s'était-il tu que *Vesuvio* fit son travail. Le Corse s'écroula sur le plancher de l'arrière-salle du *Sans-Souci* pendant que Vittorio s'en allait tranquillement, non sans adresser au passage un signe amical de la main au patron de l'établissement resté derrière son bar. C'était un compatriote qu'il connaissait depuis aussi longtemps que le propriétaire du petit hôtel où il avait séjourné pendant les trois mois de bonheur avec Virna à Paris... Il saurait répondre à la police, quand elle l'interrogerait pour savoir s'il avait quelque idée sur l'identité du meurtrier de Ramuschi, que les joueurs de ce soir-là lui étaient inconnus.

Ce fut sur cette image que le rêve de Sylvana prit fin. Elle se réveilla en se demandant si elle venait de vivre un cauchemar ou si elle avait été emportée par un songe de délivrance puisqu'il n'existait plus de Tino Ramuschi pour la taxer d'impôts occultes sur son chiffre d'affaires parisien.

Des semaines passèrent, pénibles, pendant lesquelles elle se demanda, malgré sa crainte du pire, si un jour viendrait où Vittorio se manifesterait enfin autrement que dans des messages lapidaires ressemblant à des faire-part nécrologiques. Elle n'osait même plus exercer son métier, de peur qu'un drame ne survînt à l'improviste. Finalement, devant le silence prolongé du justicier, elle prit la décision de s'adresser à une agence internationale de renseignements pour lui demander d'essayer de retrouver la *Dolce Vita*. Mais, ignorant le numéro minéralogique du véhicule, elle put seulement décrire son apparence extérieure, et préciser qu'il était immatriculé en Italie. C'était peu... Et pourtant, un mois à peine s'écoula avant qu'un appel téléphonique de l'agence l'informât que l'on avait retrouvé la *Dolce Vita* dans les parages de Saint-Tropez. Mais son propriétaire était désormais allemand. Le lendemain, après avoir abandonné sa clientèle sans lui laisser la moindre explication sur son répondeur, Sylvana sillonnait en Ferrari les routes du Var. Soudain, le cabriolet rouge tomba en arrêt, tel un chien de chasse, devant un mastodonte motorisé stationné à l'entrée du parking de Sainte-Maxime et dont l'apparence générale rappelait étrangement la maison ambulante de Vittorio... La teinte de la carrosserie n'était cependant pas la même : le blanc était devenu du vert foncé et le mot *Liebelei* peint en rouge avait remplacé *Dolce Vita*.

Ne résistant pas à la curiosité de vérifier s'il s'agissait ou non de l'ex-domicile de Vittorio, Sylvana frappa à la porte arrière qui s'ouvrit pour laisser apparaître un couple d'Allemands très blonds, entre deux âges, fort sympathiques et parlant correctement le français. Ils confirmèrent que cette caravane s'était effectivement appelée la *Dolce Vita*. Ils l'avaient achetée quelques semaines plus tôt dans un garage de Nice où elle avait été mise en dépôt par son ancien propriétaire, un Italien. Pour justifier sa curiosité, la visiteuse expliqua qu'elle avait connu cet ancien propriétaire mais en prenant soin de ne pas révéler qu'elle était sa fille. Les Allemands lui ayant proposé de la visiter, elle se retrouva dans l'habitacle où rien n'avait été modifié. Les parois en palissandre, les panneaux coulissants s'ouvrant sur les placards et particulièrement sur celui où elle avait découvert au petit matin à Deauville la modeste garde-robe de Vittorio et qui maintenant regorgeait des vêtements des nouveaux occupants, la cuisine escamotable où l'on pouvait préparer les meilleurs spaghetti du monde, le cabinet de toilette en réduction où Sylvana ne résista pas – malgré l'étonnement de ses hôtes – au besoin d'entrouvrir le tiroir de la coiffeuse pour voir si un certain *Vesuvio* n'y aurait pas été oublié, tout était là... Il ne manquait que l'âme de Vittorio. Le confort était le même, mais une impression de tristesse se dégageait maintenant de la caravane. Vittorio l'avait comparée à un yacht de luxe mais, depuis que son capitaine n'était plus à bord, l'étrange véhicule rappelait plutôt ces paquebots qui ont perdu leur personnalité parce qu'ils ont changé de nom en étant vendus à d'autres armateurs. La *Dolce Vita* devenue *Liebelei,* c'était un peu le *France* devenu *Norway.*

Après avoir obtenu l'adresse du garage de Nice où avait été achetée la caravane, en prétextant qu'elle aimerait peut-être en acquérir une du même genre, Sylvana s'y rendit pour savoir si par hasard l'adresse de l'ancien propriétaire ne serait pas mentionnée sur un double de l'acte de vente. Le garagiste lui répondit que le vendeur était effectivement un Italien né à Turin, mais il avait exigé que l'on ne révélât son nom à personne, pas même à l'acheteur éventuel. L'accord s'était d'ailleurs fait très vite, précisa le garagiste. Le vendeur était pressé : il devait s'envoler pour l'étranger dans les quarante-huit heures.

– Il ne vous a pas dit où il se rendait ?

– Je crois me souvenir qu'il a parlé d'Amérique...

– C'est grand, l'Amérique ! Merci, monsieur.

N'ayant plus rien à faire à Nice, ni sur la Côte d'Azur, Sylvana décida de rentrer sans tarder à Paris où ses clients devaient se demander si elle ne se moquait pas d'eux. C'était le cas en effet mais mieux valait ne pas le leur dire : elle avait encore besoin de leurs largesses pour arrondir son capital jusqu'au chiffre qu'elle s'était fixé avant d'abandonner définitivement ce métier qui, depuis la disparition de Vittorio, s'était transformé pour elle en supplice quotidien. Hélas, elle se savait loin du but convoité ! Au train où allaient ses affaires – et elle aurait eu tort de se plaindre : les siennes marchaient plutôt moins mal que celles de la majorité de ses concurrentes –, il lui faudrait « travailler » (c'était l'expression consacrée des professionnelles) jusqu'à la quarantaine... Encore huit années d'appels téléphoniques, d'enregistrements sur répondeur, de mensonges permanents, de fausse sollicitude pour des hommes qui ne l'intéressaient nullement, de week-ends qui lui paraîtraient de plus en plus interminables, d'heures d'attente et de solitude... Huit années pendant lesquelles elle ne recevrait peut-être aucune nouvelle de Vittorio puisqu'il n'avait pas hésité à franchir l'océan pour accroître la distance qui les séparait. Sans doute estimait-il que sa fille n'avait plus besoin de sa protection depuis qu'il avait supprimé Cécile Bernard et Tino Ramuschi ?

Mais pour s'exiler il lui avait fallu trouver de l'argent : la vente précipitée de la caravane avait sûrement servi à cela. Qu'il en soit arrivé à une telle extrémité prouvait qu'il était terriblement démuni. Une fois de plus, c'était le pauvre Vittorio !

Cependant, Sylvana se doutait qu'il serait toujours assez habile pour sortir de cette mauvaise passe. C'était un tel acrobate ! Il savait jongler avec les événements, même si ceux-ci ne se présentaient pas sous un jour favorable pour lui... Mais qu'était-il allé faire en Amérique ? Et dans quelle Amérique ? Celle du Nord, celle du Centre ou celle du Sud ? Dans l'une ou l'autre, sa fille ne voyait pour lui qu'un moyen de survivre : le jeu. Et elle faisait presque des vœux pour qu'il connût une chance insolente. Eh oui ! Confrontée à la trop longue absence de celui qui était devenu indispensable à son existence, elle commençait à lui pardonner sa passion du jeu. Mieux encore ! Elle se sentait disposée, s'il avait la bonne idée de revenir, à l'encourager dans cette voie. Qui sait ? Peut-être se mettrait-elle, elle aussi, à jouer ? Au début, ce serait juste pour accompagner son père; mais ensuite, pourquoi n'y prendrait-elle pas goût ? Elle connaîtrait à son tour la griserie des gains rapides et des pertes vertigineuses. En faisant cela en famille, ils sauraient conserver l'optimisme des Lombardo...

Toutefois, ces beaux projets exigeaient que Vittorio fût là, auprès d'elle. S'il devait rester aussi longtemps en Amérique qu'il avait été incarcéré à Liposa, jamais elle n'aurait le courage de jouer seule ! Alors, elle continuerait son commerce jusqu'à la quarantaine ! Que ferait-elle ensuite ? Elle ne s'était encore jamais posé la question. Elle pourrait voyager, ou chercher à se remarier. Mais, cette fois, sans la moindre arrière-pensée de divorce et surtout sans l'aide de personne !

À quoi ressemblerait-il, ce deuxième mari ? Grand, bien sûr, plus tout jeune, les tempes grisonnantes et du charme à revendre... Le « genre Vittorio », quoi ! À ceci près qu'il aurait au moins autant d'argent que son épouse, afin de respecter l'adage de la Cécile : « Toute fortune qui n'augmente pas diminue ! » À ce prix-là, sans connaître le vrai grand amour, ni même l'amour tardif qu'elle n'osait plus espérer, peut-être serait-elle heureuse d'une certaine manière. Comme il n'y aurait pas de tricherie, il n'y aurait pas d'histoires ! Ce serait le bonheur confortable. L'ennui, aussi... Quand même : ça ne saurait être pire que cette solitude retrouvée après un entracte beaucoup trop court ! Pauvre Sylvana, qui en arrivait à s'attendrir sur son propre sort ! Vraiment, elle n'avait pas de chance... En tout cas, pas la chance de ceux, mais ils sont si peu nombreux, qui ont compris que l'argent ne fait pas le bonheur.

Plusieurs mois s'écoulèrent pendant lesquels ces mornes pensées ne quittèrent pas la jeune femme. Et puis, un matin, elle reçut une étrange lettre, postée en Italie du Sud. Elle l'ouvrit en tremblant. C'était une coupure de presse extraite d'un journal de la Guadeloupe relatant un fait divers survenu un mois plus tôt. Le titre en était : MYSTÉRIEUX ATTENTAT CONTRE UN ANCIEN FONCTIONNAIRE DE LA POLICE. Et le texte, en dessous, disait : *« On se perd en conjectures sur les raisons qui ont motivé l'assassinat, perpétré à son propre domicile dans le courant de l'après-midi d'hier, de l'officier de police principal Robert Evron. Ce dernier, unanimement estimé à Pointe-à-Pitre, où il avait pris une retraite bien méritée il y a déjà une dizaine d'années, a été trouvé gisant sur le sol de la véranda entourant sa maison par son épouse qui rentrait de faire des courses en ville. Aussitôt alerté, le Dr Langlois, habitant le voisinage, ne put que constater le décès. Le commissaire Evron a été tué d'une balle en plein cœur. Il avait été muté voilà plus de vingt-cinq ans, et sur sa demande, à la Guadeloupe, où il ne comptait que des amis. Il y a d'ailleurs rencontré son épouse qui est notre compatriote. Il ne semble pas qu'avant ce meurtre il ait reçu de menace quelconque. Une enquête est ouverte. »*

Un billet écrit de la main de Vittorio, mais non signé, selon son habitude, complétait l'article :

« Ils auront beau procéder à toutes les enquêtes, ils ne trouveront jamais le mobile de cette exécution cent fois méritée ! Toi, tu le connais, mais, comme les fois précédentes, tu ne diras rien parce que tu sais qu'il est juste et que je suis ton père... Un père soulagé d'avoir mené à bout la liquidation de ceux qui nous ont fait tant de mal. J'avais gardé le flic pour la fin car il fut le pire de tous ! La Bernard et le Ramuschi ne recherchaient que l'argent. Mais lui, il représentait la haine. La haine contre la beauté de Virna. Contre moi qu'il a fait renvoyer en prison. Contre toi à qui il reprochait d'être une enfant de l'amour... Tu te demandes peut-être comment j'ai trouvé les moyens de me rendre en Guadeloupe. Eh bien, j'ai vendu le seul capital que je pouvais monnayer : ma chère Dolce Vita *! Je préfère ne plus te parler d'elle parce que cette séparation m'a fait trop de peine... Ensuite, ça n'a été qu'un jeu – mais quel jeu, celui-là ! – d'abattre Robert Evron. Je n'ai même pas jugé utile de lui dire pourquoi je le tuais. Son orgueil l'aurait empêché de comprendre et il ne sert*

à rien de discuter avec les salauds. Grâce à Vesuvio il s'est écroulé sans dire ouf ! Une heure plus tard, j'étais dans l'avion qui me ramenait en Europe. Pourquoi aurais-je traîné là-bas ? Je me demande même si on y trouve un casino ! Maintenant que j'en ai terminé avec ma tâche de père justicier, je ne te donnerai plus de mes nouvelles. Tu n'entendras plus parler de Vittorio Lombardo. Malgré mon amour pour toi, il me paraît préférable qu'il en soit ainsi... Te rends-tu compte de ce que cela représenterait si je réapparaissais dans ta vie ? Je n'ai plus un crime sur la conscience... mais quatre ! Et si on m'arrêtait – ce dont je doute –, tu mourrais de honte, Sylvana. Comme je veux t'éviter un pareil chagrin, je te redis, comme le soir où nous nous étions quittés devant chez toi au retour de Deauville : "Ciao, bambina !" Mais c'est la toute dernière fois. »

Aussitôt achevée sa lecture, Sylvana débrancha téléphone et répondeur. Elle serait absente pour tous ses clients... Le seul homme avec qui elle souhaitait avoir encore un contact ne la rappellerait jamais plus. De cela elle était certaine. Pourquoi Vittorio commencerait-il à lui mentir aujourd'hui, dans son message, alors qu'il lui avait tout dit et tout révélé jusqu'à présent ?

Elle ne savait plus où elle en était exactement ni même qui elle était. Ballottée, tiraillée, manipulée depuis son enfance entre une maman belle mais suicidée, un beau-père qui l'avait détestée, une mère adoptive qui ne lui avait appris qu'à aimer l'argent et mentir aux hommes, un tuteur à la particule usurpée, un souteneur intraitable, un mari obnubilé par la vente de ses chocolats, une multitude d'hommes ne pensant qu'à coucher avec elle et enfin un père surgi du passé comme un diable de sa boîte à malices puis disparu aussi vite... Tel était le résumé de l'existence de Sylvana. Un étrange scénario dans lequel l'amour sincère avait toujours été absent et dont l'héroïne, contrairement à ce qu'elle s'était imaginé, n'avait été qu'un objet à la merci des autres. Parce qu'elle n'avait pas eu le courage d'acquérir son indépendance en travaillant au sens le plus noble du terme. Bref, un bilan d'égoïsme et d'immense paresse.

Mais comme elle ne savait rien faire d'autre, elle se remit à « son » travail. Dès le lendemain le téléphone fut rebranché et il sonna de plus en plus fréquemment, le jour autant que la nuit. Sylvana enchaînait les aventures dans une espèce de fuite en avant.

Elle devint très riche. D'autres semaines, d'autres mois, d'autres années passèrent, jusqu'à ce qu'un jour, où elle s'ennuyait chez elle comme d'habitude, une voix méridionale résonnât dans son téléphone :

– Mme Sylvana Lombardo ?

– Elle-même.

– Ici le consulat général d'Italie à Paris... Madame, nous venons de recevoir, en provenance de Turin, un colis recommandé qui vous est destiné. Pourriez-vous avoir l'obligeance de passer le plus tôt possible à nos bureaux, munie d'une pièce d'identité, pour que nous puissions vous le remettre en main propre ?

– Je viens tout de suite !

Une heure plus tard, Sylvana prenait possession d'un petit paquet très bien emballé. Que pouvait-il contenir ? Un bijou ? Il paraissait surprenant qu'un objet de valeur voyageât de pareille façon ! L'envoi n'était accompagné d'aucune missive explicative. Dès qu'elle se retrouva chez elle, la destinataire l'ouvrit. Il ne s'agissait pas d'un bijou, et pourtant sa valeur était inestimable ! C'était la rose artificielle offerte par Virna à Vittorio dans sa prison de Liposa. La fleur était toujours telle que Sylvana l'avait vue, bien des années auparavant, lors d'un week-end mémorable. Son geste fut sans doute un peu ridicule, mais, instinctivement, elle approcha la rose de ses narines pour en respirer l'odeur... Une odeur de poussière qui exhalait la mort de Vittorio.

Après l'avoir placée dans un soliflore en albâtre qui remplacerait l'horrible vase qu'utilisait Vittorio, Sylvana la déposa sur le guéridon de sa chambre à coucher, juste au-dessous du portrait de Virna. À côté de la fleur trônait la Vénus en or « empruntée » dans une villa de Deauville : les deux cadeaux que Vittorio eût jamais faits à sa fille. Qui s'était chargé d'expédier la fleur ? Un autre avocat ? Après tout, peu importe : elle avait fait le voyage dans l'autre sens et elle était revenue d'Italie en France.

Ce soir-là, au moment d'éteindre et de s'endormir, Sylvana regarda – comme elle le faisait chaque nuit – le portrait de Virna avant que ses yeux ne s'attardent pendant quelques secondes sur le guéridon où la rose et la statuette lui rappelaient les deux jours les plus heureux de son existence : ceux qu'elle avait passés avec son père entre Paris et la côte normande.

Et elle murmura, dans sa solitude :

– Merci, Vittorio, d'avoir pensé à me transmettre cette fleur à laquelle tu tenais tant ! J'ai exactement quarante ans aujourd'hui, largement de quoi vivre, mais je me demande avec angoisse, maintenant que tu n'es plus là, ce que je vais devenir ?

TABLE

Romans, récits et documents

La littérature conjuguée au pluriel, pour votre plaisir. Des œuvres de grands romanciers français et étrangers, des histoires passionnantes, dramatiques, drôles ou émouvantes, pour tous les goûts...

ADLER LAURE

L'année des adieux
4166/4
Chronique de la vie quotidienne à l'élysée sous la présidence Mitterrand. Portrait d'un homme d'exception.

ADLER PHILIPPE

Bonjour la galère !
1868/1

Les amies de ma femme
2439/3
Mais qu'est-ce qu'elles veulent ces bonnes femmes ? Quand il rentre chez lui, Albert aimerait que Victoire s'occupe de lui mais rien à faire : les copines d'abord. Jusqu'au jour où Victoire se fait la malle et où ce sont ses copines qui consolent Albert.

ALLÉGRET CATHERINE

Les souvenirs et les regrets aussi
4000/7

ALLEGRI RENZO

La véritable histoire de Maria Callas
3699/6

AMIEL JOSEPH

Question de preuves
4119/5

ANDERSEN CHRISTOPHER

Mike Jagger le scandaleux
3771/8

ANDREWS VIRGINIA C.

Ma douce Audrina
1578/4

Fleurs captives
Dans un immense et ténébreux grenier, quatre enfants vivent séquestrés. Pour oublier, ils font de leur prison le royaume de leurs jeux et de leur tendresse, à l'abri du monde. Mais le grenier devient un enfer. Et le seul désir de ces enfants devenus adolescents est désormais de s'évader... à n'importe quel prix.

- Fleurs captives
1165/4
- Pétales au vent
1237/4
- Bouquet d'épines
1350/4
- Les racines du passé
1818/5
- Le jardin des ombres
2526/4

La saga de Heaven
- Les enfants des collines
2727/5
- L'ange de la nuit
2870/5
- Cœurs maudits
2971/5
- Un visage du paradis
3119/5
- Le labyrinthe des songes
3234/6

Aurore
Un terrible secret pèse sur la naissance d'Aurore. Brutalement séparée des siens, humiliée, trompée, elle devra payer pour les péchés que d'autres ont commis. Car sur elle et sur sa fille Christie, plane la malédiction des Cutler...

- Aurore
3464/5
- Les secrets de l'aube
3580/6
- L'enfant du crépuscule
3723/6
- Les démons de la nuit
3772/6
- Avant l'aurore
3899/5

Ruby
4253/6

Perle
4332/5

A. NONYME

M. et Mme ont un fils
4036/2 & 4118/2

APOLLINAIRE GUILLAUME

Les onze mille verges
704/1

ARTHUR

Arthur censuré
3698/5
De la radio à la télé, rien n'arrête Arthur.

Ta mère
4075/2

Ta mère, la réponse
4225/2

Ta mère, la revanche
4365/2

Aimons-nous les uns les autres
4524/2

ARVIGNES GEORGES

Quelques mois pour l'aimer
4289/2

ASHWORTH SHERRY

Calories story
3964/5 Inédit

Romans, récits et documents

ATTANÉ Chantal
Le propre du bouc
3337/2

AVRIL Nicole
Monsieur de Lyon
1049/2
La disgrâce
1344/3
Jeanne
1879/3
Don Juan aujourd'hui pourrait-il être une femme ?
L'été de la Saint-Valentin
2038/1
Sur la peau du Diable
2707/4
Dans les jardins de mon père
3000/2
Il y a longtemps que je t'aime
3506/3

BACH Richard
Jonathan Livingston le goéland
1562/1 Illustré
Illusions/Le Messie récalcitrant
2111/1
Un pont sur l'infini
2270/4

BAILLY Othilie
L'enfant dans le placard
3029/1
L'enfant qui se laissait mourir
3859/1

BALDACCI David G.
Le pouvoir d'exécuter
4267/7
Ayant surpris par hasard le meurtre d'une jeune femme, un cambrioleur est contraint au silence par les services secrets américains...

BALTIQUE
Labrador présidentiel
Aboitim - 1
4490/3

BARRON Judy & Sean
Moi, l'enfant autiste
3900/4

BAYROU François
Henri IV
4183/6
La vie du souverain préféré des Français, par un historien également ministre de l'Education nationale. Coexistence pacifique, redressement financier, lutte contre la corruption, développement agricole et industriel, réforme de l'enseignement, le parallèle avec notre époque est troublant et passionnant.

de BEARN Myriam & Gaston
Gaston Phébus
- Le lion des Pyrénées
2772/6
- Les créneaux de feu
2773/7
- Landry des bandouliers
2774/5

BELLEMARE P. & ANTOINE J.
Les dossiers extraordinaires
2820/4 & 2821/4
Les dossiers d'Interpol
2844/4 & 2845/4

BELLETTO René
Le revenant
2841/5
Sur la terre comme au ciel
2943/5
La machine
3080/6
L'Enfer
3150/5
Dans une ville déserte et terrassée par l'été, Michel erre. C'est alors qu'une femme s'offre à lui, belle et mystérieuse...

BERBEROVA Nina
Le laquais et la putain
2850/1
Astachev à Paris
2941/2
La résurrection de Mozart
3064/1
C'est moi qui souligne
3190/8
L'accompagnatrice
3362/4
De cape et de larmes
3426/1
Roquenval
3679/1
A la mémoire de Schliemann
3898/1
Chroniques de Billancourt
4076/3
Dans les années vingt, un petit peuple misérable d'émigrés slaves s'agglutine autour des usines Renault, entre nostalgie et désespoir...

de BERG Jean
L'image
1686/1

BERTRAND Jacques A.
Tristesse de la Balance et autres signes
2711/1

BEYALA Calixthe
C'est le soleil qui m'a brûlée
2512/2
Tu t'appelleras Tanga
2807/3

Romans, récits et documents

Le petit prince de Belleville
3552/3

Maman a un amant
3981/3

Assèze l'Africaine
4292/4

L'itinéraire tragique d'Assèze, une jeune Camerounaise, de son village aux mirages de Douala, puis aux « clandés » surpeuplés de Paris. Mêlant avec une magie singulière poésie, lyrisme et humour, Calixthe Beyala fait surgir une foule de personnages d'où émerge le couple étrange que forment Assèze et Sorraya, les sœurs ennemies.

BIGEARD Général

De la brousse à la jungle
3995/4 Illustré

BLUE Corine

L'oiseau libre
4493/3

BOCCOLINI Laurence

Je n'ai rien contre vous personnellement
4412/3

BOGGIO Philippe

Coluche
3268/7

BORY Jean-Louis

Mon village à l'heure allemande
81/4

BOTTE Marie-France & MARI Jean-Paul

Le prix d'un enfant
3983/4 Illustré

BOUDARD Alphonse

Saint Frédo
3962/3

BOUILLOT Françoise

La boue
4139/3

BOURDIN Françoise

Les vendanges de Juillet
4142/6

Terre Indigo
4382/5

Ruinés, les Vallogne quittent Bordeaux en 1920 pour Cuba. Au lieu de la riche plantation qu'ils avaient achetée, ils ne découvrent qu'une cabane...

Juillet en hiver
4496/5

BRANDO Marlon

Les chansons que m'apprenait ma mère
4143/7 Illustré

Marlon Brando retrace sa carrière d'acteur, sa vie d'homme et son engagement pour la défense des Indiens et d'autres minorités opprimées d'Amérique du Nord.

BRAVO Christine

Avenida B.
3044/3

Les petites bêtes
3104/2

Les grosses bêtes (un érotisme inattendu)
3770/3

Les bêtes, petites ou grosses, sont aussi compliquées que nous et leurs amours sont bien difficiles !

L'adieu à Tolède
4393/6

Changer tout
4497/7

BRIAND Charles

Le seigneur de Farguevieille
4074/4

BROUILLET Chrystine

Marie LaFlamme

- Marie LaFlamme
3838/6

- Nouvelle-France
3839/6

- La renarde
3840/6

de BURON Nicole

Les saintes chéries
248/3

Vas-y maman
1031/2

Dix-jours-de-rêve
1481/3

Qui c'est, ce garçon ?
2043/3

C'est quoi, ce petit boulot ?
2880/4

Où sont mes lunettes ?
3297/4

Arrêtez de piquer mes sous !
3652/5

Impôts, cotisations, taxes, prélèvements, vignettes, TVA... c'est trop ! Le ras-le-bol d'une contribuable excédée mais d'un humour à toute épreuve.

Arrête ton cinéma !
4251/4

BYRNE Beverly

Gitana
3938/8

CAILHOL Alain

Immaculada
3766/4 Inédit

CAISNE Arielle

L'ortie
3836/1

CALFAN Nicole

La femme en clef de sol
3991/2

CAMPBELL Naomi

Swan
3827/6 Inédit

Romans, récits et documents

CARREL Dany

L'Annamite
3459/7

CARROLL Lewis

Alice au pays des merveilles
3486/2

des CARS Guy

1911-1993. D'abord journaliste, il entama, avec L'officier sans nom *une carrière littéraire qui en fera l'écrivain français le plus lu dans le monde.*

La brute
47/3
Accusé de meurtre et traduit en justice, un sourd-muet, aveugle de naissance va être condamné.

Le château de la juive
97/4

La tricheuse
125/4

L'impure
173/4

La corruptrice
229/3

La demoiselle d'Opéra
246/4

Les filles de joie
265/3

La dame du cirque
295/3

Cette étrange tendresse
303/3

L'officier sans nom
331/3

La maudite
361/4
Entre un père despotique et une redoutable gouvernante, une jeune fille reçoit une éducation rigide. Elle n'aura que plus tard la révélation de sa dualité sexuelle.

L'habitude d'amour
376/3

La révoltée
492/4

Une certaine dame
696/5

L'insolence de sa beauté
736/3

La justicière
1163/2

La vie secrète de Dorothée Gindt
1236/1

L'envoûteuse
2016/5

Le crime de Mathilde
2375/4
L'histoire d'une étonnante captation d'héritage et d'une femme qui ne vécut que pour un seul amour.

La voleuse
2660/4

Le grand monde
2840/8

L'amoureuse
3192/4

Je t'aimerai éternellement
3462/4

La femme-objet
3517/3

L'amant imaginaire
3694/6
Hôtesse dans un établissement très spécial, Solange se préserve en s'inventant un amant imaginaire qui fait rêver ses amies.

La visiteuse
3939/3

CATO Nancy

Lady F.
2603/4

Tous nos jours sont des adieux
3154/8

Marigold
3837/2

CAVANNA

Les pensées
4388/2
Drôles, acides, impertinentes, les pensées de Cavanna donnent envie de rire ou de pleurer, mais font à coup sûr réfléchir.

CERF Muriel

L'antivoyage
3883/3

CESBRON Gilbert

Chiens perdus sans collier
6/2

C'est Mozart qu'on assassine
379/3

CHABROL Dominique

Desproges
4056/3

CHAMSON André

La Superbe
3269/7

La tour de Constance
3342/7

CHAZAL Claire

Balladur
3581/3

CHEDID Andrée

La maison sans racines
2065/2

Le sixième jour
2529/3

Le sommeil délivré
2636/3

L'autre
2730/3

Les marches de sable
2886/3

L'enfant multiple
2970/3

La cité fertile
3319/1

La femme en rouge et autres nouvelles
3769/1

Romans, récits et documents

CLAVEL Bernard

Né dans le Jura en 1923, Bernard Clavel a exercé plusieurs métiers avant de se consacrer exclusivement à la littérature. Autodidacte, cet écrivain passionné nourrit son œuvre de la richesse de son vécu et de sa sensibilité. Sous sa plume naissent des personnages forts et vrais, des drames inoubliables qui passionnent le public. J'ai lu a déjà vendu dix millions d'exemplaires de ses ouvrages.

Le tonnerre de Dieu
290/1

Le voyage du père
300/1

L'Espagnol
309/4

Malataverne
324/1

Dans un bourg du Jura où ils s'ennuient, trois adolescents font les quatre cents coups et entrent, sans le comprendre vraiment, dans la délinquance.

L'hercule sur la place
333/3

Le tambour du bief
457/2

Le massacre des innocents
474/1

L'espion aux yeux verts
499/2

Le Seigneur du Fleuve
590/3

Pirates du Rhône
658/1

Le silence des armes
742/3

Tiennot
1099/1

L'homme du Labrador
1566/1

Qui êtes-vous, B. Clavel ?
1895/2

Quand j'étais capitaine
3423/3

Meurtre sur le Grandvaux
3605/3

Les rouliers, c'étaient les ancêtres des camionneurs d'aujourd'hui. Pendant des siècles, ils ont parcouru toutes les routes d'Europe, de l'Espagne aux foires de Russie, avec leurs attelages chargés de marchandises. Mais pour Ambroise Grandvalliers, le voyage s'arrête le jour où il lui faut venger l'honneur de sa fille.

La bourrelle
3659/1

L'Iroquoise
3700/1

La révolte à deux sous
3748/3

Dresseur d'animaux, Patero parcourt les collines de Lyon, entouré de chats, d'oiseaux et de rats, tenant entre ses mains tous les fils d'une révolte que le fleuve en colère finira par engloutir sous ses eaux noires.

Cargo pour l'enfer
3878/4

Chargé de déchets toxiques, un vieux cargo erre interminablement d'un port à l'autre, sans pouvoir se délivrer de sa monstrueuse cargaison. Une dénonciation de l'irresponsabilité et de la corruption qui marquent notre siècle.

Les roses de Verdun
4260/3

Au terme d'une vie consacrée aux affaires, parmi lesquelles le commerce d'armes, un grand bourgeois, condamné par la maladie, décide d'effectuer un pèlerinage sur la tombe de son fils. Son fidèle chauffeur raconte ce voyage et, peu à peu, ressurgissent des souvenirs d'une époque oubliée.

La grande patience

1 - La maison des autres
522/4

2 - Celui qui voulait voir la mer
523/4

3 - Le cœur des vivants
524/4

4 - Les fruits de l'hiver
525/4

Dans une petite ville près de Lyon, les règlements de comptes sanglants de la Libération sèment le trouble et la mort. Ce roman valut à Bernard Clavel le prix Goncourt en 1968.

Les colonnes du ciel

1 - La saison des loups
1235/3

2 - La lumière du lac
1306/4

3 - La femme de guerre
1356/3

4 - Marie Bon Pain
1422/3

5 - Compagnons du Nouveau-Monde
1503/3

Le Royaume du Nord

Tout semblait rejeter l'homme dans ce Grand Nord canadien. Pourtant des pionniers s'engagent, pour tenter une utopique aventure : fonder un village sur les berges de l'Harricana.

- Harricana
2153/4

- L'Or de la terre
2328/4

- Miséréré
2540/4

- Amarok
2764/3

- L'angélus du soir
2982/3

- Maudits sauvages
3170/4

Romans, récits et documents

CLAVELL James
Shogun
4361/6 & 4362/6
En l'an 1600, un navire européen s'échoue sur les côtes japonaises, où les survivants du naufrage sont faits prisonniers. John Blackthorne découvre alors un monde inconnu, à la fois cruel et raffiné, en proie à de sauvages combats de clans. Fasciné, il assiste à l'ascension de l'inquiétant Toranaga qui va devenir Shogun, c'est-à-dire dictateur, maître absolu du Pays du Soleil Levant.

CLÉMENT Catherine
Pour l'amour de l'Inde
3896/8

COCTEAU Jean
Orphée
2172/1

COELHO Paulo
L'Alchimiste
4120/4
Sur le bord de la rivière Piedra
4385/4
Pilar retrouve son compagnon d'enfance, perdu onze ans plus tôt. Tous deux sont à la recherche de leur vérité et veulent aller jusqu'au bout de leurs rêves. Une histoire d'amour qui est aussi le récit d'une quête initiatique.

COLETTE
Le blé en herbe
2/1

COLLARD Cyril
Cinéaste, musicien, il a adapté à l'écran et interprété lui-même son second roman Les nuits fauves. Le film, 4 fois primé, a été élu meilleur film de l'année aux Césars 1993. Quelques jours plus tôt Cyril Collard mourait du sida.
Les nuits fauves
2993/3
Condamné amour
3501/4
L'ange sauvage
3791/3

COLOMBANI Marie-Françoise
Donne-moi la main, on traverse
2881/3
Derniers désirs
3460/2

COLUCHE
Coluche Président
3750/4

COMBE Rose
Le Mile des Garret
4333/2

CONNOR Alexandra
Les couleurs du rêve
4207/5

CONROY Pat
Le Prince des marées
2641/5 & 2642/5

DATH Isabelle & HARROUARD Philippe
Alain Juppé ou la tentation du pouvoir
4073/3

DENUZIÈRE Maurice
Helvétie
3534/9
La Trahison des apparences
3674/1
Rive-Reine
4033/6 & 4034/6

DEVEREUX Charles
Vénus indienne
3807/3
Mes amours sous les déodars
4409/4

DEVI Phoolan
Moi, Phoolan Devi, reine des bandits
4494/8 Illustré
Née parmi les parias, Phoolan Devi semblait promise, en Inde, à un esclavage sans issue. Mais sa révolte a fait d'elle un symbole d'espoir pour des millions de femmes. Mariée à onze ans, maltraitée puis abandonnée, violée par une bande de hors-la-loi, elle se rebelle et se venge. Devenue la reine des bandits, elle vole les riches pour donner aux pauvres, tandis que sa tête est mise à prix...

DHÔTEL André
Le pays où l'on n'arrive jamais
61/2

DICKEY James
Délivrance
531/3

DIWO Jean
Au temps où la Joconde parlait
3443/7
L'Empereur
4186/7
Les dîners de Calpurnia
4539/7

DJIAN Philippe
Né en 1949, sa pudeur, son regard à la fois tendre et acerbe, et son style inimitable ont fait de lui l'écrivain le plus lu de sa génération.
37°2 le matin
1951/4
Bleu comme l'enfer
1971/4
Zone érogène
2062/4
Maudit manège
2167/5

Romans, récits et documents

50 contre 1
2363/2
Echine
2658/5
Crocodiles
2785/2
Cinq histoires qui racontent le blues des amours déçues ou ignorées. Mais c'est parce que l'amour dont ils rêvent se refuse à eux que les personnages de Djian se cuirassent d'indifférence ou de certitudes. Au fond d'eux-mêmes, ils sont comme les crocodiles : « des animaux sensibles sous leur peau dure ».

DOBYNS STEPHEN
Les deux morts de la Señora Puccini
3752/5 Inédit

DORIN FRANÇOISE
Elle poursuit avec un égal bonheur une double carrière. Ses pièces (La facture, L'intoxe...) dépassent le millier de représentations et ses romans sont autant de best-sellers.

Les lits à une place
1369/4
Les miroirs truqués
1519/4
Les corbeaux et les renardes
2748/5
Nini Patte-en-l'air
3105/6
Au nom du père et de la fille
3551/5
Un beau matin, Georges Vals aperçoit l'affiche d'un film sur laquelle s'étale le corps superbe et intégralement nu de sa fille. De quoi chambouler un honorable conseiller fiscal de 63 ans !
Pique et cœur
3835/1
La Mouflette
4187/4
La Mouflette, c'est Ophélie, un bébé. Elle, c'est sa grand-mère, la quarantaine, qui vit une seconde jeunesse, un nouvel amour. Lui, c'est l'amant, qui supporte mal la situation...

DUBOIS JEAN-PAUL
Les poissons me regardent
3340/3

DUBOIS SONIA
Journal d'une grosse repentie
4461/3

DUPONT MARIE-NOËLLE
Rendez-moi mes enfants
4054/3

DUQUESNE JACQUES
Jésus
4160/4
Une biographie qui dérangea les milieux catholiques traditionnels. Jacques Duquesne trace un portrait prudent et mesuré d'un personnage historique.

DURIÈS VANESSA
Le lien
3678/3

DUROY LIONEL
Priez pour nous
3138/4

D'EAUBONNE FRANÇOISE
Isabelle Eberhardt
2989/6

DR ETIENNE JEAN-LOUIS
Transantarctica
3232/5
6 300 km dans un désert glacé, avec trois traîneaux et quarante chiens. Un pari insensé.

FAUCHER ELISABETH
Rends la monnaie, papa!
3746/3 Inédit Illustré

FERBER EDNA
Show-Boat
4016/5
Cimarron
4205/4

FIECHTER JEAN-JACQUES
Tiré à part
3912/3
L'ombre au tableau
4498/3

FIELD MICHEL
L'homme aux pâtes
3825/4

FIELDING JOY
Dis au revoir à maman
1276/4
La femme piégée
1750/4

FLAGG FANNIE
Beignets de tomates vertes
3315/7
Daisy Fay et l'homme miracle
4334/5

FLÉOUTER CLAUDE
Johnny, la dernière des légendes
3610/4 Illustré

FOUCHET LORRAINE
Jeanne, sans domicile fixe
2932/4

FRANÇOIS JACQUES
Rappels
3982/4 Illustré

FREEDMAN J.F.
Par vent debout
3658/9 Inédit

Romans, récits et documents

FRISON-ROCHE

Né à Paris en 1906, l'alpinisme et le journalisme le conduisent à une carrière d'écrivain. Aujourd'hui il partage son temps entre de grands reportages, les montagnes du Hoggar et Chamonix.

Premier de cordée
936/3

La grande crevasse
951/3

Retour à la montagne
960/3

La piste oubliée
1054/3

Le rendez-vous d'Essendilène
1078/3

Djebel Amour
1225/4

En 1870, une jolie couturière épouse un prince de l'Islam. A la suite de Si Ahmed Tidjani, elle découvre, éblouie, la splendeur du Sahara. Décidée à conquérir son peuple, elle apprend l'arabe, porte le saroual et prend le nom de Lalla Yamina.

La dernière migration
1243/4

Les montagnards de la nuit
1442/4

Frison-Roche, qui a lui-même appartenu aux maquis savoyards, nous raconte le quotidien de ces combattants de l'ombre.

L'esclave de Dieu
2236/6

Le versant du soleil
3480/9

GAGARINE MARIE

Blonds étaient les blés d'Ukraine
3009/6

Le thé chez la comtesse
3172/5 Illustré

GEDGE PAULINE

La dame du Nil
2590/6

L'histoire d'Hatchepsout, reine d'Egypte à 15 ans. Les splendeurs de la civilisation pharaonique et un destin hors série.

GEORGY GUY

La folle avoine
3391/4

Le petit soldat de l'Empire
3696/4

GLASER ELIZABETH & PALMER LAURA

En l'absence des anges
3318/6

GOLON ANNE & SERGE

Angélique Marquise des Anges
2488/7

Angélique le chemin de Versailles
2489/7

Angélique et le Roy
2490/7

Indomptable Angélique
2491/7

Angélique se révolte
2492/7

Angélique et son amour
2493/7

Angélique et le Nouveau Monde
2494/7

La tentation d'Angélique
2495/7

Angélique et la Démone
2496/7

Angélique et le complot des ombres
2497/5

Angélique à Québec
2498/5 & 2499/5

La route de l'espoir
2500/7

La victoire d'Angélique
2501/7

GOTLIB

J'existe, je me suis rencontré
3719/4

GOURIO JEAN-MARIE

Brèves de comptoir
3978/3, 4015/3, 4052/4, 4291/4 & 4441/4

A l'heure de l'apéritif, dans les 150 000 bistrots, on refait le monde, les gouvernements, on déclare des guerres, on invente des lois, on reconstruit des villes, on replante des forêts... On va même jusqu'à avancer la date du beaujolais nouveau !

GRAM DEWEY

Le Journal
3822/5

L'Ombre et la Proie
4418/4

GRAY MARTIN

Le livre de la vie
839/2

Les forces de la vie
840/2

GROULT FLORA

Après des études à l'Ecole des arts décoratifs, elle devient journaliste et romancière. Elle écrit d'abord avec sa sœur Benoîte, puis seule.

Maxime ou la déchirure
518/1

Un seul ennui, les jours raccourcissent
897/2

A 40 ans, Lison épouse Claude, diplomate à Helsinki. Elle va découvrir la Finlande et les enfants de son mari. Une erreur ?

Romans, récits et documents

Une vie n'est pas assez
1450/3
Mémoires de moi
1567/2
Le passé infini
1801/2
Le temps s'en va, madame...
2311/2
Belle ombre
2898/4
Le coup de la reine d'Espagne
3569/1
L'amour de...
3934/1

GRUDET Claude
Madam
4039/4

GUERAND Jean-Philippe & MORICONI Martine
Cyril Collard : La passion
3590/4 Illustré

HAMEL Françoise
Ida, histoire d'une parricide
3881/3

HAMPÂTÉ BÂ Amadou
Amkoullel, l'enfant peul
4286/6

HARVEY Kathryn
Butterfly
3252/7 Inédit

HAWKING Stephen
Une brève histoire du temps
3361/3
Dans un langage simple et accessible, l'un des plus brillants physiciens de notre époque expose les découvertes récentes sur la nature du temps et du cosmos. Un livre fascinant.

HAYDEN Torey L.
L'enfant qui ne pleurait pas
1606/3
Kevin le révolté
1711/4
Les enfants des autres
2543/5
La forêt de tournesols
2988/5
Une enfant comme les autres
3369/6

HÉBRARD Frédérique
Auteur de nombreux livres portés avec succès à l'écran; son œuvre reçoit la consécration avec Le Harem, ***Grand Prix du Roman de l'Académie française 1987.***

Un mari, c'est un mari
823/2
La chambre de Goethe
1398/3
Un visage
1505/2
La Citoyenne
2003/3
Le mois de septembre
2395/1
Le Harem
2456/3
La petite fille modèle
2602/3
La demoiselle d'Avignon *avec Louis Velle*
2620/4
Le mari de l'Ambassadeur
3099/5
Elle est ambassadeur, lui est chercheur, l'aventure les réunit pourtant, au beau milieu d'une révolution en Amérique centrale, et va les entraîner jusqu'au Kazakhstan, en passant par Beyrouth et le Vatican !

Félix, fils de Pauline
3531/2
Le Château des Oliviers
3677/7

HÉRACLÈS Philippe
Le grand livre de l'humour noir
3994/5

HERVÉ Françoise & Claude
Le tour du monde à vélo
4440/6 Illustré
Pour pimenter leur existence, deux jeunes mariés entreprennent, le 1er avril 1980, un tour du monde à vélo. D'Europe en Afrique, d'Inde en Chine, des Philippines en Extrême-Orient, c'est une formidable découverte. En 1988, leur petite fille naît en Nouvelle-Zélande. Puis ils reprennent la route. Ils rentreront enfin en France, après quatorze ans de périple.

HIAASEN Carl
Striptease
4284/6
L'arme du crocodile
4439/0

HODGSON BURNETT Frances
Le jardin secret
3655/4

HOFFMAN Alice
La nuit du loup
2803/4
L'enfant du hasard
3465/4
La maison de Nora Silk
3611/5
Les cavaliers de la nuit
4116/5
La lune tortue
4499/5

Romans, récits et documents

HOLLAND Isabelle
L'homme sans visage
3518/3

HOLLANDER Xaviera
Nouvelles aventures pimentées
2758/3 Inédit

HORLANS Isabelle
L'affaire des diaboliques d'Urcel
4308/3

HUET Philippe & **COQUART** Elisabeth
Bourvil ou la tendresse du rire
3195/4

HUMPHREYS Josephine
L'amour en trop
3788/5

IGLESIAS Julio
Julio raconte Iglesias
3175/4

JAGGER Brenda
Antonia
2544/4
Les chemins de Maison Haute
2818/9
La chambre bleue
2838/8

JEAN Raymond
La lectrice
2510/1
Transports
2790/2
Le roi de l'ordure
3101/3
La cafetière
4312/2

JEKEL Pamela
Bayou
3554/9
Columbia
3897/8
Du XVIIIe siècle à nos jours, l'épopée des pionniers indiens et européens de l'Oregon. Cinq générations de femmes et d'hommes héroïques et attachants, dont les bonheurs et les drames vont marquer l'histoire de cette immense contrée du nord-ouest des Etats-Unis.
La tigresse des mers
4386/6

JEURY Michel
Le vrai goût de la vie
2946/4
Le soir du vent fou
3394/5
Une odeur d'herbe folle
3103/5

JOHNSON Earvin "Magic"
L'amour sans risque
3363/2 Inédit

JULLIAN Marcel
Charlemagne ou la jeunesse du monde
3854/3

KAYSEN Susanna
Jeune fille interrompue...
4265/3

KING Tabitha
Traquée
4083/4
Venus chercher le repos et la paix dans un chalet isolé situé au bord d'un lac de montagne, les Russel découvrent l'horreur. Un suspense haletant par un écrivain familier du genre : l'auteur est, en effet, la femme de Stephen King.
Chaleurs
4389/7

KIPLING Rudyard
Le livre de la jungle
2297/2
Simples contes des collines
2333/3
Le second livre de la jungle
2360/2

KLARSFELD Arno
Les dieux ne songent qu'à dormir
4360/7

KLEIN Norma
Mon rayon de soleil
3367/3

KNOBELPIESS Roger
Voleur de poules
3210/2

KONSALIK Heinz G.
Amours sur le Don
497/5
La passion du Dr Bergh
578/4
Dr Erika Werner
610/3
Mourir sous les palmes
655/4
Aimer sous les palmes
686/3
Les damnés de la taïga
939/4
L'homme qui oublia son passé
978/2
L'amour est le plus fort
1030/3
Une nuit de magie noire
1130/2
Bataillons de femmes
1907/6
Coup de théâtre
2127/3

Romans, récits et documents

Clinique privée
2215/3
La guérisseuse
2314/6
Conjuration amoureuse
2399/1
Le sacrifice des innocents
2897/3
Le pavillon des rêves
3122/5 Inédit
La vallée sans soleil
3254/5 Inédit
Le pavillon de jade
4208/6

KOSINSKI JERSY
L'oiseau bariolé
270/3

L'HÔTE JEAN
Confessions d'un enfant de chœur
260/2
La Communale
2329/2

LACAMP YSABELLE
Coréenne par sa mère, cévenole par son père, elle revendique sa double appartenance. Également comédienne et chanteuse, elle conjugue tous les talents.

La Fille du Ciel
2863/5
Dans la Chine décadente et raffinée du Xᵉ siècle la trop belle Shu-Meï, fragile mais rebelle, a décidé de prendre en main son destin.

L'éléphant bleu
3209/5
Une jeune fille bien comme il faut
3513/3

LAFESSE JEAN-YVES
Petit précis de l'imposture
3253/4

LAGAF'
Éclats de rire
3537/3

LAHAIE BRIGITTE
«J'ai été la comédienne érotique la plus célèbre, la mieux payée de France... J'ai presque tout fait sur un écran et bien davantage dans ma vie privée.»

Moi, la scandaleuse
2362/3 Illustré
La femme modèle
3102/3 Inédit
Les sens de la vie
3916/3
Laure est devenue, par son mariage, une grande bourgeoise. Rejetée par sa belle-famille, elle va tenter de s'imposer, après la mort de Luc, en usant de sa fortune et de sa beauté...

LAUREY JOY
Joy
1467/2
A 15 ans, Joy découvre le plaisir et le pouvoir de sa beauté. La voici emportée, enlacée, d'amants en maîtresses.

Joy et Joan
1703/2
Le retour de Joy
3388/3

LAUSSAC COLETTE
Le sorcier des truffes
3606/1

LAVALLÉE GABRIELLE
L'alliance de la brebis
3996/6

LAXER GLORIA
Les vendanges du silence
2647/4

LÉANDRI BRUNO
En votre aimable règlement
4495/4

LE HER-SEZNEC DENIS
Nous, les Seznec
3823/9

LEBLANC ALAIN
Lucas
3392/4

LEE LILIAN
Adieu ma concubine
3633/4
La dernière princesse de Mandchourie
4185/4
1913. Séduction, espionnage, meurtre, elle ne reculera devant rien pour parvenir à son but.

LEEB MICHEL
Le meilleur de l'humour français
3516/3

LEFEBVRE JEAN
Pourquoi ça n'arrive qu'à moi?
3193/3 Illustré
Mais qu'est-ce qu'elles me trouvent ?
3507/3

LEFEVRE FRANÇOISE
La première habitude
697/2
Le petit prince cannibale
3083/3
Sylvestre, c'est un peu le Petit Prince. Il habite une autre planète, s'isole dans son monde, écoute le silence, officiellement catalogué comme autiste. Il dévore littéralement sa mère...

Mortel azur
3295/2

LEFEVRE KIM
Métisse blanche
2791/5

Romans, récits et documents

LEGARDINIER Gilles
Le secret de la cité sans soleil
4314/4 Inédit

LEYMERGIE William
Fréquence mômes
4331/3

LOTI Pierre
Le roman d'un spahi
2793/3

LOWERY Bruce
La cicatrice
165/1
Affligé d'un bec-de-lièvre, Jeff cherche à sortir de sa solitude mais il s'y enferme encore plus.

MAALOUF Amin
Les croisades vues par les Arabes
1916/4

MACGRAW Ali
Une vie tremblée
3536/4

MACLAINE Shirley
Amour et lumière
2771/4
Vivre sa vie
2869/3

MAHÉ Patrick
Memphis blues
4013/4

DE MAÎTRE Marie-Claire & Gilles
Interdit d'enfance
3515/5 Illustré

MALLET-JORIS Françoise
Née à Anvers, fille d'un homme d'Etat belge et de l'écrivain Suzanne Lilar, elle fait partie de l'académie Goncourt.
La tristesse du cerf-volant
2596/4
Adriana Sposa
3062/5
Divine
3365/4
Les larmes
3914/6
Sous la Régence, Antoinette éveille la passion de deux hommes : Samson, le bourreau de Paris, et le duc d'Orléans. Un roman alerte, sur fond d'Histoire.

MANIGUET Xavier
Les dents de la mort
3302/7

MARGUERITE Victor
La garçonne
423/3

MARIN Maud
Le saut de l'ange
2443/4
Depuis son enfance, Jean sait que la nature s'est trompée et qu'il est en réalité une femme. Un document bouleversant et un plaidoyer contre l'intolérance.
Tristes plaisirs
2884/3
Le quartier des maudites
3214/4

MARKANDAYA Kamala
Le riz et la mousson
117/2

MASSÉ Ludovic
Les Grégoire
Histoire nostalgique et tendre d'une famille, entre Conflent et Vallespir, en Catalogne française, au début du siècle.
- Le livret de famille
3653/5
- Fumées de village
3787/5
- La fleur de la jeunesse
3879/5

DE MAXIMY René
La ferme des neuf chemins
4184/2

McCULLOUGH Colleen
Les oiseaux se cachent pour mourir
1021/4 & 1022/4
Tim
1141/3
Un autre nom pour l'amour
1534/4
Un hôpital dans une île du Pacifique. Et là, le pavillon X, où sont regroupés les soldats que les horreurs de la guerre ont rendus fous. Infirmière, Honora s'occupe avec un dévouement admirable de ces hommes hantés par des images atroces. Jusqu'au jour où l'arrivée de Mike Wilson fait du pavillon X un enfer.
La passion du Dr Christian
2250/6
Les dames de Missalonghi
2558/3
Les maîtres de Rome
L'amour et le pouvoir
3276/7 & 3277/7
L'amour et le pouvoir : deux passions qui mènent le monde, dans la Rome antique comme aujourd'hui. Des bords du Tibre aux confins barbares d'Afrique ou d'Arménie, une fresque haute en couleur.
La couronne d'herbe
3583/6 & 3584/6

McDERMOTT Alice
Ce soir-là
4392/3

McGEHEE Nicole
L'amazone de Virginie
4209/6

Romans, récits et documents

MESSAOUDI Khalida
Une Algérienne debout
4077/3
Leader du mouvement féministe et démocrate, condamnée à mort par le FIS depuis 1993, Khalida Messaoudi a choisi de rester en Algérie et de lutter contre l'intégrisme. Un témoignage passionnant sur l'histoire de l'Algérie indépendante.

MICHAEL Judith
L'amour entre les lignes
2441/4 & 2442/4
Une autre femme
3012/8
Une femme en colère
3300/6 & 3301/6
Farouche
3721/10
Avocate, Anne a été dans son enfance victime d'un viol. Mais le destin replace son persécuteur, devenu sénateur, sur son chemin.
L'or du ciel
4226/7
Le luxe, Claire en rêve sans pouvoir se l'offrir. Jusqu'au jour où un billet de loterie la met à la tête d'une fortune colossale. Claire découvre alors l'âpreté d'un univers destructeur.

MICHAELS Fern
L'autre rive de l'amour
3768/7

MILES Rosalind
La vengeance aux deux visages
2723/6 & 2724/6
Les promesses du péché
3485/7
Les pièges de la passion
4121/5

MILLE Raoul
Père et mère
3963/3

MILLER Sue
Portraits de famille
3656/7

MIN Anchee
L'Azalée rouge
4329/5

MOITESSIER Bernard
La longue route
3738/8
Vagabond des mers du Sud
3935/6
Cap Horn à la voile
4038/5
Après un séjour dans les Galapagos, Moitessier se faufile entre les atolls des Tuamotu, avant de franchir le cap le plus dangereux du monde.
Tamata et l'Alliance
4138/6
Récit de l'aventure d'une vie. Après un long séjour sur un atoll du Pacifique, Moitessier délivre un message écologiste et spirituel, qui sera son testament.

MONNIER Thyde
Les Desmichels
- Grand-Cap
206/2
- Le pain des pauvres
210/4
- Nans le berger
218/4
- La demoiselle
222/4
- Travaux
231/4
- Le figuier stérile
237/4

MONSIGNY Jacqueline
Michigan Mélodie
(Un mariage à la carte)
1289/2
Quelque part, dans le Middle West, un camion bringuebalant s'arrête pour prendre une auto-stoppeuse, jolie, française, exaspérante.
Le roi sans couronne
2332/6
Toutes les vies mènent à Rome
2625/5
Les lionnes de Saint-Tropez
2882/4
Gulf Stream
3280/6
Le maître de Hautefort
3857/8
Dans le Cotentin à la fin du XIXe siècle, Noémie tente de sauver le vieux domaine familial. Mais les hommes tournent autour d'elle.
La dame du bocage
4266/6

MONTGOMERY L.M.
Les vacances de Jane
4067/4

MORAVIA Alberto
La Ciociara
1656/4
La belle Romaine
1712/5
L'homme qui regarde
2254/3

MORGAN Annie Laurie
Là-haut, vers le soleil
4165/4

MORRIS Edita
Les fleurs d'Hiroshima
141/1

Romans, récits et documents

MOUSSEAU Renée
Mon enfant mon amour
1196/1

NELL DUBUS Elisabeth
Beau-Chêne
2346/7
En Louisiane les Clouet édifient Beau-Chêne, un domaine luxuriant. D'une génération à l'autre, les femmes lui donnent son âme.

OGER Armelle
Enquête sur la vie très privée des Français
3341/6

OUAKNIN & ROTNEMER
La bible de l'humour juif
4263/2

OYLER Chris
Va vers la lumière, mon fils
3004/3

PALAISEUL Jean
Tous les espoirs de guérir
2912/5

PATTYN Patricia
Mon enfance assassinée
4470/3

PELLETIER Isabelle
Le procès de Valérie Subra
3999/4

PELLETIER Monique
La ligne brisée
4313/2

PERRÉAL Lydia
J'ai vingt ans et je couche dehors
4309/2

PIAT Jean
Le parcours du combattant
3028/4
La vieille dame de la librairie
3278/4
Un livre émouvant et authentique sur la vie, l'amour et la Grande Guerre.
Veille de fête
3715/3
Le dîner de Londres
4011/3
Ils se rencontrent et s'aiment, durant l'insurrection de Bucarest, en 1956. Puis la vie les sépare.
La jeune fille à l'avant-scène
4472/4

PICASSO Marina
Les enfants du bout du monde
4437/3 Illustré

PICOULY Daniel
Le champ de personne
4436/5
A Villemomble, en 1958, la vie d'une famille nombreuse racontée par la voix d'un petit garçon de dix ans. Un père antillais, chaudronnier à Air France, une mère morvandiote d'une formidable présence, onze frères et sœurs... A la fois humoristique, nostalgique et tendre, la chronique du quotidien dans un minuscule pavillon protégé par un cerisier, à une époque où la banlieue n'était pas encore celle de *La Haine* mais ressemblait aux photos de Doisneau. Grand Prix des Lectrices de *Elle* 1996.

PIEM
Bonne santé mode d'emploi
3609/1
Petits enfants grands-parents... mode d'emploi
3834/2

PILCHER Rosamunde
Les pêcheurs de coquillages
3106/8
September
3446/9

PLAIN Belva
Tous les fleuves vont à la mer
1479/5 & 1480/5
La splendeur des orages
1622/5
Les cèdres de Beau-Jardin
2138/6
La coupe d'or
2425/7
Les Werner
2662/5
Le collier de Jérusalem
3336/7
Les Farrel
3540/8
Les silences du cœur
4055/7
Lynn semble avoir tout pour être heureuse. Mais, sans raison apparente, son mari devient brutal avec elle. Lynn pourra-t-elle échapper à l'enfer qu'est devenu son foyer ?

PROVIS Martine
La soupe aux cailloux
3557/3

Romans, récits et documents

Les chemins de pierre
3751/3
Quand on a connu une enfance martyre, cloîtrée et rouée de coups par ses parents, même la liberté a un goût amer. C'est ce que découvre Martine Provis, sur ces chemins de pierre et d'errance.

RABANNE Paco

Trajectoire - D'une vie à l'autre
3411/3

La fin des temps - D'une ère à l'autre
3786/3
Saccage de la Terre, dévastations atomiques, prolifération des sectes : toutes les prophéties des textes anciens semblent se réaliser, annonçant la fin des temps. Mais pour Paco Rabanne, rien n'est perdu.

Le temps présent
4028/3

Les lumières du bouddhisme
4391/3
A sa façon prophétique, Paco Rabanne poursuit son exploration des voies de la sagesse. Ses entretiens avec Bokar Rimpoché, un célèbre moine tibétain, lui permettent de faire le point sur le bouddhisme, aujourd'hui à la mode en Occident, et pourtant objet de nombreuses erreurs.

RACHET Guy

Duchesse de la nuit
- Le sceau de Satan
2530/6
- Le Lion du Nord
2645/4
- Les chemins de l'aurore
2709/5

RAGUENEAU Philippe

L'histoire édifiante et véridique du chat Moune
1623/2

RASPAIL Jean

Les yeux d'Irène
2037/4

Qui se souvient des Hommes...
2344/3

Moi, Antoine de Tounens, roi de Patagonie
2595/4

L'île bleue
2843/3

RAVALEC Vincent

Cantique de la racaille
4117/5
Tribulations d'un loubard qui gère ses petits trafics avec la rigueur et la méthode d'un chef d'entreprise. Une vision ironique de notre société en forme de conte moral, par un jeune écrivain prometteur.

Un pur moment de rock'n roll
4261/2

Wendy
4467/4
Orpheline de mère, un père en prison, Wendy est élevée par sa marraine, Dolorès, qui tient un cabaret. En juillet 1968, on la fourre dans un endroit horrible, l'orphelinat des Tilleuls. C'est là qu'elle fait la connaissance de Gladys. Toutes deux deviennent inséparables. Quelques années plus tard, Wendy, qui s'est découvert des pouvoirs magiques, entraîne Gladys dans une cavale délirante.

RHODES Evan H.

Le prince de Central Park
819/2

RIMBAUD Christiane

Bérégovoy
3824/7

RIPLEY Alexandra

Charleston
3220/8

RIVA Maria

Marlène Dietritch
3960/7 & 3961/7 Illustrés

ROBINE Marc et SECHAN Thierry

Georges Brassens. Histoire d'une vie
3424/5 Illustré

RONSAC Charles

On ne se lasse pas d'aimer
3657/3
La lutte farouche de Marthe et Charles face à la maladie d'Alzheimer.

ROUCAS Jean

Les roucasseries
3230/4, 3440/4, 3653/4, 3915/4 & 4141/4
Un florilège d'histoires drôles, lestes ou même très vilaines, par le monsieur aux lunettes qui vous fait tant rire à la radio et à la télévision.

Le bouffon
3966/4

ROUCH Dominique

Dieu seul le sait
3266/3

SADOUL Jacques

Le domaine de R.
- La passion selon Satan
1000/2

3517

Achevé d'imprimer en Europe (France)
par Brodard et Taupin à La Flèche (Sarthe)
le 13 novembre 1998. 1481V-5
Dépôt légal nov. 1998. ISBN 2-290-03517-3
1er dépôt légal dans la collection : août 1993

Éditions J'ai lu
84, rue de Grenelle, 75007 Paris
Diffusion France et étranger : Flammarion